中国古典诗词

名家菁华赏析丛书

怀古诗词赏析

王建忠 主编

商务印书馆国际有限公司

中国·北京

图书在版编目（CIP）数据

怀古诗词赏析 / 王建忠主编 . — 北京 : 商务印书馆国际有限公司，2021.1
（中国古典诗词名家菁华赏析丛书）
ISBN 978-7-5176-0794-6

Ⅰ . ①怀…　Ⅱ . ①王…　Ⅲ . ①古典诗歌—诗歌欣赏—中国　Ⅳ . ① I207.2

中国版本图书馆 CIP 数据核字 (2020) 第 268905 号

HUAIGU SHICI SHANGXI
怀古诗词赏析

主　　编	王建忠
出版发行	商务印书馆国际有限公司
地　　址	北京市朝阳区吉庆里 14 号楼 佳汇国际中心 A 座 12 层
邮　　编	100020
电　　话	010-65592876（编校部） 010-65598498（市场营销部）
网　　址	www.cpi1993.com
印　　刷	北京中科印刷有限公司
开　　本	710mm × 1000mm　1/16
字　　数	338 千字
印　　张	20
版　　次	2021 年 4 月第 1 版第 1 次印刷
书　　号	ISBN 978-7-5176-0794-6
定　　价	39.80 元

总　目

说　明

一、本书选取历代不同风格的怀古诗词 93 首。

二、所收诗词以《全唐诗》《全宋词》等权威版本为底本，同时参考其他版本。

三、所收诗词按照创作年代的先后顺序排列。

四、诗词作品以作者分类，诗词原文前有作者简介，内容涉及诗人词人的生卒年、名号、籍贯、主要仕历或人生经历、代表作品、创作特点、他人评价或在文学史上的地位等。

五、诗词原文后列有对一些难解字词、生僻字、历史词、方言词、古地名、出典、重要事件等的注释。

六、每首诗词都设有题解，内容包括诗词类型、写作背景（或人物关系）、思想内容以及其他需要交待的内容等。

七、每首诗都有赏析，主要阐述诗词所蕴含的文学性和思想性，对于比较难懂的诗词，一般有逐句翻译式的串讲，有名句的，大都给予点出。

八、本书使用简化字和现代汉语标点，在可能有歧义时，酌用繁体字或异体字。

九、行文中涉及的年份，一般用旧纪年，在其后括注公历纪年，“年”字从略。

十、行文中如涉及与今地名不一致的旧地名时，在旧地名后括注今地名或其归属地。

序

王建忠

我国是诗的国度，是词的王国，五千年的优秀文化熔铸了不计其数、脍炙人口的优秀诗篇。从《诗经》《楚辞》到唐诗、宋词、元曲及明清时代的诗歌，尤其是唐诗、宋词，给我们留下了灿若群星的光辉诗篇，至今闪烁着耀眼的光芒。她对于灵魂的净化、理想的升华、人格的形成、事业的成功、人生的辉煌，等等，都有着强烈的熏陶作用。这些流传千古的光辉诗篇，哺育了一代又一代人的成长，是极其宝贵的精神财富，是中华文化之瑰宝。而作为以怀古为主要内容的诗词作品，从我国最早的《诗经》《楚辞》之中，就已显示出她独有的艺术魅力和强大的生命力。正如古人所言：“使人感而后思，思而后积，积而后满，满而后作。”这里的“感”，实则就是对历史或现实而生发的感慨、感想和感悟等等。所以，怀古类的诗词是非常值得我们重视、研究和开发的。鉴于此，我们编写了这本《怀古诗词赏析》。

怀古诗词是就历史人物、历史事件或历史遗迹即与历史相关的人、事、物等而创作的作品，其主要特征是借助历史生发议论或抒写情怀。她所具有的一个显著的审美特征，是以内容见长，相对来说，其形式和艺术性却较少强调，特别是肇始时期的作品，更具有这样的特点。

诗歌是我国有文字记载以来产生的最早的文学形式，其代表作品《诗经》《楚辞》中，即已具有怀古的成分，但真正较为完备的怀古诗，当属东汉时期的史学家、文学家班固所作的《咏史》。这首诗被认为是我国怀古诗的开山之作。它借用西汉文帝时缇萦上书救父之史事，表达了诗人因诸子不肖而使自己受到牵累的哀伤和无奈，同时也把因圣主明君的恻隐之心而获得宽宥的微茫的期许之情隐含其中。诗人既尊重事实，又能把自己的见地、情感以及独有的感触融汇诗中，从而具有了令人触动和领悟的艺术魅力。

到了魏晋南北朝时期，左思所创作的以《史记》《汉书》等所载史实为感触点的《咏史》八首，弥补了班固怀古诗"质木无文"的缺陷，而使得咏史与怀古完美融合，从而开创了被后人誉为"左思风力"的借古咏今、针砭时弊为艺术特色的创作道路。

尤其到了诗的辉煌时代——唐代，怀古诗已经成为了一种相当完备和常用的咏怀抒情的主要形式，其阅读史籍、凭吊史迹，甚至漫游山水等皆可成就各具特色之怀古诗。其间的代表诗人更是光彩夺目。尤其是"诗仙"李白、"诗圣"杜甫、"诗魔"白居易以及"诗豪"刘禹锡、"小李杜"等诗人的成就最为突出。

到了宋代，词这种肇始于唐代的文学样式，达到了她的辉煌时代，怀古诗也得到了更长足的发展。其中的诗词大家以苏轼、辛弃疾为代表的豪放派和以柳永、李清照为代表的婉约派之怀古诗词大放异彩，令人瞩目。尤是兼具政治家和文学家双重身份的欧阳修、王安石和苏轼等人的怀古诗词，以其言他人之未言的见解不凡、别开生面之特色而给人醍醐灌顶般的思想教育和审美感受。

金、元、明、清时代虽则名家不多，但诗人和词家继承了熔用典、议论和抒情于一炉的艺术手法，也取得了一定的成就。

总而言之，怀古诗词作为中国古典文学的一个独特而重要的门类，其思想性和艺术性之高是毋庸置疑的，故而是非常值得我们借鉴、继承和发扬的，无论是对历史人物、历史事件或历史遗迹的歌颂、评说或凭吊，抑或是批判、同情或肯定，对于今天的我们来说，都有着"前事不忘，后事之师""前车覆而后车诫"和"以铜为镜，可以正衣冠；以古为镜，可以知兴替；以人为镜，可以明得失"的重要作用。

以上这些，便是我们编写这本《怀古诗词赏析》之初心。

目录

班　固

班固（32—92），字孟坚。东汉著名史学家、文学家。著名学者班彪之子。自幼博览群书，父死，继承父业，续写其父未完成的《史记后传》。被告以私改国史罪而下狱。弟班超上书力辩，获释，任兰台令史，转迁为郎、典校秘书，并奉诏修史。在《史记后传》的基础上，另立体系，再加组织，历二十余年，写成《汉书》。其中，因冤死狱中而未能写成的八表和《天文志》，由其妹班昭和同郡人马续补完成。《咏史》诗是现存最早的文人五言诗之一。

咏　史

三王德弥薄①，惟后用肉刑②。
太苍令有罪③，就递长安城④。
自恨身无子⑤，困急独茕茕⑥。
小女痛父言，死者不可生⑦。
上书诣阙下⑧，思古歌《鸡鸣》⑨。
忧心摧折裂⑩，《晨风》扬激声⑪。
圣汉孝文帝⑫，恻然感至情⑬。
百男何愦愦⑭，不如一缇萦！

注　释

① 三王：夏商周三代的开国君主禹、汤、周文王。德：文德。弥：副词，益，越来越。薄：衰减，淡薄。传说三代圣王以文德治天下，故“刑错而兵寝”（刑罚不用，兵器也收藏起来）。其后则文德日渐

衰微，各种各样的刑罚也就多起来。

② 惟：语气词。肉刑：古时切断肢体、割裂肌肤的刑罚，包括墨刑、劓（yì）刑、剕（fèi）刑、宫刑、大辟等。

③ 太仓令：官名，管理太仓（汉代政府储粮之仓）的行政长官。缇萦之父淳于意曾担任齐之太仓令。《史记·孝文本纪》载，汉文帝四年（前175），有人告发太仓令淳于意触犯刑律。淳于意被捕，押赴长安。

④ 就递：押解。

⑤ 身：自身，自己。

⑥ 困急：危急关头。茕茕（qióngqióng）：孤独的样子。《史记·孝文本纪》载，淳于意无子，有五女。将行，“骂其女曰：‘生子不生男，有缓急非有益也！’”

⑦ 生：复活，死了又活过来。《史记·孝文本纪》载，缇萦因父下狱而上书皇帝：“妾伤夫死者不可复生，刑者不可复属。”

⑧ 诣（yì）：到。阙（què）下：阙谓宫阙，阙下代指朝廷。“小女”以下三句，言缇萦向皇帝上书，自请为官婢以赎父亲之刑。

⑨ 鸡鸣：据《文选》注引刘向《列女传》，缇萦伏阙上书之时，尝歌《鸡鸣》《晨风》之诗。按《诗经·齐风·鸡鸣》中有“匪鸡则鸣，苍蝇之声”“匪东方则明，月出之光”之语，缇萦歌咏此诗，似在表明父亲所获之罪与事实不符。

⑩ 摧折裂：谓断裂。此句形容缇萦号哭阙下、伤心断肠的样子。

⑪ 晨风：指《诗经·秦风·晨风》。《诗序》谓此诗是刺国君弃其贤臣之作，后人多认为是歌咏女子“未见君子”之忧。

⑫ 圣：圣明。孝文帝：汉文帝刘恒，汉高祖刘邦之子，公元前179年至前156年在位。在位期间提倡农耕、轻徭薄赋，遂致国富民强，与其子汉景帝统治时代并称为“文景之治”。

⑬ 恻然：悲悯的样子。至情：至真至纯之情。此二句是说缇萦之举感动了文帝，文帝下诏免其父之罪并废止肉刑。

⑭ 愦愦（kuìkuì）：愚蠢。

题 解

这是一首五言古诗，是东汉史学家、文学家班固所作，大约写于诗人晚年在狱中时。东汉永元元年（89），大将军窦宪讨伐匈奴，征班固为中护军。后窦宪因擅权被杀，班固也因此获罪免官，他又因为诸子不尊法度、得罪洛阳令而被捕，于永元四年（92）卒于狱中。

这首诗语言质朴，叙事凝练。借用西汉文帝时缇萦上书救父之事，表达了因诸子不肖而使自己受到牵累的哀伤和无奈，同时也流露出对圣主明君的恻隐之心而获得宽宥的微茫的期许之心。这首诗堪称中国古代咏史诗的首创之作。

赏 析

这首诗可分为三层：

第一层（一、二句），全诗的引子——追叙肉刑起始，以引出诗人所叙太仓令受刑之事：夏禹、商汤和周文王以文德治政的美德已丧失殆尽，随之实行那残酷的肉刑。“德弥薄”三字，叙写出仁德之治愈来愈淡薄。“惟后用肉刑”，直陈古代残害人身的肉体刑罚的施行。首句表达诗人对仁政的向往，次句表达诗人对残暴肉刑的谴责。看似平静的叙写中，有诗人强烈的情感在内，也为下文的史事叙写，作了很好的铺垫。

第二层（三至十四句），叙写缇萦上书救父的历史故事。三、四句写齐太仓令淳于意被诬有罪，即将被押解到长安城受刑，用语平直，叙事清晰。五、六句描写了淳于意的心理活动：他只悔恨自己没生儿子，困苦危难时才孤立无援。其中，上句表达淳于意的怨恨，下句写其后悔、悲痛：危急之时无人救援。这实则为下文缇萦救父造势。

“小女痛父言，死者不可生”转写“小女”缇萦的心中所想：小女淳于缇萦听父亲所言心痛不已，她想到人死了哪还能复生？！诗人在此着一“痛”字，蕴意极深，既有父亲获罪的伤痛，又有自己无能为力的悲痛。“死者不可生”是缇萦最为伤痛的事：人死不可复生，救父迫在眉睫！这正是下文她挺身而出、舍己救父的初衷。据随后两句写缇萦上书之事：她到皇宫门前给汉文帝上书，并在宫门前吟唱《鸡鸣》诗。其中，上句写缇萦的果敢，下句写她的心理活动和行动。她可能想到了《鸡鸣》中的“虫来啮桃根，李树代桃僵”的诗句，并思之于心，歌之于口，来表达救父之心志：甘愿为婢，以赎父罪。

“忧心摧折裂，《晨风》扬激声”是对缇萦“妾愿没入为官婢，赎父刑罪”

(《史记·孝文本纪》)的颂扬：缇萦的上书之言和为父的忧心，足以使天地为之折裂，晨风为之传颂。这两句，把缇萦号哭阙下、伤心断肠以及见不到君王而忧心如焚、感天动地的情状抒写得淋漓尽致。“摧折裂”兼用比喻和夸张的手法，写缇萦“忧心”之烈。“《晨风》扬激声”，用典、拟人兼而用之。这两句充分表现了缇萦感天动地的孝心。

“圣汉孝文帝，恻然感至情”写缇萦上书的结果：圣明的孝文帝，终于被缇萦之举和她至真至纯之情所感动。“圣汉”二字，赞孝文帝之圣明。“恻然”二字，是说孝文帝被缇萦“至情”所感动，“悲其意，此岁中亦除肉刑法”(《史记·扁鹊仓公列传》)。可见，一个封建时代的弱女子，敢于上书“阙下”情愿以身为婢替父赎罪，并希望废止残酷的肉刑而给人以改过自新的机会，其情、其见、其行可歌可泣!

第三层(诗末二句)，是对奇女子缇萦的敬佩和赞誉：天下的男儿为何那么的愚笨无能，竟然比不上弱女子缇萦！此二句用对比的方法道出了诗人对缇萦由衷地赞颂之情。诗人着一“何”字，对“百男”“愦愦”的蔑视之意显而易见。

这首诗有两个显著特点：一是主旨深刻。一个封建社会的诗人，敢于冲破男尊女卑的羁绊，敢于为一个为父赎罪的奇女子大唱赞歌，确实难能可贵、有胆有识。二是重点突出。这首诗是我国咏史诗的开山之作，既能尊重史实，做到不歪曲、不篡改，又能把诗人的见地付诸诗中，将深厚的情感熔铸诗中，力赞缇萦之事，有一种感动人心的力量。

王　粲

王粲（177—217），字仲宣。山阳高平（今山东邹县）人。汉末文学家。“建安七子”之一。年轻时即有才名，深得前辈学者蔡邕的赏识。以博闻多识著称，尤以诗、赋见长。在“建安七子”中文学成就最高。《七哀诗》三首为其杰作，以避乱途中所闻所见，深刻描写了“出门无所见，白骨蔽平原。路有饥妇人，抱子弃草间”的乱世惨象，表现了对军阀割据的愤恨和对难民的同情。诗、赋皆注重锻字炼句，风格清丽，情感深挚，慷慨凄怆。

咏 史 诗

自古无殉死①，达人共所知。
秦穆杀三良②，惜哉空尔为③！
结发事明君④，受恩良不訾⑤。
临殁要之死，焉得不相随？
妻子当门泣，兄弟哭路垂。
临穴呼苍天，涕下如绠縻⑥！
人生各有志，终不为此移。
同知埋身剧⑦，心亦有所施⑧。
生为百夫雄，死为壮士规。
《黄鸟》作悲诗⑨，至今声不亏。

注 释

① 殉死：殉葬。杜预《春秋左传注》："以人从葬为殉。"

② 事见《左传·文公六年》："秦伯任好卒，以子车氏三子奄息、仲行、鍼虎为殉，皆秦之良也，国人哀之事，为之赋《黄鸟》。"毛苌《诗传》曰："三良，三善臣。"

③ 空尔为：徒劳无用。

④ 结发：束发。古代男子成童（十五岁）束发，喻指年轻时。

⑤ 不訾（zī）：无法计量。訾：计算。

⑥ 绠縻（gěngmí）：绳索。

⑦ 剧：严重。

⑧ 施：施行。

⑨《黄鸟》：《诗经·秦风》中的一篇。是秦人哀悼"三良"（即春秋时为秦穆公殉葬的子车氏三位大夫——奄息、仲行、鍼虎。此事在《左传·文公六年》和《史记·秦世家》中，均有记载。

题 解

这是一首五言古诗，是汉末文学家王粲所作，大约作于东汉建安十六年（211）。当时王粲跟随曹操西征回归长安，途经凤翔三良冢，有感而发。据前人研究，曹操立曹丕为太子之后，生怕曹植与之争夺王位，为剪除曹植的羽翼，借故杀害了"颇有才策"的杨修。王粲大概有感于此，借此诗婉曲地进谏曹操。

此诗语言精练，意旨深刻。诗人通过三良的故事，表达了颇为深刻的思考：有对明君的呼唤，有对知遇的渴求和企盼，更有对生命的怜悯、尊重以及对历史上殉葬制度的谴责和批判。全诗情调沉郁悲凉，融叙事、议论和抒情为一体，是怀古诗中的佳作。

赏 析

全诗共有二十句，可分三层：

第一层（前八句）：叙写三良被迫殉葬之事。

开篇两句从“殉葬”之制说起：古时没有殉葬，这是明达事理的人所共知的。“自古”二字，用肯定的语气来写，将诗人对“殉死”制度的讥讽和怨愤蕴含其中，从而形成古今对比，把对始作俑者秦穆公的极大痛恨表达出来。“达人”一句更加说明“殉葬”之制有悖天理，凡明达事理者皆所共愤。

次二句表达对秦穆公的愤怒斥责：秦穆公杀害了三位忠良之臣来殉葬，可惜三位忠臣白白地死去。据《左传·文公六年》记载，三位殉葬者皆为忠贞之臣，让鲜活的生命去殉死去之人（哪怕是君王），是极其残忍的事情！诗人把此意皆含于“惜哉空尔为”一句中，可见诗人对无道之君戕害无辜愤懑至极。

接着，诗人回顾“三良”的过往：年轻的时候，他们侍奉圣明的君王，受到君王的恩宠是无可争议的。上句写“三良”之忠，下句说君恩之重。

“临殁要之死，焉得不相随？”叙写“殉葬”的原委：秦穆公临死之时，要三良从死，三良怎敢不跟随殉葬呢！据《汉书注》所载：秦穆公与群臣饮酒酣醉之时，曾说过“生死与共”的话，三位忠良之臣也曾“许诺”。穆公死后，“三良”被迫殉葬。

第二层（中间四句）：叙写“三良”殉葬后，其家人的悲哀。

“妻子当门泣，兄弟哭路垂”写“三良”殉葬后妻子儿女和兄弟们的凄伤：他们的妻子、儿女和兄弟们看到他们将要殉葬，在门口泣不成声，在路边痛苦不已。这里，诗人运用互文的手法，表达了家人的悲伤和哀痛，用血泪控诉殉葬的血腥、残忍。

“临穴呼苍天，涕下如绠縻”描写“三良”殉葬时家人的哀切、哀泣：他们眼看着墓穴，号啕大哭，呼号苍天，泪水像绳索一般连续不断地落下。这里，用惨不忍睹的场面描写，来表现“生人作死别，恨恨那可论”（汉·无名氏《古诗为焦仲卿妻作》），哀恸至极。

第三层（最后八句）：描写“三良”面临殉葬的心态和作者对“三良”的评价。

“人生各有志，终不为此移”描写“三良”对“殉葬”矢志不渝：人生各有各的志向，“三良”绝不会因为家人痛哭流涕的悲哀，而改变殉葬的志向。“有志”和“不移”表现了“三良”的精忠，更加反衬了家人的悲哀。

“同知埋身剧，心亦有所施”描写“三良”的心志之坚：他们三人都知道殉葬的剧痛，然而心里却有自己的打算。这里，诗人用“埋身剧”和“有所施”

的矛盾，更加突出了他们为承诺而坚定不移、忍痛赴死的精神。

“生为百夫雄，死为壮士规”是对“三良”的高度评价：他们活着的时候，要做百夫中的英雄，从葬而死也要做壮士的典范。诗人高度赞扬了“三良”视死如归的高尚气概和忠君报主的精神追求。如果剔除“三良”愚忠的内容，这两句不失为对视死如归、勇于赴难的英雄人物的最有力度的评价，因此而成为千古名句。

“《黄鸟》作悲诗，至今声不亏”是对“三良”殉葬一事的总结:《黄鸟》这首悲壮的诗，使“三良”的名声至今仍传扬后世。诗人借《诗经·秦风·黄鸟》一诗，表达了对“三良”精神的赞扬和推崇。

这首诗手法精妙，意旨深刻。诗人运用叙事、议论和抒情相结合的手法，叙写“三良”事迹，有着诗人颇为深刻的思考，使本诗的主旨丰富而有深意。尤其比之《诗经·秦风·黄鸟》，更是高出“多”筹。比如，认为“三良”从死，是一种忠义之举，是英雄的壮举。这是《黄鸟》诗所没有的，也难以企及的。

曹　植

曹植（192—232），字子建。曹操第三子，曾封陈王，谥号“思”，世称“陈思王”。三国时诗人。他的诗以五言为主，在曹丕称帝前的作品，虽有不少应酬赠答之作，但多数抒写了自己的志趣和抱负，少数反映了汉末军阀割据混战造成的残败的社会面貌。他的诗脱胎于乐府民歌，景物描写生动，感情描写曲折，兴致奇高，词采华茂，慷慨悲壮，工丽警策而不流于柔靡，达到了建安诗歌的最高峰。曹植少年早慧，年十岁余，便诵读诗论及辞赋数十万言，亦能文，援笔立成，深受曹操宠爱，几欲立为太子，终因任性而行，饮酒无度失宠。曹丕、曹叡相继称帝后，屡遭迫害，其诗“煮豆燃豆萁，豆在釜中泣。本是同根生，相煎何太急”，表达了深受煎熬的愤懑。最终因无法施展自己的才能，郁郁死于壮年。他与其父曹操、其兄曹丕共称“三曹”。

三良诗

功名不可为①，忠义我所安。
秦穆先下世，三臣皆自残②。
生时等荣乐③，既没同忧患④。
谁言捐躯易？杀身诚独难。
揽涕登君墓⑤，临穴仰天叹⑥。
长夜何冥冥⑦，一往不复还。
黄鸟为悲鸣，哀哉伤肺肝！

注 释

① 不可为：不由己。

② 自残：自杀。

③ 荣乐：荣华逸乐。

④ 没：同“殁”，死。

⑤ 揽涕：挥泪。

⑥ 临穴：面对自己的墓穴。

⑦ 冥冥：昏暗。

题 解

这是一首五言古诗，是三国时著名的诗人曹植所作，大约作于东汉献帝建安十六年（211），当与王粲《咏史诗》作于同时同地。但与王粲诗相比，曹植的这首诗更偏重对“三良”忠义的歌颂，亦含有对自身遭遇的感怀，却大大淡化了对秦穆公残暴的批判。因为在王粲的诗中，“三良”之殉葬是偏重于自愿的。当然，这对作为曹魏宗室的曹植来说，自然是站在统治者的立场上来看待“三良”殉葬史事的。这样，这首诗的主旨就不及王粲的诗那么深刻了。

赏 析

这首诗共十四句，可分为三个层次：

第一层（一、二句）：紧扣诗题，表达诗人的感慨——“功名不可为，忠义我所安”是说功名的取得不是由自己来决定的，忠心义行才是我的追求、我的快乐。此诗题为“三良诗”，是对“三良”之遭遇的“咏”叹，下笔便着上“功名”二字，可见诗人对“功名”之看重。诗人乍一下笔，便由“三良”之史事联想到自己之遭际。曹植本性单纯、善良，深受儒家思想的熏陶，不愿兄弟失和、篡汉自立，导致只能吟那“本是同根生，相煎何太急”的诗句而保命，所以看待“三良”之史事，就以“忠义”二字出之，确实是他人生经历的最深切的感受。

第二层（中间十句）：叙写“三良”殉葬的历史事实。

“秦穆先下世，三臣皆自残”叙述“三良”殉葬之事：秦穆公不甘自己独死，还要让三官陪死在身侧。着一“先”字，就把秦穆公生前酒酣耳热之时三位忠良之臣“许诺”“生死与共”（见《汉书注》）的背景蕴含其中。故而“皆自残”就是“三良”所心甘情愿的。这就把诗人“忠义我所安”之意突出了出来。

“生时等荣乐，既没同忧患”是对“三良”殉葬的评价：虽然活着都共享荣华，死后也同受忧患的折磨。这里，诗人从“生”和“没”（即“死”）两个方面，高度评价“三良”与君王“生死与共”的史实，写出了“三良”的忠肝义胆：他们用事实践行了他们的诺言。

“谁言捐躯易？杀身诚独难”是诗人的所思所想：是哪个在说献身容易？杀身的痛苦实在是最难熬过的。这里，诗人从自己的切身感受着笔，针对“捐躯”“杀身”的人生要事、大事，抒发自己的慨叹，把自己的人生经历、人生体验融于其中，有一种“烈士多悲心，小人偷自闲”（曹植《杂诗七首》之六）的意味。

“揽涕登君墓，临穴仰天叹”是对“三良”入墓情景的设想：他们一定是哭着进入墓地，他们一定会对着墓穴叹息老天刻薄。一个活生生的人，要为君王去陪葬，面对死亡谁又能泰然处之呢？！因为他们有家人，有朋友，有值得牵挂的人。诗人设身处地想象，合理而又饱含深情，却有催人泪下之力。

“长夜何冥冥，一往不复还”是诗人的喟叹：昏黑的长夜把他们等待，一朝死去他们永远难再复活。这里，诗人对“三良”“视死忽如归”（曹植《白马篇》）的义勇精神作了高度的赞扬。“何冥冥”“不复还”六字中，亦饱含有诗人无比的痛苦。

第三层（末二句）：表达了诗人对“三良”的哀悼——“黄鸟为悲鸣，哀哉伤肺肝！”是说黄鸟为他们悲鸣不止，后人为他们悲伤到肺裂肝破。这里，用“黄鸟”来表达诗人难以抑制的伤痛，既是拟人，又是用典（《诗经·秦风·黄鸟》）。“哀哉伤肺肝”句末是本诗最强的悲哀之声，把诗人的万千悲伤之情蕴含其中，不仅是悲“三良”之义勇、尽忠，而且饱含着诗人对自身遭际的无尽的慨叹。

这首诗是曹植心路历程的真实抒写。诗人融叙述史实与抒发内心感受于一体，将自己的人生经历、人生体验融会其中，情真意切，寄寓深远；借“三良”之史事以述忠怀，读后感人肺腑。

左　思

左思（约250—约305），字太冲。齐国临淄（今山东淄博人）。西晋文学家。出身寒微，相貌丑陋，言语迟钝，不好交游。但博学能文，且勤于用力。据载，所作《三都赋》，使“洛阳为之纸贵”，因此显名。其文学成就主要在五言诗，《咏史》八首为其代表作：或借史咏怀，或陈古刺今，表达寒门出身的知识分子身受压抑的强烈愤懑和反抗情绪。诗作意旨深刻，感情充沛，语言淳朴，笔调劲挺。后人辑有《左太冲集》。

咏史（八首选一）

其五

皓天舒白日①，灵景耀神州②。
列宅紫宫里③，飞宇若云浮④。
峨峨高门内⑤，蔼蔼皆王侯⑥。
自非攀龙客⑦，何为欻来游⑧？
被褐出阊阖⑨，高步追许由⑩。
振衣千仞岗⑪，濯足万里流⑫。

注　释

① 皓（hào）：晴朗。舒：舒展，形容光芒四射。
② 灵景：日光。灵：有神灵之奇的赞美含义。神州：赤县神州的简称，指中国。
③ 列：排。紫宫：古代天文中的紫微垣，喻指皇宫。

④ 飞宇：屋檐扬起像飞鸟的翅膀。云浮：形容高而密。

⑤ 峨峨：形容很高。

⑥ 蔼蔼：指人众多而有威仪的样子。

⑦ 攀龙客：指追随帝王侯相以求功名利禄的人。始见扬雄《法言·渊骞》："攀龙鳞，附凤翼，巽以扬之。"

⑧ 欻（xū）：忽然。

⑨ 被褐（pīhè）：身着粗布短衣，喻指贫贱。阊阖（chānghé）：宫门。这里指京都洛阳的城门。

⑩ 许由：尧帝时代一位拒绝名利的高士。据西晋皇甫谧《高士传》载："许由，字武仲，阳城槐里人，修道冲虚，学于啮缺。许由为尧所让，由是退隐遁，耕于中岳下。"

⑪ 振衣：抖衣除尘。仞：古代七尺为一仞。

⑫ 濯（zhuó）足：洗脚。

题 解

这是一首五言古诗，是西晋著名的文学家左思所作，大约写于晋武帝咸宁五年（279）前后，其时朝廷下令讨伐东吴和鲜卑，正是将帅立功、国士效命的大好机会。因此，作者写了《咏史》八首组诗，集中反映了他在仕进道路上从满怀希望到理想幻灭的过程。

这首诗是左思《咏史》八首中最为后世称道的一首，着重表现了诗人希望的破灭。因此在诗人的心灵深处，有着对"世胄蹑高位，英俊沉下僚"（《咏史》其二）的贵族门阀制度的愤慨和控诉，也有对"济济京城内，赫赫王侯居"（《咏史》其四）的尘世现状的愤懑和痛恨，更有着"自非攀龙客，何为欻来游"的痛苦与不平！

赏 析

这首诗可以分为两大部分。

第一部分（前六句）：极力铺陈、描写京城宫室的辉煌壮丽、气势不凡，从而为后半部分的抒情做铺垫。

“皓天舒白日，灵景耀神州”是写景：明亮的天空中阳光四射，太阳的光辉普照着神州大地。这里，诗人用一个“全镜头”的“远景”，为下文铺设了一个极其壮丽的背景。

“列宅紫宫里，飞宇若云浮”勾画出皇宫的建筑之盛：帝京里一排排豪宅屹立，屋檐上翘犹如飞鸟的翅膀，如浮云般漂浮在天空。这里，诗人用总括、细描的手法，勾画出一个豪华、精美的“中景”，把诗人对雕梁画栋、琼楼玉宇的“金玉其外，败絮其中”的厌恨之情融于其中。

“峨峨高门内，蔼蔼皆王侯”点明了高门深院居者何人：在高大的门楼里，来来往往的都是王侯。这里，诗人用建筑之豪华、王侯之众多的“近景”，表达了诗人内心无比的愤懑：这里达官贵人把持、垄断着一切，哪里还有诗人这样出身寒门之人的下足之处呢？！至此，诗人用远、中、近三个“镜头”，极力铺排壮丽天日、豪华建筑和“蔼蔼王侯”，和后半部分的写志抒怀形成了强烈的对比。

第二部分（后六句）：抒情写志，表明诗人鄙弃富贵荣华、绝不攀龙附凤的决心。

“自非攀龙客，何为欻来游”用反问句表达了诗人内心的矛盾和痛苦：我并不是攀龙附凤之人，为什么忽然到这种地方来呢？这里，诗人运用典故，用情感强烈的反问句式，表达了自己内心的痛苦：自己有“梦想骋良图”（《咏史》其一）的志向，力图寻找一条建功立业的进身之路，但朱门沉沉、“王侯”当道，自己又不愿趋炎附势、攀龙附凤，到底该如何去做呢？此时，诗人心灵的矛盾痛苦达到了极点。这二句承上启下，概括前一部分，引出对下文心志的抒写。

“被褐出阊阖，高步追许由”是诗人借咏史以表达自己脱离尘俗的高洁志行：我要穿着粗布的衣衫，离开皇都，去追随许由做一个隐士。这里，诗人用“被褐”（语出《孔子家语·三恕》）、“许由”的典故，表达了自己的心态，有一种“贫贱不能移，威武不能屈”（《孟子·滕文公下》）的“大丈夫”之气。

“振衣千仞冈，濯足万里流”紧承上句，进一步表明诗人丢掉幻想、洗去尘俗的决心：我要在高山上抖掉尘世的浮沉，在长河里洗掉脚上的污垢。这里，诗人承上暗用许由的典故，表明自己要有许由那样隐退而耕、脱尘离俗的博大胸怀，且又十分含蓄而深刻地暗示了皇都中王公贵族生活的污秽，表达了诗人对达官贵人卑污灵魂的鄙视和不屑，这与诗人所追求的纯洁清白的隐逸生活形成鲜明的对比。末二句，俯视千古，极有气势，故而成为千古名句。

这首诗意旨深刻，手法精妙。诗人名为“咏史”，实则咏怀，巧妙运用对比、反衬和用典等多种手法，以景融情，诗味醇厚，把诗人高洁的怀抱和志行表现了出来。诗歌感情激昂，风格豪迈，却有屈原《离骚》之情致。

陶渊明

陶渊明（365？—427），一名潜，字元亮。东晋诗人。田园诗是他文学创作的主要成就，亦是我国诗歌史上的创举。他的田园诗，画面纯朴自然，感情真挚深切，表达了诗人弃官村居“躬耕自资”的喜悦的生活情趣。另有“金刚怒目”式的咏史咏怀诗，表达对社会人生的认识，尤其是对尘世的厌恶，对腐朽统治者的蔑视。他自幼博览群书，早年即有抱负。性爱自由，不屈己从俗。因家境贫困，耕植不足自给，始出仕。曾任江州祭酒、镇军参军。因不满官场污浊，每次赴任旋辞。四十一岁，出任彭泽县令，仅八十余日，因不愿折腰媚迎督邮，又弃职归隐，留下为世人所熟知之语：“不能为五斗米，折腰向乡里小儿！”此后二十多年，亲自参加农事，接近农民，对农村生活多有体验。虽然遭水旱灾厄，几至饥寒而乞食，却仍能固穷守节。后在贫病交加中去世。友人颜延之等仰慕其高风亮节，私谥“靖节”，故有“靖节先生”之称。

咏荆轲①

燕丹善养士②，志在报强嬴③。
招集百夫良④，岁暮得荆卿⑤。
君子死知己⑥，提剑出燕京⑦；
素骥鸣广陌⑧，慷慨送我行⑨。
雄发指危冠⑩，猛气冲长缨⑪。
饮饯易水上⑫，四座列群英。

渐离击悲筑⑬，宋意唱高声⑭。
萧萧哀风逝⑮，淡淡寒波生⑯。
商音更流涕⑰，羽奏壮士惊⑱。
心知去不归，且有后世名⑲。
登车何时顾⑳，飞盖入秦庭㉑。
凌厉越万里㉒，逶迤过千城㉓。
图穷事自至㉔，豪主正怔营㉕。
惜哉剑术疏㉖，奇功遂不成㉗。
其人虽已没㉘，千载有余情㉙。

注 释

① 荆轲：也称庆卿、荆卿、庆轲，战国时期著名刺客，卫国朝歌（今河南淇县）人，好读书击剑，入燕，燕之处士田光善待之，后受燕太子丹所遣，入秦刺秦王嬴政。

② 燕丹：战国末期燕王喜之子太子丹。养士：战国时代诸侯贵族有供养门客的风气。战国时期，士有多类，有文士、策士、侠士等。

③ 报：报复，报仇。强嬴（yíng）：强秦。嬴：指秦王嬴政，即后来统一六国始称皇帝的秦始皇。

④ 百夫良：意即许许多多武士中的杰出者。百：概数，许多。

⑤ 荆卿：即荆轲。荆轲祖上是齐人，本姓庆，至卫而改姓荆。卿：犹“子”，是燕人对他的尊称。荆轲刺秦王的故事，见《史记·刺客列传》。

⑥ 死知己：为知己而死。死：为动用法，意为“为……而死”。

⑦ 燕京：燕国的都城，在今北京地区。

⑧ 素骥：白色骏马。《战国策·燕策三》：“太子及宾客知其事者，皆白衣冠以送之。”白色是丧服色，白衣冠以示同秦王决一死战，以壮荆轲之行。此处用“素骥”，就是为了表达这层意思。广陌：宽阔的干道。

⑨ 慷慨：情绪激昂。

⑩ 雄发指危冠：怒发直指，冲起高高的帽子。雄发：怒发。冠：帽子。《战国策·燕策三》："复为羽声慷慨，士皆瞋目，发尽上指冠。"

⑪ 缨（yīng）：绳。此处指系帽子的丝带。

⑫ 饮饯：饮酒送别。易水：在今河北西部，源出易县境。

⑬ 渐离：高渐离，燕国人，与荆轲友善，擅长击筑。《史记·刺客列传》："荆轲嗜酒，日与狗屠及高渐离饮于燕市，酒酣以往，高渐离击筑，荆轲和而歌于市中，旁若无人者。"筑（zhù）：古代弦乐器，形似筝。

⑭ 宋意：当为燕太子丹所养之士。《淮南子·泰族训》："荆轲西刺秦王，高渐离、宋意为击筑而歌于易水之上，闻者莫不瞋目裂眦，发植穿冠。"

⑮ 萧萧：风声。

⑯ 淡淡：水波摇动的样子。据《战国策·燕策三》载，荆轲临行时歌曰："风萧萧兮易水寒，壮士一去兮不复还。"陶诗这两句即从《易水歌》第一句变化而来。

⑰ 商音：古代乐调分为宫、商、角、徵（zhǐ）、羽五个音阶，商音调凄凉。

⑱ 羽奏：演羽奏调。羽调悲壮激越。《战国策·燕策三》："至易水上，既祖，取道。高渐离击筑，荆轲和而歌，为变徵之声，士皆垂泪涕泣。"

⑲ 且：将。名：指不畏强暴、勇于赴死的名声。

⑳ 登车何时顾：反诘句，是"一上车就不回头"的意思。《战国策·燕策三》："于是荆轲就车而去，终已不顾。"指决心已定，义无反顾。

㉑ 飞盖：车子如飞般疾驰。盖：车盖，代指车。

㉒ 凌厉：意气昂扬，奋起直前的样子。

㉓ 逶迤（wēiyí）：道路蜿蜒曲折。

㉔ 图穷：地图展开至尽头。《史记·刺客列传》："荆轲取图奏之，秦王发图，图穷而匕首见。"事自至：行刺之事自然发生。

㉕ 豪主：豪强的君主，指秦王。怔（zhēng）营：惊恐、惊慌失措的样子。

㉖ 剑术疏：剑术不精。

㉗ 奇功：指刺秦王之功。遂：竟。

㉘ 其人：指荆轲。没：死。

㉙ 余情：不尽的豪情。

题　解

这是一首五言古诗，是东晋文学家陶渊明所作，写于东晋安帝义熙十年（414）或南朝宋武帝永初三年（422）。这首诗是借史咏怀、托古言志的咏史类怀古诗，是诗人的代表作，亦是一首典型的“金刚怒目”式的诗作。

这首诗笔墨淋漓，慷慨悲壮，成功地塑造了战国末年著名侠客荆轲的形象，热情地歌颂了荆轲不畏强暴、行刺秦王的壮举，充分地表现了诗人对黑暗政治、强暴势力的极端憎恶和铲除强暴的美好愿望；同时，也将诗人的人格、志向和襟怀寄托于诗中。

赏 析

这首诗可分三个部分。

第一部分（前四句）：主要写燕太子丹得到荆轲。

“燕丹”二句，开门见山交代“善养士”的目的和“报强嬴”的志向：燕国太子丹喜欢收养门客，目的就是报仇雪恨。诗人起笔洗练，直陈“荆轲刺秦”之背景，简洁而有力。尤其是“强嬴”二字，用意颇深：既用反衬之法以示秦强燕弱，又用燕国之弱小反衬太子丹复仇的决心之大，还为荆轲的出场以及荆轲肩负使命的危重埋下了伏笔。

“招集”二句，简要叙写得到荆轲的过程：太子丹到处召集超群的勇士，到这一年的年底终于招募到了荆轲。“百夫良”三字，说明招募的绝非鸡鸣狗盗的等闲之徒，而是文武兼备的智勇超群之士。“岁暮”二字，可见出标准之高、招募之难。“得荆卿”三字，写出结果，也暗含荆轲之智勇峻拔、非同寻常，诗人用平直的语言，写出了波澜，平中见奇，引人入胜。

第二部分（中二十二句）：着重叙写荆轲刺秦的经过。诗人着力描绘出三幅画面。

“君子”六句为第一幅画面：君子重义气为知己而死，荆轲仗剑就要辞别燕京。白色的骏马在大路上嘶鸣，众人义气激昂为他送行。人人同仇敌忾、怒发冲冠，勇猛之气简直要冲断了帽缨。这幅“提剑出京图”，写得很有层次：先总说“提剑出京”，这与首句的“善养”相互照应，且是“善养”的结果，同“君子死知己”也构成了因果关系。而“君子”一句又巧妙化用了“士为知己者死”（《战国策·赵策一》）的名句；再用“素骥”一句渲染气氛，“慷慨”一句直写“送行”。用白马“鸣广陌”的拟人手法，把“人何以堪”的悲壮表现出来。“雄发”二句，兼用白描、夸张的手法，刻画出“发尽上指冠”“气冲长缨”的勇士荆轲的形象。第一幅画写得有声有色，慷慨悲壮。

“饮饯”十句为第二幅画面：易水边摆下盛大的饯别宴，就座者都是人中的精英。高渐离击筑，筑声慷慨悲壮；宋意唱歌，歌声响彻云霄。座席中吹过萧萧的哀风，水面上漾起淡淡的波纹。唱到那凄凉的商调，听者无不流泪；奏到那悲壮激越的羽音，壮士荆轲格外惊心。他明知这一去不可能回返，只能留下姓名万古长存。这幅“壮士饯别图”，手法多样：“饮饯”二句运用白描的手法，交代了饯别的地点（“易水”）、场面（“四座”）、人物（“群英”）和仪式（“饮饯”）。“渐离”二句写壮歌送行，是两幅“特写镜头”。“萧萧”二句用来衬托环境、渲染气氛，更增加了悲壮之气。“商音”二句用“商音”的悲凉和“羽奏”的悲壮来进一步渲染送别悲壮的气氛。“心知”二句是对主人公荆轲的心理描写。这一幅画，使得荆轲的形象更加丰满，具有立体性。

“登车”六句为第三幅图画：他登车而去何曾有所眷顾，飞车直驰那秦国的殿廷。勇往直前那行程已超过万里，曲折行进所经过何止千城。展开地图忽然现出匕首，秦王见此不由得胆战心惊。这幅“驱车行刺图”，生动传神，惊心动魄：“登车”两句是一个“登车”而“入”的“特写镜头”，“凌厉”两句是一个路上“越”“过”的“特写镜头”，“图穷”两句是一个献图行刺的“特写镜头”。诗人运用蒙太奇手法，把一个不畏强暴、视死如归的侠士形象淋漓尽致地刻画了出来。

第三部分（末四句）：荆轲刺秦的结局。

“惜哉”二句点明了行刺失败的原因：只可惜荆轲的剑术尚欠精湛，盖世的奇功竟然没有能够建成。这里的“惜哉”二字，饱含着诗人的惋惜、沉痛之情。

“其人”二句是诗人对荆轲的赞美：荆轲其人虽然早已随风而去，但千百年来还回荡着他的豪情。这两句犹如一记重响，不仅把评价、赞美和仰慕之情都蕴含其中，而且寄托了诗人的人格、志向和襟怀。

这首诗构思精妙，手法多样。诗人交叉运用蒙太奇和人物描写的多种手法，以清晰、井然的层次，成功地塑造了一位不畏强暴、义无反顾和视死如归的英雄形象，呈现出波澜壮阔、深切感人的艺术魅力。

颜 延 之

颜延之（384—456），字延年。祖籍琅琊临沂（今山东临沂）。南朝宋诗人。少孤贫，好读书，无所不览。文章之美，冠绝当时。与谢灵运并称“颜谢”，又与谢灵运、鲍照二人，被称为“元嘉三大家”。今存诗二十九首，语言雕琢、喜好用典是他诗歌的主要特点，为后人称道的有《北使洛》《还至梁城作》《五君咏》及《秋胡行》等。

五君咏·向常侍[①]

向秀甘淡薄[②]，深心托豪素[③]。
探道好渊玄[④]，观书鄙章句[⑤]。
交吕既鸿轩[⑥]，攀嵇亦凤举[⑦]。
流连河里游[⑧]，恻怆山阳赋[⑨]。

注 释

① 向秀（约227—272），字子期，河内怀（今河南武陟西南）人。魏晋时期的文学家，“竹林七贤”之一。官至黄门侍郎、散骑常侍。故称“向常侍”。曾注《庄子》。

② 淡薄：同“淡泊”，不追逐名利，清静寡欲。

③ 豪素：即毫素，“豪”通“毫”，是笔和纸的代称。也用来指代诗文著作，或指研究学问。

④ 探道：指向秀曾注《庄子》。渊玄：深邃，深奥。

⑤ 此句与前一句指向秀注《庄子》，耻为寻章摘句，而重精通大义。鄙：耻。鄙章句：和陶渊明“好读书不求甚解”相通。颜延之与陶渊明有着深厚的友谊。陶渊明病卒后，颜延之写了《陶征士诔》，

歌颂了陶渊明的高行峻节，情文并茂，真切感人，也是现存最早的有关陶渊明的记载。

⑥ 吕：指向秀与嵇康共同的朋友吕安。鸿：鸿雁。一说天鹅。轩：飞翔。

⑦ 嵇：指嵇康。凤：凤凰。古人认为“鸿”“凤”同是美鸟，常用以喻君子之德。举：飞翔。与“轩”均比喻举止不凡。

⑧ 流连：徘徊，反复。河里：河内。

⑨ 恻怆：悲伤，伤痛。山阳赋：即向秀悼念嵇康的《思旧赋》。嵇康旧居在山阳（今河南焦作东）。

题　解

这是一首五言古诗，是南朝宋诗人颜延之所作，写于宋文帝元嘉十一年（434），此时诗人被朝廷外放永嘉太守。诗人甚是怨愤，乃作《五君咏》，分别吟咏魏晋时期“竹林七贤”中的阮籍、嵇康、刘伶、阮咸、向秀。诗人遗落贵显的山涛、王戎，是其思想境界的体现。

清人何焯曾说：“咏史者，不过美其事而咏叹之，概括本诗，不加藻饰，此正体也。太冲多摅胸臆，此又其变体。”“太冲”即左思，他的咏史诗打破了传统的写法，开创了“名为咏史，实为咏怀”的先河。颜延之的《五君咏》皆为“正体”。这首诗是第五首，吟咏的对象是嵇康的好友向秀。

赏　析

这首诗着重描述了向秀与嵇康的深厚友谊，且巧妙引用《思旧赋》中的文句，把向秀对嵇康的悼念表现得真切动人。诗歌虽属“正体”，但又写得别有特色。

开头两句，写向秀的志趣：他甘于淡泊，不求功名利禄，把自己的心思全用在著述上。“甘淡薄”三字，诗人写出了向秀的人格特点：不慕功名利禄和权势，追求一种恬静寡欲的人生。“深心托豪素”一句，写出了向秀爱好读书，潜心学问的特点。这句曾被后代广泛引用，如清代的书画家、文学家郑板桥的名联“深心托豪素，努力爱春华”，取本句作为上联。

“探道好渊玄，观书鄙章句”写向秀的读书生活：他曾注《庄子》一书，喜好探究深邃的事理，精通大义：读书之时耻于寻章摘句。诗人着一“好”一“鄙”，从正、反两个方面写出了向秀读书、做学问的特点。这里，诗人把好友陶渊明“好读书不求甚解”之法，用于向秀，既表达了对陶渊明读书之法的推崇，又赞扬了向秀的读书之法与陶渊明相通。意蕴丰富，情谊颇深。

“交吕既鸿轩，攀嵇亦凤举”写向秀的交游生涯：他既相交于吕安，又相交于嵇康，与他们有相同的志趣和追求，有君子之德，有不同寻常的举止。这两句，诗人特意点出与向秀交游最亲密的吕安和嵇康，这是有原因的：一是他们一直交好，向秀与吕安曾一同从事田间劳作，与嵇康曾一同打铁；二是他们都是志趣相投的非凡之人，但这两位朋友却一起死在司马氏的屠刀之下。这为下文感伤作赋做铺垫。

“流连河里游，恻怆山阳赋”两句写向秀感旧而作赋：他被征入洛阳做官时，徘徊于河内，反复渡河，目的是为了到山阳痛悼嵇康。这里，叙写了向秀作《思旧赋》的情形。“流连”和“游”写出了他心中的悲哀：自己的朋友吕安和嵇康因为不满司马氏集团的统治，最后都被司马昭杀害，而自己却要违心出仕，为司马氏效劳。诗人在这里用“恻怆”二字表达出向秀颇为纠结的心情，是非常恰当的。因为向秀在这篇怀念吕安、嵇康的《思旧赋》里，不敢直抒胸臆，“刚开头却又煞了尾”（鲁迅《为了忘却的记念》）。这种敢怒而不敢言的“恻怆”压在心头，只能写出思念之情于《思旧赋》中。

这首诗层次清晰，情真意切。诗人从志趣、学问、交游和感怀作赋四个方面，依次写来，较为全面地概括了向秀的一生，不仅表达了对向秀的赞扬，而且把向秀对嵇康、吕安的痛悼表现得真切感人，也把诗人内心无限的凄楚融入诗中。

鲍　照

鲍照（约414—466），字明远。南朝宋诗人。出身寒微。临川王刘义庆赏其诗，擢为国侍郎。不久，升任秣陵令、中书舍人。临海王刘子顼（xū）镇荆州时，又任前军参军，故有“鲍参军”之称。他的诗作多反映对门阀士族统治的不满，表现怀才不遇的牢骚和贫贱者沉沦之感，在一定程度上揭露了当时社会的黑暗；辞藻华美而骨力刚健，意境奇特瑰丽，音节错综铿锵，感情强烈，极富浪漫主义色彩，为后来的七言歌行体的发展奠定了良好的基础，对唐代诗人李白、岑参影响很大。他与颜延之、谢灵运合称“元嘉三大家”。

咏　史

五都矜财雄①，三川养声利②。
百金不市死③，明经有高位④。
京城十二衢⑤，飞甍各鳞次⑥。
仕子彯华缨⑦，游客竦轻辔⑧。
明星晨未稀，轩盖已云至⑨。
宾御纷飒沓⑩，鞍马光照地。
寒暑在一时⑪，繁华及春媚。
君平独寂寞⑫，身世两相弃。

注　释

① 五都：西汉时以洛阳、邯郸、临淄、宛、成都为五都。矜

（jīn）：自夸。

② 三川：秦郡名，治荥阳（今河南荥阳西南），其地有河、洛、伊三水，所以称作三川。养声利：追求名和利。

③ 不市死：不死于市中。

④ 明经：精通经学。

⑤ 衢（qú）：大道。

⑥ 飞甍（méng）：高耸的屋脊。鳞次：像鱼鳞一样密布。

⑦ 仕子：做官之人。彯（piāo）：长带摆动的样子。缨：彩线制成的帽带。

⑧ 竦（sǒng）：执。轻辔（pèi）：这里指代善跑的马。辔：辔头。

⑨ 轩盖：带篷盖的车，达官贵人所乘。

⑩ 宾御：宾客和侍者。飒沓（sàtà）：众多的样子。

⑪ 一时：一时间，霎时。

⑫ 君平：汉代蜀人严遵，字君平。他在成都以占卜为生，每日得百钱则闭门下帘读《老子》，一生不求仕进。

题 解

这是一首五言古诗，是南朝宋诗人鲍照所作，大约写于泰始二年（466）。当时，宋孝武帝刘骏死后，世人矜尚财货、看重名利，与坚守寂寞清贫、与世相弃的严君平形成了强烈的对比，这更加凸显出世风的奢华和腐朽。诗人为了表达对官僚贵族的极度憎恶和对自己耿直高洁品行的赞扬，特作此诗以抒内心的一腔不平之气。

这首诗构思精妙，详略得当，重点突出。尤其把发自诗人心灵深处的悲愤不露痕迹地融合在对比之中，鲜明、生动，具有强烈的艺术魅力。

赏 析

这首诗可分三层：

第一层是前四句，揭露了高门世族、达官贵人追名逐利的丑恶现实，表达了诗人内心无比的孤独和苦闷。

“五都矜财雄，三川养声利”极写世俗之恶劣：五都之人，因财产的雄厚而自夸自耀、自尊自大；三川之人，热衷于追名逐利。诗人在这里着一“矜”字，写出了五大都市之人都尚豪富的恶劣风气；着一“养”字，把三川之徒争名夺利的丑恶现实描写得淋漓极致。诗人的好恶之情由此显而易见。

“百金不市死，明经有高位”揭露了门阀制度下极其不平等的社会现实：有钱的富豪，可以不受法律的制裁；精通经学的士人，轻而易举就能够得到高官厚禄。上句写有钱者钱可通神，可不受刑律的约束；下句写好名好利者却居要津高位。这种极不平等的社会现实，给诗人造成了一种沉重的压抑感。诗人感到自己空怀治世之抱负，却无法实现，因此内心感到无比的沉重和痛苦。

第二层是中间十句，具体描写京城里达官贵人恣情享乐的丑恶之态。

“京城十二衢，飞甍各鳞次”着力描写京城的繁华：京城里，大道四通八达；高耸的屋脊，就像鱼鳞一样密布。诗人以鳞次栉比、甍飞脊耸的楼阁台观，极力摹写出了京师的繁盛华美，也蕴含了这里是有钱有势者的游乐之佳地。

“仕子彯华缨，游客竦轻辔”描写为官者和闲游者乐游忘归的情景：做官的，华美的帽缨随风飘动；闲游的，骑着快马往来城中。这里，诗人把“仕子”“游客”华服丽饰、高车驷马、春风得意徜徉京城的情形形象地描写了出来，这与诗人内心的孤独、寂寞形成了鲜明对比。

“明星晨未稀，轩盖已云至”描写清晨官宦们进城的景况：凌晨时分，天上依旧繁星闪烁，官宦们的车驾，已如风似云般涌入城中。这里，诗人运用比喻的手法，描写出为官者轩车如云、随从纷杂的豪奢莫比的场面，把诗人的厌恶之情蕴含其中。

“宾御纷飒沓，鞍马光照地”描写宾仆畅游的场面：宾客和仆从，随之纷至沓来；黑乎乎的土地上，映照着鞍马的闪闪光芒。这里，诗人运用夸张的手法，从人马之盛写出豪华、奢侈之盛，也把诗人的忧虑、愤懑含于诗句之中。

“寒暑在一时，繁华及春媚”与“京城”二句遥相呼应，再次总写京城之繁华奢靡和游乐之盛：寒来暑往，似乎只是一瞬；百花纷纷争艳，只想趁那春光明媚之时。这两句诗人笔锋一转，有一种豪奢之盛只是“一时”的企盼，委婉地透露出诗人寄希望于未来的心绪。

第三层是末二句，表达诗人对严君平的同情和慨叹。

严君平甘于寂寞不慕名利，可是世俗不用他，他也不求入仕。诗人借严君平的典故，表达了自己对不慕名利、甘于寂寞的精神境界的崇尚和追求，表现出他无心仕途、淡泊名利的豁达心胸。

这首诗最突出的特点是借古讽今。诗人极写西汉盛世官宦之贵和豪门之富，并警示荣华富贵转瞬即逝，不如效法高士严君平不慕名利、惠及后人。以西汉史事，讽喻当世吸取教训，莫重蹈覆辙。可谓意旨深远。

虞　羲

虞羲（生卒年不详），字子阳，一说字士光。会稽余姚（今浙江余姚）人。南朝齐梁间诗人。少有学问，南齐时，以太学生游于竟陵王萧子良西邸，历始安王侍郎、建安征虏府主簿功曹，又兼记室参军。其诗敢于打破“永明体”的束缚，善用汉魏古体诗的形式创作，气势遒劲，叙事、写景既具概括性，又富生动性，以其独特的“清拔”风格为谢朓所称赞。《先秦汉魏晋南北朝诗》辑其诗及断句十三首。

咏霍将军北伐①

拥旄为汉将②，汗马出长城③。
长城地势险，万里与云平。
凉秋八九月，虏骑入幽并④。
飞狐白日晚⑤，瀚海愁云生⑥。
羽书时断绝⑦，刁斗昼夜惊⑧。
乘墉挥宝剑⑨，蔽日引高旍⑩。
云屯七萃士⑪，鱼丽六郡兵⑫。
胡笳关下思⑬，羌笛陇头鸣⑭。
骨都先自詟⑮，日逐次亡精⑯。
玉门罢斥候⑰，甲第始修营⑱。
位登万庾积⑲，功立百行成⑳。
天长地自久，人道有亏盈。
未穷激楚乐㉑，已见高台倾㉒。
当令麟阁上㉓，千载有雄名。

注 释

① 这首诗选自《宣统固原州志》。霍将军：即西汉名将霍去病，汉武帝时著名的军事家和年轻将领。

② 旄（máo）：杆头装饰有牦牛尾的军旗。

③ 汗马：当是西域名贵的汗血马的省称。

④ 幽并：位于边陲的幽州与并州，古代燕赵之地。

⑤ 飞狐：要塞名，古代河北平原与北方边郡的交通咽喉。

⑥ 瀚海：指荒漠地带，因浩瀚如海而得名。

⑦ 羽书：古时征调军队的文书，上插鸟羽表示紧急，必须速递。

⑧ 刁斗：古代军中用具。铜质，有柄，能容一斗。白天用来煮饭，夜间则用以巡更。

⑨ 乘墉：登上城墙。墉：城墙。

⑩ 旍（jīng）：同“旌”，旗帜。

⑪ 云屯：喻指军队如云屯聚。七萃士：七支精锐的军队。

⑫ 鱼丽：古代车战的一种阵法。六郡：指汉陇西、天水、安定、北地、上郡、西河。

⑬ 胡笳：古代北方民族乐器。

⑭ 羌笛：古代北方民族乐器。陇头：陇山，在今陕西与甘肃交界处。

⑮ 骨都：指匈奴官名骨都侯，冒顿单于设置。自詟（zhé）：自己惊惧、害怕。

⑯ 日逐：匈奴王号，也为官名。亡精：失去魂魄胆。

⑰ 玉门：指玉门关，在今甘肃敦煌西北。斥候：也作“斥堠”，侦察，候望。也指侦察敌情的士兵。

⑱ 甲第始修营：甲第，本谓封侯者的住宅。霍去病因击败匈奴有功，汉武帝曾为他建造府第，他拒绝说：“匈奴未灭，无以家为也。”这句诗是说，现在可以修府第了。

⑲ 万庾积：上万处堆积在露天的谷物。这是说霍去病位尊禄厚。庾：古代计量单位，一庾等于十六斗。

⑳ 百行成：这是说霍去病才高望重。百行：多方面的品行。

㉑ 激楚：楚歌曲。

㉒ 高台倾：指霍去病之死。霍去病虽然功成名就，但年仅 23 岁就去世了。

㉓ 麟阁：即“麒麟阁”，在未央宫中。汉宣帝时曾画霍光等十一功臣像于阁上，表彰功绩。

题　解

这是一首五言古诗，是南朝梁诗人虞羲所作，是歌颂历史人物——西汉名将霍去病的咏史诗。这首诗描述了霍去病北伐匈奴的赫赫战功，表现了他不慕名利的高尚品德，感叹其英年早逝的莫大遗憾，并盛赞其大名永垂、彪炳千秋。同时，也委婉地表达了诗人愿意为国效命、马革裹尸的壮志豪情。

这首诗用语讲究，多用排偶，使叙事波澜壮阔、抑扬有致，“妙在起伏，非徒铺叙为工。”（清·何焯《义门读书记》）

赏　析

全诗共二十八句，可分为四层：

第一层是前四句，诗人紧扣诗题北伐，叙写霍去病奉命率兵出征的艰苦和艰险。

“拥旄”二句，写出征：霍将军乘骑高大的汗血马，拥旄使节，率部北伐，远出长城。这两句，描写出大汉军威之雄伟。“汗马”二字，也暗含着出征作战的艰苦。

“长城”二句，描写出征之地的险要和荒远：长城地势险要，长城之外万里荒漠，远远望去，似乎要与云天相连。这里，诗人不仅写出长城的气势、长城外地域之广阔，而且有一种悲壮苍凉之感，营造出汉代将士即将征战的气氛。

第二层是以下六句：追叙出征之缘由，描写艰苦、艰险的环境。

“凉秋”二句，点明了时序，叙述了出征的缘由：秋高气爽的八、九月，胡地草肥，胡骑马壮，正是胡人侵犯、骚扰汉朝的大好时机；敌骑南侵幽、并二州，严重地威胁着西汉边地。这里，诗人从敌方着笔，更能显示出形势的严峻和出征之任的艰巨。

“飞狐”二句，渲染战事的紧急：飞狐塞战云密布，日色格外昏暗；瀚海兵事迭起，云雾阴霾如愁而生。“白日晚”“愁云生”，运用夸张兼比喻的手法，渲染出一片征战、杀戮的天昏地暗的气氛。

“羽书”二句写战事之紧张、形势之严峻：羽书不时断绝，军情不达；刁斗昼夜兼用，常为敌军所惊。这里，诗人写出敌人之速、来势之猛，不仅表现战事极为紧迫，也暗示了霍将军系国家安危于一身，肩负的使命、责任极其重大。

第三层是以下八句：描绘征战破敌的全过程。

“乘墉”二句状写霍将军登城挥剑指挥作战：宝剑所向，旌旗遮天蔽日。“挥宝剑”三字，极其生动地描绘出霍将军英勇果敢的光辉形象。

“云屯”二句描写将精士勇、锐不可当的精神：在霍将军的英明指挥下，汉军兵多将广，如云屯聚；上下齐心，阵容整齐，势如破竹。“云屯”二字，既言兵将之多，又言全军人心上下凝聚，比喻恰切。

“胡笳”二句描写了敌方人心之涣散：在激烈的拼杀中，匈奴将士心惊胆战，只能在羌笛一曲、胡笳数声中发出愁思和哀怨。这里，“胡笳”“羌笛”与“羽书”“刁斗”遥相呼应，文势起伏，读后使人荡气回肠。

“骨都”二句描写汉军击败匈奴、大获全胜：在霍将军的指挥下，匈奴将领胆战心寒、失魂落魄，汉军大获全胜。这里诗人妙用反衬手法，表现出霍将军非凡的军事才能和无与伦比的英雄胆略。

第四层是最后十句：叙写霍将军回师后事。

“玉门”二句是说匈奴退却，边塞平静，现在才可以提起修建府第之事。诗人在此暗示了霍将军抗击匈奴所立下的卓著功勋，赞美他实现了“匈奴未灭，无以家为”的雄心壮志。

“位登”二句是说霍将军因为屡建战功而得到汉武帝丰厚、崇高的赏赐，他也因此受到普遍赞颂，他的威望和声誉极高。

“天长”四句，状写将军离世：虽然天长地久，但是人生短暂。霍将军功成名就，但享福未多，人已殁去。“未穷”二字，表达了诗人深深的遗憾。“高台倾”，运用婉曲的手法，写将军的不幸辞世（年仅二十三岁），把万千悲恸融于其中。

“当令”二句，赞其功绩：霍将军的图像挂于麒麟阁上，名雄千古，世代敬慕。诗人卒章显志，揭示了诗旨。

这首诗章法谨严，情感动人。诗歌按照时间顺序，把叙述、描写和抒情融为一体，运用比喻、夸张、反衬和婉曲等手法，塑造出一位万世景仰的英雄霍去病的形象，把爱戴、悼念之深情融于诗中。

陈 子 昂

陈子昂（661—702），字伯玉。唐代诗人，初唐诗歌革新的集大成者。作诗提倡汉魏风骨，反对齐梁的淫靡之风，并以自己的创作实践，打破齐梁诗风的束缚和影响，是唐代诗歌革新的先驱。他的诗或借古喻今，或托物寄情，或感慨时事，或抒发理想，或指斥时弊；风格质朴明朗，声调苍凉激越，对唐代诗歌的发展颇有影响。《感遇》三十八首、《蓟州览古》七首和《登幽州台歌》为其代表作。

感遇（三十八首选一）

其四

乐羊为魏将①，食子殉军功。
骨肉且相薄，他人安得忠？
吾闻中山相②，乃属放麑翁③。
孤兽犹不忍，况以奉君终。

注 释

① 乐羊：战国时魏国将军，为了表示效忠魏君而吃了自己儿子的肉羹。

② 中山相：典出《说苑·贵德》，战国时中山君孟孙到野外去打猎，捕获一只小鹿，就交给侍卫秦西巴带回去煮来吃。母鹿一路跟随，悲鸣不止。秦西巴不忍，于是放了小鹿。后中山君封秦西巴为太傅，即中山相。

③ 麑（jǐ）：幼鹿。

题 解

这是一首五言古诗，是唐代文学家陈子昂所作，写于武则天当朝之时。他所作的《感遇》三十八首，是诗人一生各个阶段见闻和感受的实录，非一时一地所作，内容庞杂，既有对宇宙、社会、人生的思索，又有对时政昏暗、世情险恶、兵民苦难的描绘。可谓“感之于心，遇之于目，情发于中而寄于言”。

这首诗是陈子昂目睹当时的政治风气后而写的。当时，武则天为了夺取权位，不惜杀害许多李唐宗室成员，其中也包括自己的亲生骨肉，结果上行下效，朝中大臣为了表示效忠武则天，也纷纷做出一些表面上大义灭亲的残忍之事。诗人不便正面指责，就创作了这首咏史诗。全诗借古讽今，针砭时弊，抒发了诗人对时事的深沉感慨。

赏 析

这首诗是诗人《感遇诗》的第四首。

“乐羊为魏将，食子殉军功”叙写了第一个历史人物的故事：乐羊是战国时魏国的将军，他为了表达对魏王的一片忠心，竟然吃了一杯儿子的肉羹，魏文侯重重奖赏了他，给了他军功。开头这两句，用语看似平直浅易，但着一“殉”字，把诗人的无比愤激之情融入其中：用儿子之“殉”来换取自己功勋之人，哪里还有人性？！更不要奢谈什么“军功”！诗人用不齿的笔触写下这个历史故事，是有感于当朝的风气而发的。因为他目睹了武则天为了夺取皇权，不惜杀掉许多有碍夺权的唐朝宗室成员，甚至连至亲太子李宏、李贤和皇孙李重润也在其中。满朝文武大臣为了表效忠之心，也纷纷效仿武则天，泯灭人性地“大义灭亲”：大臣崔宣礼犯罪，本来武后想赦免他，谁知崔的外甥霍献不徇私情，以头触殿阶，结果血流满地，坚决要求判处其亲舅死刑。所以，诗人把自己对这种行为的谴责、痛恨之意全融入诗中，起到了振聋发聩的效果。

“骨肉且相薄，他人安得忠”是至情至理的发问：一个贪功而忍心吞吃儿子肉羹的人，骨肉之情尚且薄凉至此，他怎么能对君王、对别人有忠心呢？诗人用极其简单而又饱含理性的推理，揭露了乐羊的丑恶灵魂。在“骨肉之亲，析而不殊”的亲情面前，是最能鉴别“忠”“伪”的。

“吾闻中山相，乃属放麑翁”二句，诗人又叙写了另外一则历史故事：那个意外地做了王子太傅的人，原来竟然是一个怜悯幼鹿、擅自放生的小小侍卫。诗人这里着一“乃”字，既写出小小侍卫擅自放生、出人意料之举，又表达了他对侍卫秦西巴忠厚、仁慈的美好品德的肯定和称道。

“孤兽犹不忍，况以奉君终”是诗人的再次推理：这样一个对孤兽还存有恻隐之心的人，何况对他的国君呢？不言而喻，他肯定是能忠君到底的！“犹不忍”三字，表明了秦西巴有恻隐之心。因为“恻隐之心，仁之端也”（《孟子·公孙丑上》），有仁心之人一定会有忠君之心的。这里也含有对中山君孟孙的肯定和赞誉，当然更多包含的是讽喻之意。

这首诗最突出的特点：借古事以讽喻。诗人巧妙借用两则历史故事，讽喻当世，以求最高统治者能够以“仁”治理天下。尤其两则故事一反一正，对比强烈，极有人情味，极具说服力。

孟 浩 然

孟浩然（689—约740，一说691—约740），本名不详（一说名浩，字浩然）。诗以五言见长。风格清新雅逸，恬静淡远，多有自然超妙之趣。除表现个人求官不遂的苦闷外，尤以描写山林幽静的景物著称。与王维齐名，是唐代山水田园诗派的代表。《望洞庭湖赠张丞相》《过故人庄》和《春晓》是其代表作。平生虽以布衣终老，但诗名却为时人所倾慕。李白、杜甫对其评价甚高。诗的内容较为狭隘，少开阔气象。苏轼称其“韵高而才短，如造内法酒手，而无材料耳”，颇能切中其病。

与诸子登岘山①

人事有代谢②，往来成古今③。
江山留胜迹，我辈复登临④。
水落鱼梁浅⑤，天寒梦泽深⑥。
羊公碑尚在⑦，读罢泪沾襟。

注 释

① 岘（xiàn）山：即岘首山，在今湖北襄阳以南。诸子：指诗人的几个朋友。
② 代谢：交替变化。
③ 往来：旧的去，新的来。
④ 复登临：对西晋名将羊祜曾登岘山而言。羊祜镇守襄阳时，常与友人到岘山饮酒诗赋，有过江山依旧人事短暂的感伤。登临：登山临水，泛指游览。
⑤ 鱼梁：沙洲名，在襄阳鹿门山的沔水中。东汉时期的隐士高贤庞德

公曾居于此。

⑥ 梦泽：古有云、梦二泽，在洞庭湖北岸一带。

⑦ 羊公碑：后人为纪念羊祜而建。因后人“望其碑者莫不流泪”，故又名“堕泪碑”。

题 解

这是一首五言律诗，是唐代著名诗人孟浩然所作，写于诗人在家乡隐居读书、写诗自娱期间。诗人大半生居住在襄阳城南岘山附近的涧南园。诗人因求仕不遇，心情极为苦闷，于是便邀几位好友登上岘山以释不快。诗人想到古人羊祜的登此山之慨叹，颇有同感，于是就写下这首诗以抒怀。

这首诗借凭吊西晋名将羊祜碑以抒怀古伤今之情。诗人追思羊祜生前之语，既感慨历史兴衰、人生短暂，又悲叹自己不能像羊公一般建功立业、流芳后世。诗歌情感真挚深沉，通俗平淡的抒写中，有着动人至深的艺术魅力。

赏 析

首联是诗人对人世沧桑的深沉的感悟：人世的万事皆有更替变化，来来往往的时日便形成了古今。这两句，可以说诗人道出了一个朴实的、千古不变的真理。大到朝代兴衰更替，小到家族兴衰、个人悲欢离合、生老病死，都是如此。“代谢”“古今”四字，把时光无情、时不我待的感伤、惆怅融入其中，饱含着“人生忽如寄”（汉·无名氏《古诗十九首·驱车上东门》）、“人生穷达谁能料”（南宋·陆游《秋风亭拜寇莱公遗像》）的深沉慨叹。

颔联紧承上联，紧扣诗题，言登临之事：江山处处留有名胜古迹，而今我们又可以登攀亲临。上句紧承首联之“古”字，用“胜迹”指代眼前的岘首山和羊公碑，以及目之所及的鱼梁洲等诸多景致。一个“留”字，情谊颇深，感念伤怀，百感交集。下句紧承首联之“今”字，着一“复”字，把诗人怀念羊祜之情融入其中。诗人思念羊祜，尤其是想到他镇守襄阳，造福于民，深得民心，死后襄阳人民为他建“羊祜庙”“堕泪碑”于此山之上，因之而名留千古。由古及今，诗人想到自己默然无为，不禁黯然神伤，悲从中来。

颈联转写登山所见：只见那水落石出的鱼梁洲水位清浅，那云梦泽由于天寒更显得迷蒙而幽深。这一联，用语精美，景致别样。上句一“落”一“浅”，把严冬时节水位下降、鱼梁呈露更多的清新之景描绘出来，犹如一幅清新的画面，栩栩如生。“鱼梁”二字，又把诗人对数次拒绝刘表延请的隐士高贤庞德公的怀念之情蕴含其中。下句着一“深”字，将远景纳于笔下。尤其是“天寒”二字，明是写景，实则蕴情，将“人生一世，如白驹过隙”（汉·班固《汉书·张良传》）的慨叹融入其中，有一种空有才华却无处施展的凄伤。

尾联是全诗的收合，写诗人见碑而生情：羊祜碑如今依然矗立眼前，读罢碑文不禁使我潸然泪下，泪水沾湿了我的衣襟。上句写瞻仰羊公碑，着一“尚”字，万千情感皆含其中：羊祜是晋初之人，其时已过去四百余年，其碑仍在，令人敬仰之至。而诗人自己，虽有“思杀边城游侠儿”（孟浩然《凉州词》）的远大志向，却仍为布衣，死后难免湮没无闻。故而，诗人悲情难抑，想到自己不能够像羊公那样遗大爱于人间而名垂千古，不由得发出“读罢泪沾襟”的感叹。

这首诗语言浅淡，意旨深远。前两联表生命短促之喟叹，后两联抒怀才不遇之悲情。全诗借古抒怀，熔写景、抒情和说理于一炉，语淡而味厚，“含情抱感”（《历代诗法》），“意到气足，自然混成”（《茧斋诗谈》）。尤其“水落鱼梁浅，天寒梦泽深”一联，情景交融，成为千古名句。

王 维

王维（701—761，一说698—759），字摩诘。唐代诗人、画家。前期诗作主要是边塞诗，虽有仕途坎坷的感叹，但抱负犹存，未失豪迈欢乐之心。《使至塞上》《少年行》《老将行》是这一时期的代表作。《送元二使安西》曾被谱成《阳关三叠》的送行乐曲，是妇孺皆知的送别名作。后期多为描写隐居幽栖生活、表现闲适静谧情趣、宣扬佛教禅理的山水田园诗，体物精细，状写传神，特别是能用绘画、音乐之理通于诗，具有诗情画意相结合的特点，被苏轼誉为“诗中有画，画中有诗”。与孟浩然并称“王孟”，是唐代山水田园诗派的代表。他是开元进士，官至尚书右丞，故有“王右丞”之称。又因他晚年无心仕途，专诚奉佛，故后人又称其为“诗佛”。

夷 门 歌①

七雄雄雌犹未分②，攻城杀将何纷纷③。
秦兵益围邯郸急④，魏王不救平原君⑤。
公子为嬴停驷马⑥，执辔愈恭意愈下⑦。
亥为屠肆鼓刀人⑧，嬴乃夷门抱关者⑨。
非但慷慨献良谋，意气兼将身命酬⑩。
向风刎颈送公子，七十老翁何所求⑪！

注 释

① 夷（yí）门：战国时期，魏国都城大梁的东门。这首诗中所歌

颂的侯嬴是夷门的守门官，故名为《夷门歌》。

② 七雄：战国时期七个主要的诸侯国——齐、楚、秦、燕、赵、魏、韩，合称“战国七雄”。雄雌：即胜负。

③ 纷纷：纷乱。

④ “秦兵”句：秦军在长平之战大破赵军后，乘胜包围赵国都城邯郸。平原君夫妇多次写信向魏国及信陵君求救。魏王畏惧秦国，虽命晋鄙领兵十万驻扎于邺，但是仅仅观望，不敢出兵相救。信陵君屡次劝谏魏王，魏王均不听。

⑤ 魏王：指魏安釐（lí）王。公元前260年，秦兵攻赵，在长平坑赵卒四十万，遂围邯郸。赵向魏求救，魏安釐王不应。平原君：即赵胜，战国时赵惠文王之弟，战国四公子之一，也是信陵君的姐夫。任赵相，礼贤下士，门客众多，与魏国信陵君、楚国春申君、齐国孟尝君齐名，并称为“四公子”。

⑥ 公子：即信陵君，名魏无忌，战国时魏安釐王异母弟，门下有食客三千。嬴（yíng）：即侯嬴，魏国的隐士，当时是魏国都城大梁监门小吏。信陵君慕其名，亲自执辔御车，迎为上客，为信陵君献计窃虎符，夺兵救赵。驷（sì）马：四匹马拉的车子。

⑦ 执辔（pèi）：驾车。辔：驾驭牲口的嚼子和缰绳。

⑧ 亥：朱亥，战国魏人，有勇力，与侯嬴相善，隐于市，为屠户。后助信陵君救赵。屠肆：屠宰铺。肆：旧时指铺子、商店。鼓刀：操刀。鼓：挥舞。

⑨ 抱关者：守门小吏。

⑩ “非但”二句：写侯嬴和大力士朱亥二人帮助公子窃符救赵的豪侠仗义之举。侯嬴为信陵君献计，请如姬帮忙从魏王卧室中偷出兵符。如姬果然窃得兵符。公子行前，侯嬴让他的朋友大力士朱亥和公子一起去，准备在晋鄙不听命时击杀他。侯嬴又对公子说：“我年老了，不能跟随公子。等公子到达晋鄙军时，我将自刭以谢公子。”公子至邺，假称魏王派自己来代替晋鄙。晋鄙果然怀疑，朱亥遂以大铁椎击杀晋鄙。公子统率晋鄙军，进击秦军，秦军解邯郸之围而去。

⑪ “向风”二句：写侯嬴果然自刎，赞美他的仗义轻生，慷慨任侠。

题 解

这是一首七言古诗，是唐代著名的山水田园诗派的代表诗人王维所作。此诗取材于战国时期“信陵君窃符救赵”的故事，但能巧妙裁剪，将故事的主角由魏公子无忌换成了夷门侠客侯嬴，着重赞颂了出身下层的英雄人物见义勇为的豪侠精神。同时，诗人对信陵君知人善任的政治风度也予以充分的肯定。

这首诗语言精练，结构巧妙。诗人通过礼遇侯生、侯生献计和侯生自刎三个主要情节，塑造了战国时期的隐者义士侯嬴献计救赵、慷慨捐躯的英雄形象，实则是别出心裁的故事新编。

赏　析

这首诗可以分为三个部分：

第一部分（开头四句）：交代整个故事的背景。

开篇二句写七雄争霸天下的局势：战国七雄争霸的胜负还不可预知，攻城杀将战乱纷起。首句总说，概括整个形势。下句形象地描写出战乱惨烈、天下大乱的局面。

"秦兵益围邯郸急，魏王不救平原君"写"窃符救赵"的起因：因为秦军增兵围困赵国的都城邯郸，魏王畏惧秦军不敢出兵相救。"围邯郸"三字点出赵国之危。再着一"急"字，更加突出了赵国的燃眉之"急"，已经危在旦夕。"不救"二字，与"急"形成了鲜明的对照，写出赵国孤立无援、坐以待毙的绝望，给读者设置了悬念。

第二部分（中间四句）：叙写信陵君礼遇侯生。

"公子为嬴停驷马，执辔愈恭意愈下"描写信陵君礼贤侯生：信陵君亲自为侯嬴驾车，过市访友；侯生愈傲愈厉，信陵君执辔愈恭面色愈和。这里，诗人采用对比的手法来写。"为嬴停"写出信陵君之恭敬，亲自驾车，侯生要停则停。两个"愈"字，暗写侯生的故意傲慢，明写信陵君的礼贤谦恭。细节生动。

"亥为屠肆鼓刀人，嬴乃夷门抱关者"点明友人和侯生身份：侯生的朋友朱亥是持刀宰杀牲口的屠夫，侯嬴也不过是掌管魏国都城大梁东门锁匙的守门人。这里，诗人运用插叙的手法，交代了朱亥和侯生的身份，与上面两句所写的细节，形成了鲜明的对照，以"亥""嬴"卑微的地位突出"公子"（信陵君）不以出身待人的谦恭品质，也为后文侯生和朱亥的智、勇埋下了伏笔。

第三部分（末尾四句）：描写侯生"智""义"双全、慷慨捐躯。

"非但慷慨献良谋，意气兼将身命酬"写侯生献计和捐躯：侯嬴不但慷慨解囊为信陵君献出窃符夺兵之计，而且极重义气，竟然以身相报。这里用“献良谋”三字概括了窃符、朱亥椎杀晋鄙和赚得晋鄙军救赵的关键情节，充分表现出侯嬴之“智”；用“意气”指代侯嬴在公子至晋鄙军之日北向自刎的情节，充分表现出侯嬴之“义”。一“谋”一“酬”，便使得一位“智”“义”兼具的英雄形象矗立在读者的面前。

“向风刎颈送公子，七十老翁何所求”以议论作结：侯嬴甘愿以身命报答信陵君的知遇之恩，七十岁的老人别无所求。诗人用“刎颈”二字，写出了侯嬴的仗义捐躯，可歌可泣。“何所求”三字，写出了侯嬴侠肝义胆的内心世界，慷慨、悲壮之气气贯长虹。

这首诗匠心独具，构思精妙。诗人从两千余字的史传故事中，巧剪妙裁，选取了最能塑造侯嬴英雄形象的三个主要情节——礼遇侯生、侯生献计和侯生自刎，其中前一个情节是后两个的基础。诗人将这三个情节浓缩成“叙古事而别有寄托”（清·吴汝纶语）的仅八十四字的佳作，其艺术功力非同寻常。

西施咏①

艳色天下重，西施宁久微②。
朝为越溪女③，暮作吴宫妃。
贱日岂殊众④，贵来方悟稀。
邀人傅香粉⑤，不自着罗衣。
君宠益娇态⑥，君怜无是非⑦。
当时浣纱伴⑧，莫得同车归。
持谢邻家子⑨，效颦安可希⑩。

注　释

① 西施：春秋时期越国美女，后被越王勾践献给吴王夫差，成为吴王宠妃。
② 宁久微：岂会长久卑微下贱。
③ 越溪：浣江，在今浙江诸暨南苎萝山下，相传西施曾在此浣纱。
④ 殊众：不同于众，出众。
⑤ 傅香粉：即搽脂敷粉。傅：通“敷”，涂抹。
⑥ 娇态：妩媚的姿态。
⑦ 怜：怜爱，宠爱。
⑧ 浣纱：即洗衣服。
⑨ 持谢：寄语，奉劝。邻家子：一作“邻家女”。
⑩ 效颦（pín）：仿效西施皱眉。比喻不具备条件而模仿，使得效果很糟。安可希：怎能希望别人的赏识。

题 解

这是一首五言古诗，是唐代著名诗人“诗佛”王维所作，写于少年时期或唐天宝时期（742—756）。诗人虽处盛唐，却看到繁华外表之下所隐藏的危机：奸邪小人把持朝政，纨绔子弟凭借裙带关系而飞黄腾达，甚至那些斗鸡走狗之徒也凭借关系飞扬跋扈，但真正的才俊之士却屈居下层，一生穷困潦倒，有志不能够施展。诗人针对这种现实，借用西施由浣纱女成为吴王妃的历史故事，表达了对人生际遇的看法，同时也表达了对“效颦”之小人的嘲讽。在揭露当时社会潜藏的危机的同时，也抒发了自己怀才不遇的不平与感慨。

这首诗言浅意深，托意深远，意在言外。诗人运用比兴手法，写尽了世态炎凉，实为讽刺类的咏史诗（咏史诗包含在怀古诗之内）。

赏 析

这首诗共十四句，可分三层：

第一层（前四句）：借西施的故事来抨击丑恶的社会现实。

开篇二句，从世态的角度提出了一个值得人们思考的社会问题：天下之人好德者少，重色者多；有此社会习俗，像西施这样的美丽者，就不可能长久地处于微贱之地。这里，诗人借用“西施”这一典故，表达了他对当时社会的看法，讥讽当政者不以德才取人的恶劣行径，并深刻揭示其根源在于“艳色天下重”。由此可见，这两句婉曲之中饱含诗人的愤懑和批判之情。

“朝为越溪女，暮作吴宫妃”紧承上句，叙写越女西施的故事：原先她不过是越溪的一个浣纱女，可是后来却成为吴王的爱妃。诗人用“朝”“暮”二字，通过对比写出一个人的身份变化之快，紧扣上句中的“重”“微”二字，是用事实证明：“朝”“暮”之间，一个“艳色”女子顿时身价倍增的原因，就是遇到重“色”之人！由此可见，诗人揭露丑恶社会现实、抨击权臣之意显然。

第二层（中间八句）：借“西施现象”，针砭时世和小人。

“贱日岂殊众，贵来方悟稀”是诗人对“西施现象”的思考：她贫贱时难道有什么与众不同吗？等到她显贵了，才惊悟出她的丽质天下稀有。诗人针对西施“贱”“贵”天壤之别的事实，提出了一个发人深省的问题。既含有对埋没人才的时世的愤恨，又含有对无才无德之人却恃宠擅权的丑恶现实的憎恶和贬斥。

“邀人傅香粉，不自着罗衣”再写“西施”得宠的情形：不知有多少宫女为她涂脂敷粉，她从来也不用自己穿着罗衣。这里，诗人借“西施”讥讽当朝一种不正常的社会现象：那些得宠的为官者，颐指气使，为所欲为！如果他们有如“西施”一样有德有才还罢了，但是他们实则无德无才，岂不更悲哉？！

“君宠益娇态，君怜无是非”是进一步叙写“西施”得宠：君王宠幸她，她的姿态更加娇媚；君王宠爱她，从不计较她的对错。这两句，诗人用鄙夷和痛斥的笔触，表达了他对“得幸者”的有利鞭挞：那些无德无才的宠臣，借助高权保佑，愈宠愈骄，愈宠愈横，是非不分，颠倒黑白。从中可见，诗人对这些炙手可热的权臣，是多么的憎恨。

“当时浣纱伴，莫得同车归”是诗人丰富的联想：那些昔日与西施一起在越溪浣纱的女伴，再也不能与她同车往来、同车归去了。这两句，诗人用一种似乎惋惜的口吻，表达了对时世的讥讽：同是“浣纱伴”，但是如果有飞黄腾达之日，那境遇就会截然不同。这里，诗人有对无能者得势、得宠的讥讽，也含有对真才实学者脱颖而出的充分肯定。

第三层（最后二句）：诗人对那些“效颦”之人进行了嘲讽。

“持谢邻家子，效颦安可希”，是诗人对社会、人生的看法——奉劝那些盲目效颦的邻人东施，仅仅学那皱眉而想取宠并非易事！如果胸无点墨，没有真才实学，却盲目追求功名富贵，最终难免出丑、失败。

这首诗构思精妙，意旨深刻。诗人借用西施这则历史故事，影射现实，针砭丑恶，嘲讽时世，有着深重的怀才不遇、郁郁不得志的不平和愤慨。寓意深刻，发人深省。

李 白

李白（701—762），字太白，号“青莲居士”。唐代伟大的浪漫主义诗人。他的诗歌想象奇特，充满浪漫色彩，语言清新自然，有“清水出芙蓉，天然去雕饰”之美，在文学史上产生了巨大影响。与杜甫齐名，世称“李杜”。又有“谪仙”“诗仙”之美誉。其《菩萨蛮》词，被称为“百代词曲之祖”。安史之乱爆发后，因参加永王李璘之变，被流放夜郎，中途遇赦得还，不久病死于当涂。

古风（五十九首选一）

其三

秦皇扫六合①，虎视何雄哉！
挥剑决浮云，诸侯尽西来②。
明断自天启，大略驾群才。
收兵铸金人③，函谷正东开④。
铭功会稽岭⑤，骋望琅琊台⑥。
刑徒七十万，起土骊山隈⑦。
尚采不死药⑧，茫然使心哀。
连弩射海鱼⑨，长鲸正崔嵬⑩。
额鼻象五岳，扬波喷云雷。
鬐鬣蔽青天⑪，何由睹蓬莱⑫？
徐市载秦女，楼船几时回？
但见三泉下，金棺葬寒灰。

注 释

① 六合：指天下。

② “诸侯”句：战国时秦在西方，其他六国居东，故说秦统一天下后，诸侯皆西来朝见。

③ “收兵”句：收缴民间兵器铸成金人。据《史记·秦始皇本纪》载：“收天下之兵，聚之咸阳，销锋铸鐻，以为金人十二。”

④ 函谷：函谷关，在今河南灵宝北，是我国建置最早的雄关要塞之一，秦国的东方门户。

⑤ “铭功”句：指秦始皇三十七年（前210）在会稽山刻石称颂功德。据《史记·秦始皇本纪》载：“上会稽，祭大禹，望于南海，而立石刻颂秦德。”

⑥ “骋望”句：秦始皇曾徙民三万户重修琅琊台。据《史记·秦始皇本纪》载：“南登琅琊，大乐之，留三月。乃徙黔首三万户琅琊台下，复十二岁。作琅琊台，立石刻，颂秦德，明得意。”

⑦ “起土”句：指秦始皇为自己修建骊山陵墓。

⑧ “尚采”句：指秦始皇迷信方士之说，派徐市（fú）等出海寻求不死仙药。

⑨ “连弩”句：徐市诈称海中有大鱼阻碍，不得登仙岛求药，于是秦始皇派人沿海射鱼。

⑩ 崔嵬（cuīwéi）：高大的样子。

⑪ 鬐鬣（qíliè）：鱼脊和鱼颔上的羽状部分。

⑫ 蓬莱（pénglái）：传说中的海中仙山名。《史记·封禅书》：“自威、宣、燕昭使人入海求蓬莱、方丈、瀛洲。此三神山者，其傅在勃海中。”

题 解

这是一首五言古诗，是唐代著名诗人李白所作《古风》五十九首组诗中的第三首。《古风》组诗，素以风骨雄健、气势磅礴而享誉古今。这首诗较为全面地评价了功过参半、饱受争议的千古一帝秦始皇：既肯定了秦始皇统一六国的雄才大略，又揭露其称帝后骄奢淫逸、迷信神仙的荒唐行径，并暗讽唐玄宗迷信神仙、妄求长生的荒唐行径。

这首诗构思精妙，手法多样。既将史实与夸张、想象相结合，又能将叙事、议论与抒情相结合，采取欲扬先抑的手法，开合有致，体现出批判现实的精神和浪漫奔放的特色，具有独特的艺术魅力。

赏 析

这首诗可以分为三大部分。

第一部分（前十句）：颂扬秦始皇的雄才大略和统一六国的雄伟业绩。

"秦王"四句，描写了秦始皇灭掉六国、统一天下的赫赫战功：秦王嬴政以虎视龙卷之威势，扫荡、统一了战乱的中原六国。他一挥舞长剑，漫天的浮云即刻消逝；各国的富贵诸侯，全部迁徙到咸阳。乍一开篇，诗人便着一"扫"字，既有力度，又有气势，有横扫千军万马之威，有势如破竹之气；"虎视"二字，形象地写出秦王的勃勃雄姿；"浮云"二字，象征当时天下纷乱不堪的局面，而秦王拔"剑"一"挥"，便"云"开"雾"散，"诸侯尽西来"称臣；诗人在这里着一"决"字，把秦王一剑平天下、定乾坤的神威表现得淋漓尽致。

"明断"六句叙写秦始皇有雄才大略且治国有方：秦始皇的圣明之大运是上天赐予的，他有驾驭群雄的才略。他把天下兵器铸为十二金人，函谷关的大门向东打开，国内呈现出一片太平景象。他又在会稽岭琅琊台刻石记下丰功伟绩，驰骋琅琊台眺望大海。诗人先用"明断""天启""大略"等词语，极力夸赞秦始皇作为一代杰出政治家的宏才大略和非凡的治国才能。然后叙写了他巩固政权的两大措施：一是"收兵铸金人"，清除反对异己的力量，同时敞开函谷关，打开和东方交流的门户；二是刻石颂功，为维护秦统一大造舆论。尤其"骋望"二字，把秦始皇志得意满、胸怀天下的气概生动而又形象地展示出来。

第二部分（中间十二句）：据史实写，讽刺秦始皇骄奢淫逸、妄想长生的荒诞行为。

"刑徒"二句揭发了秦始皇骊山修墓的奢靡之事：他动用七十万刑徒在骊山下修建陵墓，真是劳民伤财！诗人用"七十万"这一精确数据，真实地写出秦始皇穷极民力、恣意挥霍的丑态。

"尚采"二句进一步揭发秦始皇"求仙采药"的愚蠢妄想之举：他迷信方士之说，派人求仙寻求长生不老之药，结果未得，茫然中徒然心生悲哀。这里，诗人用秦始皇"采不死药"之荒唐行为，表现出他自私、利令智昏和欲壑难填的性格特征。

"连弩"八句再写秦始皇杀鲸求药的经过：他又派大船入海，用连发的弓箭射杀像山一样高大的鲸鱼，目的是为了清除阻碍求药的所谓妖怪。那鲸鱼体积庞大，额头就有山丘大，呼吸时扬起的波浪如喷云响雷；鱼鳍一张开，青天顿时都看不见了，有它在海里，求药之人怎能到蓬莱仙岛？徐市用楼船载着三千童男和三千童女，去寻仙求药，至今都没有回来！这八句，诗人运用丰富的想象和夸张的浪漫主义手法，把寻仙求药的过程写得波澜壮阔、惊险奇幻。“楼船几时回？”这一毫无希望的设问，最终打破了曾经一统天下、不可一世的秦始皇的长生美梦。

第三部分（最后二句）：写秦始皇在巡行途中病死：只见那骊山脚下三泉的深土里，金棺盛的只是秦始皇冰冷的骨灰。这两句由第一部分的“扬”一下子“抑”到了“三泉下”的谷底！历史无情地嘲弄了既有赫赫功绩又骄奢无度的“千古一帝”。

这首诗最显著的特点是：构思精妙，手法高超。诗人择要叙写，纲举目张。力写秦始皇的赫赫功绩，“扬”到了极点；想象、夸张求仙寻药，最终病死，又“抑”到了极致。全诗大起大落，开合自如，融叙述、描写和议论、抒情于一体。所有这些，都充分显示了“诗仙”前无古人、后无来者的天下独绝的艺术功力。

梁甫吟[1]

长啸梁甫吟[2]，何时见阳春[3]？
君不见，朝歌屠叟辞棘津[4]，八十西来钓渭滨。
宁羞白发照清水，逢时吐气思经纶[5]。
广张三千六百钓[6]，风期暗与文王亲[7]。
大贤虎变愚不测[8]，当年颇似寻常人。
君不见，高阳酒徒起草中[9]，长揖山东隆准公[10]。
入门不拜骋雄辩，两女辍洗来趋风。
东下齐城七十二[11]，指挥楚汉如旋蓬[12]。
狂客落魄尚如此[13]，何况壮士当群雄！
我欲攀龙见明主[14]，雷公砰訇震天鼓[15]，帝旁投壶多玉女[16]。
三时大笑开电光，倏烁晦冥起风雨[17]。
阊阖九门不可通[18]，以额扣关阍者怒[19]。
白日不照我精诚，杞国无事忧天倾[20]。
猰貐磨牙竞人肉[21]，驺虞不折生草茎[22]。
手接飞猱搏雕虎[23]，侧足焦原未言苦[24]。
智者可卷愚者豪，世人见我轻鸿毛[25]。
力排南山三壮士，齐相杀之费二桃[26]。
吴楚弄兵无剧孟[27]，亚夫咍尔为徒劳[28]。
梁甫吟，声正悲。
张公两龙剑，神物合有时[29]。
风云感会起屠钓[30]，大人岘屼当安之[31]。

注 释

① 梁甫吟：古代用作葬歌的一支民间曲调，音调悲切凄苦。

② 长啸：吟唱。

③ 阳春：指得遇明君，施展抱负。语出宋玉《九辩》："恐溘死不得见乎阳春。"

④ "朝歌"句：指姜太公吕望曾在棘津做小贩，在朝歌做屠夫，在磻溪钓鱼，最终遇到周文王而得重用。朝歌屠叟：指吕尚（即吕望、姜太公）。

⑤ 经纶：比喻治理国家。

⑥ 三千六百钓：吕望八十钓于渭滨，九十得遇文王，期间历时十年，共三千六百天，所以说三千六百钓。

⑦ 风期：风度和谋略。

⑧ 大贤：指吕望。虎变：典出《易经·革卦》九五："大人虎变。"比喻大人物的行为变化莫测，骤然得志，非常人所能预料。

⑨ 高阳酒徒：西汉人郦食其。

⑩ 隆准公：指刘邦。刘邦高鼻，故有此称。

⑪ 据《史记·郦生陆贾列传》载：楚、汉在荥阳、成皋一带相持，郦食其建议刘邦联齐孤立项羽。他受命到齐国游说，齐王田广表示愿以所辖七十余城归汉。

⑫ 旋蓬：蓬草随风旋转，比喻轻而易举。

⑬ 狂客：这里指郦食其。

⑭ 攀龙：典出《后汉书·光武帝纪》："耿纯进曰：'天下士大夫捐亲戚，弃土壤，从大王于矢石之间者，其计固望其攀龙鳞，附凤翼，以成其所志耳。'"比喻依附帝王建立功业。

⑮ 雷公：传说中的雷神。砰訇（hōng）：形容声音洪大。

⑯《神异经·东荒经》载：东王公常与一玉女玩投壶的游戏，每次投一千二百支，不中则天为之笑。天笑时，流火闪耀，即为闪电。

⑰ 三时：早、午、晚。倏（shū）烁：电光闪耀。晦冥：昏暗。这两句暗指皇帝整天寻欢作乐，权奸和宦官弄权，使得朝廷政令无常。

⑱ 阊阖（chānghé）：神话中的天门。也指皇宫的正门。

⑲ 阍（hūn）者：看守天门的人。这两句指唐玄宗昏庸无道，宠信奸佞，使有才能的人报国无门。

⑳ "杞国"句：指杞人忧天的故事。"白日"两句的意思是皇帝不理解我，还以为我是杞人忧天。这里有诗人自嘲之意。

㉑ 猰貐（yàyǔ）：古代神话中一种吃人的野兽。这里喻指朝廷奸佞。竞人肉：争着吃人肉。

㉒ 驺（zōu）虞：古代神话中一种仁兽，白质黑纹，不伤人畜，不践踏生草。这里诗人以驺虞自比，表示不与奸人同流合污。

㉓ 接：搏斗。飞猱（náo）：攀缘轻捷的猿猴。飞猱、雕虎：比喻凶险之人。

㉔ 焦原：传说春秋时莒国有一块约五十步方圆的大石，名叫焦原，下有百丈深渊，只有无畏的人才敢站上去。

㉕ 卷：收敛。豪：放纵。“智者”两句：智者可能一时之屈，而愚者只知一味骄横，世俗人看不起我。

㉖ “力排”二句：典出《晏子春秋·内篇》：齐景公手下有三勇士，勇武却不知礼义。齐相晏婴建议除掉他们。他建议景公把两只桃子赏给有功之人。于是三勇士争功，然后又羞愧自杀。李白用此典意在讽刺当时权相李林甫陷害韦坚、李邕、裴敦复等大臣。

㉗ “吴楚”句：汉景帝时，吴、楚等七国诸侯王起兵反汉。景帝派大将周亚夫领兵讨伐。周到河南见到剧孟（著名侠士），高兴地说：“吴楚叛汉，却不用剧孟，注定要失败。”

㉘ 咍（hāi）尔：讥笑，嗤笑。

㉙ 张公：指西晋张华。据《晋书·张华传》载：西晋时丰城（今江西丰城）县令雷焕掘地得双剑，即古代名剑干将和莫邪。雷焕把干将送给张华，自已留下莫邪。后来张华被杀，干将失落。雷焕死后，他的儿子雷华有一天佩戴着莫邪经过延平津（今福建南平东），突然，剑从腰间跳进水中，与早已在水中的干将会合，化作两条蛟龙。这两句意思是总有一天自己会得到明君的赏识。

㉚ 风云感会：即风云际会。古人认为云从龙，风从虎，常以风云际会形容君臣相得，成就大业。

㉛ 大人：有才干的人。岘屼（nièwù）：不安的样子。这里指暂时遇到坎坷。

题 解

这是一首七言古诗，是唐代伟大的浪漫主义诗人“诗仙”李白的代表作之一，大概写于李白“赐金放还”、离开长安之后的天宝九载（750）。唐玄宗天宝元年（742），李白到长安任翰林供奉，本以为可以获得施展抱负的机会，谁知两年之后即遭奸佞的排挤，被赐金放还。此诗就是诗人在建功立业的梦想一朝破灭、心情极度悲愤失落的情况下写的。

这首诗巧妙地借用乐府古题，袭用诸葛亮《梁甫吟》之立意，通过历史故事和神话传说，以恣意雄奇、酣畅淋漓的笔墨，对朝廷的昏聩大加讽刺，同时又将自己怀才不遇的一腔愤懑和“长风破浪会有时”（李白《行路难三首（其一）》）的积极进取之意融于诗中。全诗意境奇妙，豪气凌云，雄奇俊伟，堪称名篇。

赏 析

全诗可以分为五个部分：

第一部分（前二句）：总写诗人的心情，为全诗定下感情基调——我高声吟唱梁甫吟，自从诸葛亮唱响起来，多少仁人志士吟诵过，并且都在心中期盼：何时才能见到人生的春天？此诗乍一开篇，诗人直截了当用“长啸梁甫吟”引出，把悲愤之情蕴含于“长啸”之中。“见阳春”三字，巧妙用典，表达了诗人赐金放还之时的饱受压抑、难以伸志的悲愤之情。

第二部分（“君不见”到“何况壮士当群雄！”）：诗人列举了姜太公和郦食其两个历史故事，其中寄寓着自己的理想和抱负。

第一个是姜太公的故事：商末时居住在棘津的姜太公，他七十岁时还在朝歌屠牛为生。为了成就一番事业，他辞别故乡来到渭水河边，用直钩钓了十年鱼。那时清澈的河水映照着他满头的白发，一下子刺痛了他的心。风云际会之时，周文王来到了他的身边，他得到了文王的重用。他气如东海，势比泰山，制定了治国方略，遂展平生之志。别小看我现在是个普通人，如果得遇机会，也会像姜太公一样，施展自己的才华！诗人用“大贤虎变愚不测，当年颇似寻常人”来鼓励自己，增强自信。这几句激情满满，斗志昂扬，有一种“我辈岂是蓬蒿人”（李白《南陵别儿童入京》）的自信在其中。

第二个是郦食其的故事：秦末汉初居住在高阳的酒鬼郦食其六十多岁，草莽出身，见了刘邦不跪拜，只做了长揖。一阵雄辩之后就让刘邦佩服得五体投地，立刻洗耳恭听郦食其的计策。郦食其就是凭三寸不烂之舌，很快攻下齐国七十二座城，指挥楚汉军队如蓬草随风旋转一样容易！郦食其那样的落魄之人尚且能够如此，何况我身强力壮、智勇双全。四十来岁的诗人，虽遭奸佞的排挤、打击，但他血气方刚、豪气凌云，对前途充满了信心；斗志旺盛，有一种“摇五岳”“凌沧洲”（李白《江上吟》）的豪壮霸气。

第三部分（“我欲”七句）：诗人设置了虚幻的境界，尽情倾诉心中的愤懑不平。

“我欲”三句，诗人借助丰富的想象，直抒胸臆，表达了内心的愤愤不平：我胸有治国大略，我为国家担忧，我多么想见皇上啊！可是皇上却和贵妃宫女们玩乐游戏。这里，诗人通过自己精忠报国的志向和皇帝的荒淫无度形成了强烈的对比，把内心无比的痛苦表现得淋漓尽致。这也正是诗人赐金放还心情的真实写照。

“三时”四句，承接上句，再叙神话境界的遭遇：皇上在寻欢作乐，可是宫墙外却天昏地暗，风雨大作，有人谋叛。我想告知皇上，可是宫门重重，使得我难以觐见。我不顾一切以额叩关，冒死求见，不料竟然触怒了守天门之人。这四句，诗人运用似真似幻的神话之境，暗寓了自己的悲惨遭遇，一腔忠愤，填满心中。

第四部分（“白日”十二句）：诗人通过典故抒写内心的忧苦，激烈地抨击了社会现实。

“白日”四句，诗人表达自己的精忠之心：皇上不能体察我忠诚忧国的心肠，反说我是“杞人忧天”。权奸们像恶兽猰貐一般，磨牙厉齿，残害人民。我期望皇上像不食生物、不践草木的驺虞那样，以仁政治理天下。诗人至此袒露心迹，恰切作比，表达出眷眷的忧国之情和爱民之心。

“手接”四句，诗人抒写自己的自信和睿智：我自信有足够的才能和勇气去整顿乾坤，就像古代左手接飞猱、右手搏雕虎的勇士那样，虽然置身危险的焦原仍不觉苦。只有庸碌之辈可以趾高气扬，真正的智者常常收敛自己，故而世人把我看得轻如鸿毛。诗人激情飞扬，豪情满怀，展现智勇和信心，确有一种“天生我材必有用”（李白《将进酒》）的壮怀。

“力排”四句，表达了诗人的忧愤：古代齐国有三个力能排山的勇士，却被相国晏子设计害死；大侠剧孟，不被吴楚所用。诗人运用这些典故来影射现实，揭露有才能之人屡遭猜忌、迫害的社会现实。诗人的情感如滚滚波涛，汹涌而来，酣畅恣肆。

第五部分（最后六句）：呼应开头，展望未来：梁甫吟，声音悲切。古之名剑干将和莫邪，终有相合之时，正如我与皇上也终有会合之时！诗人信心百倍，把为国分忧、建立功勋之理想表达出来，可见出迷惘、痛苦中的诗人之清醒、慷慨。

这首诗构思奇特，手法奇妙。诗人把现实社会与虚幻的神话传说融为一体，用变换的手法，大量运用典故，寄寓遭际，明志抒情，表达出强烈而深沉的爱国、忧国之情，是浪漫主义和现实主义完美融合的光辉诗篇。

登金陵凤凰台①

凤凰台上凤凰游，凤去台空江自流②。
吴宫花草埋幽径③，晋代衣冠成古丘④。
三山半落青天外⑤，二水中分白鹭洲⑥。
总为浮云能蔽日⑦，长安不见使人愁⑧。

注 释

① 凤凰台：在金陵凤凰山上。据《江南通志》载："凤凰台在江宁府城内之西南隅，犹有陂陀，尚可登览。宋元嘉十六年，有三鸟翔集山间，文彩五色，状如孔雀，音声谐和，众鸟群附，时人谓之凤凰。起台于山，谓之凤凰山，里曰凤凰里。"

② 江：长江。

③ 吴宫：三国孙吴曾于金陵建都筑宫。

④ 晋代：指东晋，南渡后也建都于金陵。衣冠：士大夫的穿戴，借指士大夫、官绅。这里指东晋文学家郭璞的衣冠冢。成古丘：晋明帝当年为郭璞修建的衣冠冢豪华一时，然而到了唐朝诗人来看的时候，已经成为一个丘壑了。现今这里被称为郭璞墩，位于南京玄武湖公园内。

⑤ 三山：山名。今南京三山街为其旧址，明初朱元璋筑城时，将城南的三座无名小山也围在了城中。这三座山正好挡住了从城北通向南门——聚宝门的去路。恰逢当时正在城东燕雀湖修筑宫城，于是将这三座山填进了燕雀湖。三山挖平后，在山基修了一条街道，取名为三山街。半落青天外：形容极远，看不太清楚。

⑥ 二水：指秦淮河流经南京后，西入长江，被横截其间的白鹭洲分为两支。白鹭洲：古代长江中的沙洲，洲上多集白鹭，故名。今已与陆地相连，位于今南京江东门外。

⑦ 浮云蔽日：比喻奸邪小人。日：一语双关，因为古代把太阳看作是帝王的象征。

⑧ 长安：这里用京城指代朝廷和皇帝。

凤去台空江自流

题解

这是一首七言律诗，是唐代伟大的诗人李白登金陵凤凰台时所作。相传是李白游览黄鹤楼见崔颢诗并留下“眼前有景道不得，崔颢题诗在上头”后写的，以与崔颢的《黄鹤楼》争胜。

这首诗充溢浑厚浩然之气，气魄宏大，意象纷呈，句句有景，又句句含情，遣词精妙，造句别致，意旨高远，确为绝唱。

赏析

诗的首联由凤凰台的美好传说起笔：凤凰台上曾经有美丽凤凰悠然而游，凤凰去后凤凰台上空寂一片，只有江水依旧向东流去。在古人的眼里，凤凰飞临象征着王朝的兴盛。而如今的凤凰台上，“凤去”“台空”，繁华已经不再，只有江水徒然流去。诗人的感慨寓于这十四字之中。这一联在用字上与崔颢《黄鹤楼》的首联（“昔人已乘黄鹤去，此地空余黄鹤楼”）有着异曲同工之妙，都用重字。不过，崔颢诗是一联两重复，而李诗却是一联三重复，较之崔诗的流转更为明快、优美。另外，崔颢诗的首联与颔联二十八字也是一词三重复，其内容才与李白诗的首联内容相比肩。由此可见，李白诗的容量之大。

颔联在写景中怀古：吴王宫中的花花草草埋没了荒凉的小径，晋代多少王族皆已成了荒冢古丘。这一联同首联一样，不仅景中含情，而且加进了对历史的回顾和感叹：烜赫一时的历史人物也未能与日月同在，只留下一堆堆古冢。景中所蕴含的情感何其深也！崔颢诗的颈联（“晴川历历汉阳树，芳草萋萋鹦鹉洲”）与李白诗的此联似可以媲美。

颈联转而写眼前的山水美景：三山在云雾中隐现如落青天之外，江水被白鹭洲分成两道河流。这一联对仗工整，气象壮丽，表意深厚，蕴藏丰富。它把诗人对历史、现实的思考融入其中：历史不在，只有自然永恒。这一联也成为千古名句，其内容也是崔颢诗所缺乏的。

尾联集中抒情，寄意深远：朝廷总有奸臣当道犹如浮云蔽日，望不见都城长安使人郁闷生愁。这一联直抒胸臆，隐讳曲折地表达了诗人的愤懑、痛恨：

奸臣当道，报国无门！忧国之心是何等的深沉！而崔颢诗的尾联（“日暮乡关何处是，烟波江上使人愁”），抒发的是其“乡关”之“愁”，不能与李白的“长安不见使人愁”的忧国之“愁”相提并论，由此可见境界之高下。

李白的这首诗，首先，意旨高远，读之令人荡气回肠，生发忧国之思；其次，写法奇特，意象与诗人的情怀相谐，句句皆有景，句句皆含情，情中有景，景中含情；第三，用字精妙，妙手天成，毫无斧凿之迹。

越中览古①

越王勾践破吴归②，义士还家尽锦衣③。
宫女如花满春殿④，只今惟有鹧鸪飞⑤。

注释

① 越中：指会稽（在今浙江绍兴）。春秋时越王曾建都于此。

② 勾践破吴：春秋时期吴、越争霸。越王勾践于公元前 494 年，被吴王夫差打败。三年后勾践被释放回国，他卧薪尝胆，誓报此仇。经过二十年艰苦奋斗，于公元前 473 年，最终把吴国灭了。

③ 锦衣：华丽的衣服。

④ 春殿：宫殿。

⑤ 鹧鸪（zhègū）：鸟名。形似母鸡，头如鹑，胸有白圆点如珍珠，背毛有紫赤浪纹。叫声凄厉，音如“行不得也哥哥”。

题解

这是一首七言绝句，是唐代大诗人“诗仙”李白所作，当写于唐玄宗开元十四年（726），诗人游览越中（唐越州，治所在今浙江绍兴）时。这首诗吟咏春秋时期吴越争霸的历史事件。但诗人精于选材，既未选取吴越战争的激烈场面，也不写越王勾践卧薪尝胆的励志故事，而只选取了越国军队胜利班师回朝后欢愉逸乐的升平景象，通过昔盛今衰的对比，把人事变化和盛衰无常之理蕴含诗中。

这首诗视角新颖，诗意醇厚，抑扬有致，开合自如。诗歌于怀古感叹之中，余味颇深。

赏 析

首句紧扣诗题，直接叙写勾践灭吴之事：越王勾践灭掉吴国，王师凯旋。诗人这里着一“破”字，形象地概括出越国军队之威武无比、取胜神速；着一“归”字，把灭吴后越王率众将士班师回朝的志满意得淋漓尽致地刻画出来，喜悦、豪壮之气溢于诗中。

次句紧“承”上句，写越王及其将领班师回朝、衣锦还乡的欢娱场景：六千义士皆着锦衣，封官还家。诗人虽只用“尽锦衣”三字描写班师之景象，但从此三字中可以想象到那种盛大、热闹异常的场面：旌旗如林，迎风飘扬；战鼓咚咚，凯歌阵阵；大宴将士，得意扬扬。那种二十年耻辱一朝洗雪的欢欣鼓舞皆含于“尽”中。这也为下文的歌舞升平、尽享荣华富贵作了铺垫。

第三句是承接“还家”这一镜头，进一步摄取宫中的镜头：越王回朝之后，满殿的宫女如花似玉。“宫女如花”四字，浓缩了越国美女如云、越王尽情享乐的骄奢淫逸的场景，也暗含了一种讽喻：当年的吴王正是沉溺于西施之美色，才导致了最后的自尽、亡国！“满春殿”三字，更是满含讥讽之意：如此淫乐，岂能久长？蕴意颇为深长。

末句诗人戛然中止忆写，转而描写眼前之景：如今在越宫的废墟之上，只有几只鹧鸪飞落。“只今”二字，由回忆转至眼前；“惟有”描写出单调和冷落；“鹧鸪飞”这一动态意象，通过孤寂、凄凉之景，把一种盛衰无常、人事变化的慨叹蕴含其中。篇末寓意深刻，余味绵长。

这首诗短小精悍，极富特色：一是通篇叙事写景，不着一字议论：前三句叙事，末句写景，虽未着一字议论，但给读者的启示却极为深刻；二是以乐写哀，对比鲜明，倍增其哀：前三句着重渲染昔日的繁盛，末句以今日之凄凉反衬，以乐景写哀，今昔对比，使得哀情更甚；三是结构创新：诗人打破格律诗“起承转合”之定规，前三句一气直下，末句突然转折，今昔对比，意蕴深厚，极有神采和力量，使得余意更加深远。

望鹦鹉洲悲祢衡①

魏帝营八极②，蚁观一祢衡③。
黄祖斗筲人④，杀之受恶名。
吴江赋《鹦鹉》⑤，落笔超群英。
锵锵振金玉，句句欲飞鸣。
鸷鹗啄孤凤⑥，千春伤我情⑦。
五岳起方寸⑧，隐然讵可平⑨。
才高竟何施，寡识冒天刑⑩。
至今芳洲上⑪，兰蕙不忍生⑫。

注 释

① 鹦鹉洲：长江中的一个小洲，遗址在今湖北武汉。
② 魏帝：这里指魏武帝曹操。
③ 蚁观：指小看曹操经营天下的功业。祢衡：字正平，东汉末年名士，文学家。为人狂放。因出言不逊触怒曹操，被遣送至荆州刘表处。后又因出言不逊，被送至江夏太守黄祖处，终为黄祖所杀，卒年二十六岁。
④ 黄祖：东汉末年荆州牧刘表部下的江夏太守。祢衡为黄祖所杀之事，见于《后汉书·祢衡传》。斗筲（shāo）：斗和筲都是很小的容器，比喻气量狭小和才识短浅。
⑤ “吴江”句：指祢衡曾在黄祖长子黄射的宴会上作《鹦鹉赋》。祢衡作赋之地，即名鹦鹉洲。
⑥ 鸷鹗（zhì'è）：一种猛禽，喻指黄祖。孤凤：喻指祢衡。
⑦ 千春：形容岁月长久。语出梁简文帝诗：“千春谁与乐。”
⑧ “五岳”句：意谓心中似有五岳突起，喻指情绪激荡。
⑨ 讵（jù）：岂，难道。
⑩ 天刑：天降的惩罚。语出《国语·鲁语》：“纠虔天刑。”

⑪ 芳洲：语出《楚辞·九歌·湘君》："采芳洲兮杜若。"

⑫ 兰蕙：兰花的一种。多年生草本花卉，气味幽香，品种繁多。

题 解

这是一首五言古诗，是唐代大诗人"诗仙"李白所作，大约写于唐肃宗乾元二年（759）冬或上元元年（760）春。当时诗人在江夏写了长诗《经乱离后天恩流夜郎忆旧游书怀赠江夏韦太守良宰》，诗中有这样的语句："顾惭祢处士，虚对鹦鹉洲。"可见诗人对祢衡是很敬仰的，这首诗也可能写于此时。

这首诗叙写诗人在流放夜郎途中，突然遇赦而回，途中望鹦鹉洲而触景生情。诗人由古人祢衡，联想到自己虽有"揽月"之志，却生不逢时，一生坎坷，才志难以用世，遂以此诗表达对祢衡的敬仰和哀惜，也把自己的怨愤难平之情融于诗中。

赏 析

这首诗共十六句，可分为前后两大部分。

前一部分（前八句）：深切怀念祢衡，表达敬仰、痛惜之意。

"魏帝"四句，着重叙写祢衡的性格和悲惨遭遇：魏武帝曹操治理天下，祢衡却小看他的功业。黄祖则是一个如斗筲般的小人，他杀掉祢衡遭到千古的骂名。首句用"营八极"，写出曹操雄霸天下之气概。次句用"蚁观"二字，写祢衡之桀骜不驯，把"志在千里""壮心不已"（曹操《龟虽寿》）且欲统一天下的曹操也不放在眼里。曹操因被祢衡辱骂，便把祢衡送与刘表。刘表依然容不下祢衡狂傲的性格，就把他转送给江夏太守黄祖。第三句用"斗筲人"喻指黄祖，言其是气狭才疏、目光短浅的小人，竟然连这样一个有才有识之人也容忍不下。第四句写黄祖"受恶名"（遭万世唾骂）的原因：实乃气量狭小、心胸狭隘之徒。"杀之"二字，义愤填膺，有气冲斗牛之愤恨。

"吴江"四句，诗人极力赞扬祢衡之才华：他曾在吴江即席写《鹦鹉赋》，笔落之时便文压群雄。字字铿锵犹如金玉之声，句句飞动似那云龙腾舞鸣啸。这里，诗人用“振金玉”和“欲飞鸣”两个形象生动的比喻，状写出祢衡文笔之奇、辞采之丽。“鹦鹉洲”这一名胜也由此而得名，流传千年万代，文人骚客也留下了许多有关“鹦鹉洲”的美文佳作。这就为下文生发的愤然不平之情作了有力的铺垫。

后一部分（后八句）：联想自身遭际，抒写愤愤不平之情。

“鸷鹗”四句，是诗人对黄祖之流的切齿之恨和心中的哀怨难平：很不幸的是，如孤凤一样的祢衡，竟死在像恶鹰一般的黄祖们的血爪之下。这千古的悲剧使我悲伤至极。我的心中似那五岳突起，万丈悲愤怎么能平？这里，诗人用“孤凤”喻指祢衡，用“鸷鹗”以喻黄祖之流，用“五岳”这种夸张的手法来抒写自己内心的不平，恰切且有力，爱憎分明，愤懑之情溢于言表。

“才高”四句，是诗人对祢衡的惋惜和哀伤：祢衡如此高才究竟为什么不能施展？只因为见识短浅而丧失了性命。正是因为孤芳自赏、刚愎自傲，鹦鹉洲上至今也不见兰蕙的踪影。诗末四句，诗人以清醒的头脑为祢衡而痛惜、而忧伤。尤其是诗末一句，诗人运用拟人的手法，赋予“兰蕙”以人之情感，把诗人至哀至痛之情婉曲地表达了出来。

这首诗突出的特点是：情感深沉，手法精当。诗人精妙而恰当地运用比喻、拟人和夸张等手法，以“斗筲”“鸷鹗”等以写恨，以“金玉”“飞鸣”和“孤凤”等以示爱，以“芳洲”“兰蕙”等以表怨，把对凶残的权势者极度的憎恨和对祢衡无比的爱慕、怜惜之情毫无保留地表达出来，感情色彩极为鲜明、强烈。

崔　颢

崔颢（704？—754），唐代诗人。开元进士，官至司勋员外郎。其诗题材广泛，形式多样，风格各异。早年多写闺情，流于浮艳，间有讽刺豪门权贵之作。后赴边塞，诗风一变。所作边塞诗，歌颂戍边将士的勇猛，抒发报国赴难的豪情壮志，热情洋溢，风骨凛然。《黄鹤楼》为传世名作。其小诗如《长干行》等，淳朴生动，一如口语，深得民歌之妙。明人辑有《崔颢集》。

黄　鹤　楼①

昔人已乘黄鹤去②，此地空余黄鹤楼。
黄鹤一去不复返，白云千载空悠悠③。
晴川历历汉阳树④，芳草萋萋鹦鹉洲⑤。
日暮乡关何处是⑥，烟波江上使人愁⑦。

注　释

① 黄鹤楼：三国吴黄武二年（223）修建。为古代名楼，旧址在湖北武汉黄鹄矶上，俯瞰长江，面对长江彼岸的龟山。
② 昔人：传说古代有一位名叫费祎的仙人，在此乘鹤登仙。
③ 悠悠：飘荡的样子。
④ 晴川：阳光照耀下的晴明江面。历历：清楚可数。汉阳：地名，在黄鹤楼之西，汉水北岸。
⑤ 萋萋（qīqī）：草木茂盛的样子。
⑥ 乡关：故乡家园。
⑦ 烟波：暮霭沉沉的江面。

题 解

这是一首七言律诗，是唐代诗人崔颢所作。崔颢一生仕途坎坷，空负才名。长期漂泊的他，当登上黄鹤楼时，由望云而思仙，觉鹤去而楼空，不禁联想到故人已逝，岁月不在，然天际白云，悠悠千载，依然如故。于是生发感慨，写下这首传世佳作。

这首诗登临吊古，怀土思乡，色彩鲜明，景象如画。相传李白登上黄鹤楼，本欲赋诗，却被此诗所打动，留“眼前有景道不得，崔颢题诗在上头”之叹而去。

赏 析

这首诗描写了诗人立于黄鹤楼上，远眺所见的美好景色，以及由此生发出深沉的慨叹。

首联由黄鹤楼的命名由来和传说着笔：昔日的仙人已乘着黄鹤远远离去，这个地方只留下空荡荡的黄鹤楼。这一联直入正题，叙写仙人乘鹤远去的传说，突出黄鹤楼的非同一般。鹤去楼存，虽有茫然若失之感，但欣然之情绪却为主导。诗人入笔直接破题，十分自然。

颔联紧“承”上联，状写眼前之景：黄鹤一去再也没有返回，这里千百年来只有白云飘飘荡荡。诗人似随口而出，却没有半点板滞，让人觉之十分顺畅。尽管两联之中“黄鹤”二字三次出现，却无重叠、累赘之感，而使得笔下的“黄鹤楼”更加显赫、突出。“空悠悠”三字，给人一种鹤去楼空的世事茫茫之苍凉感。

颈联一“转”，诗人再道眼底之景：汉阳江边碧树历历在目、清晰可辨，更有那令人眼前一亮的芳草繁茂的鹦鹉洲。这一联，诗人由对美好传说的叙写拉回到现实之中，有一种“美好虽去，眼前更好”的潜台词：前者虽渺不可知，眼前却值得拥有。这一联显然与前两联形成了鲜明对比，把诗人的情绪从往昔美好不再的愁境中拉了回来，回到眼前的美景之中。

尾联又是一“转”：时至黄昏，不知何处是我的家乡？看那江面上暮霭沉沉，一片迷茫，不由得使人顿生忧愁。尾联点题，表达了诗人的怀乡之情。家乡被“烟波”遮蔽，无法目见，诗人似又回到刚登楼时的茫然若失的心境之中。

这首诗在写作上有两大特点：一是语言美。读之朗朗上口，毫不滞涩，即使“黄鹤”二字三次出现，不但毫无堆砌、累赘之感，反而给人一种诗情画意、追念美好传说的美感。二是情感美。全诗有一种情感的回环之美。篇首对追思古人之美好传说不再而滋生一种世事茫茫的愁绪；篇中目见眼前胜景而愁绪顿消，欣喜之情顿生；篇末又见“烟波”迷蒙、“乡关”难见，于是愁绪再生，似乎又回到篇首。首尾相合，浑然一体。

戴叔伦

戴叔伦（732—789），字幼公，一字次公。润州金坛（今江苏金坛）人。唐代诗人。唐德宗贞元年间进士，官至容管经略使，政绩卓著。贞元五年（789），上表辞官归隐，客死返乡途中。其诗多以农村生活为题材，表现隐逸生活和闲适情趣。但《屯田词》《女耕田行》等，反映了社会离乱与人民生活的困苦，揭露了当时的社会矛盾。所作寄怀写景小诗，婉转真挚，语言清丽。为诗提倡余味远韵，主张“诗家之景，如蓝田日暖，良玉生烟，可望而不可置于眉睫之前”，对后来的神韵派理论颇有影响。

三闾庙①

沅湘流不尽②，屈子怨何深③。
日暮秋烟起④，萧萧枫树林⑤。

注释

① 三闾（lǘ）庙：即屈原庙，因屈原曾任三闾大夫而得名，在今湖南汨罗境。

② 沅（yuán）湘：指沅江和湘江，沅江、湘江是湖南的两条主要河流。

③ 屈子：即屈原。何深：多么的深。屈子怨何深：此处用比喻，意谓屈原的怨恨好似沅江、湘江深沉的河水一样。

④ “日暮”二句：此处化用屈原的《九歌》《招魂》中的诗句：“袅袅兮秋风，洞庭波兮木叶下”，“湛湛江水兮上有枫，目极千里兮伤春心。魂兮归来哀江南！”

⑤ 萧萧：风吹树木发出的响声。

题　解

这是一首五言绝句，是唐代诗人戴叔伦所作。诗人经过三闾庙时，睹物思人，写此诗以表凭吊。三闾庙是为奉祀战国时期楚国三闾大夫屈原而建，在今湖南汨罗。诗人抓住屈原一生忧国忧民、有才难展、有国难报的悲怨遭际，表达了对屈原的悲悯和同情。

全诗紧扣“怨”字，抚今追昔，语言明朗而诗意深远，隽永含蓄，被前人誉为五绝中“并不用意而言外自有一种悲凉感慨之气”（清·施补华《岘佣说诗》）的最佳之作。

赏　析

首句“沅湘流不尽”，是诗人立于庙前或庙谷之上的所见之景：沅江湘江源远流长，长流不尽。这一句，看似平直，似乎就是所见之景的自然描摹，实则“一切景语皆情语”，蕴意极深。诗人立于“三闾庙”前，凭吊我国最早的伟大的爱国诗人屈原，就必然想到他的遭遇，吟咏他的爱国诗篇，尤其是屈原常常借咏叹两条江——沅江和湘江而抒情的诗句，比如“浩浩沅湘，分流汩兮。脩路幽蔽，道远忽兮”（《怀沙》），比如“令沅湘兮无波，使江水兮安流”（《湘君》），把凭吊屈原的深情赋予眼见的“流不尽”来怀念因抱怨愤而投江的伟人屈原。

次句“屈子怨何深”，紧承首句，点明“诗眼”：屈原的怨愤，就像这沅江和湘江的水一样的深沉。诗人在这里直接点明诗眼——“怨”，并用“何深”加以强化，表明“怨”之深之重。因为诗人知道：“屈平正道直行，竭忠尽智，以事其君，谗人间之，可谓穷矣。信而见疑，忠而被谤，能无怨乎？”（汉·司马迁《史记·屈原贾生列传》）这一句，还巧在补充了首句“流不尽”的内容——“怨”！

三、四句又“转”而写景：暮色苍茫，秋风骤起江面，吹进枫林之中，传来萧萧之声。这两句，诗人巧妙化用“袅袅兮秋风，洞庭波兮木叶下”（屈原《九歌·湘夫人》）和“湛湛江水兮上有枫，目极千里兮伤春心。魂兮归来哀江南！”（屈原《招魂》）的诗意，把诉说不尽的幽怨和无限的伤情融于景中，有一种“气呵，做了江风淅淅；愁呵，做了江声沥沥；泪呵，弹做了江雨霏霏”（元·郑德辉《醉思乡王粲登楼杂剧》）的极其深重的怨愤之意味。

这首诗突出的特点是：巧设诗眼，情融景中。首句运用比兴手法，巧妙化用屈原的名句，兴中有比，把深沉的凭吊之情融入景中；次句点出诗眼，既巧妙补充了首句“比”的内容，又引起更深沉的怀念之情，但这种深厚的情感是难以用语言直接表达的，于是，三、四句又巧妙化用屈原名句，用“景语”来表达这种情感。这样，全诗就以诗眼（第二句）为中心，用景衬托，融入了对屈原深沉的凭吊和怀念之情，把那种幽怨难尽、情伤无限之蕴意淋漓尽致地表现了出来。

杜　甫

杜甫（712—770），字子美，因曾居长安城南的少陵以西，故自号“少陵野老”，世称“杜少陵”；又因其曾任检校工部员外郎，后世称“杜工部”。唐代伟大的现实主义诗人。与李白齐名，世称“李杜”。其人有“诗圣”之誉，其诗有“诗史”之称。其诗大胆揭露了当时的社会矛盾，对穷苦人民寄予了深切同情，同时也显示出唐代由开元、天宝盛世转向分裂衰微的历史过程。在艺术上，诗人善于运用各种诗歌形式，尤长于律诗；风格多样，以沉郁为主；作品语言精练，具有高度的表达概括能力。其诗继承和发展了《诗经》以来注重反映社会现实的优良传统，成为我国古代诗歌艺术发展的又一高峰。

蜀　相①

丞相祠堂何处寻②？锦官城外柏森森③。
映阶碧草自春色，隔叶黄鹂空好音④。
三顾频烦天下计⑤，两朝开济老臣心⑥。
出师未捷身先死⑦，长使英雄泪满襟。

注　释

① 蜀相：三国蜀汉丞相，指诸葛亮（孔明）。
② 丞相祠堂：即诸葛武侯祠，在今四川成都，晋李雄初建。
③ 锦官城：指成都，成都盛产锦，三国蜀汉在此驻有管理织锦之官，故名锦官城。柏（bǎi）森森：柏树茂盛繁密的样子。

锦官城外柏森森

④ 映阶碧草自春色，隔叶黄鹂空好（hǎo）音：这两句写祠内景物。杜甫极推重诸葛亮，他非不是为了赏玩美景，“自”“空”二字含情。是说碧草映阶，不过自为春色；黄鹂隔叶，亦不过空作好音，他并无心赏玩、倾听。因为他所景仰的人物已不可见。空：白白地。

⑤ “三顾”句指刘备曾三顾茅庐，拜访诸葛亮，请他出山谋划平定天下之大计。频烦：即“频繁”，多次。

⑥ 两朝：指蜀汉先主刘备与后主刘禅两代。开济：指创业和守业。

⑦ 出师：出兵。

题 解

这是一首七言律诗，是唐代伟大的现实主义诗人“诗圣”杜甫所作，写于唐肃宗上元元年（760）春。杜甫于乾元二年（759）十二月由华州来成都定居，次年诗人便拜谒了成都诸葛武侯祠，写下了这首感人肺腑、蕴含深情的千古绝唱。

这首诗借游览古迹，表达了诗人对蜀汉丞相诸葛亮雄才大略、辅佐两朝、忠心报国的赞颂，对他的壮志未酬也深表叹惋。同时，诗人把忧国忧民、对国家前途命运的期盼和憧憬之情融入其中。全诗语言精练，手法多样，蕴藉深厚，堪称千古绝唱。

赏 析

首联设问起兴：诸葛丞相的祠堂去哪里寻找呢？你看锦官城外的翠柏长得郁郁葱葱。诗人开篇，一问一答，酝酿出一种肃穆的气氛。上句紧切诗题，把亲切、崇敬之情融入其中。“何处寻”三字，不疑而问，凸显“丞相祠堂”的非同寻常。因为“诸葛大名垂宇宙”（杜甫《咏怀古迹》其五），历来很受人拥戴，何况在四川成都的诸葛武侯祠，谁人不知，谁人不晓？一个“寻”字，把诗人追慕先贤之执着、虔诚写了出来。下句写景，把诗人对诸葛亮“鞠躬尽瘁，死而后已”（诸葛亮《后出师表》）精神的崇敬之情融入景中——因为松柏历来是长青、伟岸、坚毅、高尚等精神的象征。

颔联“承”上描绘祠内之景：碧草映照着台阶，自有一片春色；黄鹂在密树间穿行，发出婉转美妙的叫声，可是我却无心去听。这一联，诗人运用反衬的手法，通过“碧草自春”、莺歌“空好”之丽景，表达了自己对名臣已逝、荒祠空存的怅惘、凄切之情，化明丽为凄凉，给草色禽声蒙上了一层空落、冷清的色彩。诗人内心对如今少有诸葛亮这样为国尽力的人物的憾恨油然而生，这就把诗人忧国忧民的爱国情怀融入景中。

颈联“转”而概括诸葛亮的一生：刘备三顾茅庐，请您出山谋划平定天下之大计；您辅佐先主开创大业，鞠躬尽瘁。这一联，写得沉雄有力：上句赞美其智慧和济世雄才——刘备“三顾”，诸葛亮隆中对策，制定三国鼎足之大计；下句颂其忠心耿耿和丰功伟绩——辅助刘备开创蜀汉基业，匡扶刘禅“鞠躬尽瘁，死而后已”。区区十四字，写出了诸葛亮一生的身世际遇和事业心愿，突出了他匡世雄略、报国的苦心。诗人对诸葛亮的敬慕之情，寄托了他对大唐未来命运的美好憧憬。

尾联极为动人地吐露了千古爱国志士的心声：可惜您出师征战未遂心愿，却病死军中；这常使古今的英雄感慨万分，泪湿衣襟。这一联，诗人以无比崇敬之情为诸葛亮吟咏出生命的赞歌：他的一生真正践行了“鞠躬尽瘁，死而后已”的誓言，是名垂千古的“英雄”！这一联，也因此成为千古名句。南宋抗金名将宗泽，受到投降派排斥，临终前曾大声吟诵这两句诗，三呼“过河”而死。可见这样悲壮崇高的诗句，在人们心中燃起何等炽烈的火焰。

这首诗手法精妙，蕴意深厚。首联运用比兴手法，托物寓意，表达了诗人对诸葛亮及其精神的崇敬、赞颂之情；颔联巧用反衬手法，情景交融，把诗人的忧国忧民之情融入景中；颈联叙议结合，表达敬慕之情和寄托之意，做到了以实写虚；尾联叙中含情，升华主旨，给人一种感奋的力量。全诗字字含情，沉挚悲壮，感人至深。

咏怀古迹（五首选一）

其三

群山万壑赴荆门①，生长明妃尚有村②。
一去紫台连朔漠③，独留青冢向黄昏④。
画图省识春风面⑤，环珮空归夜月魂⑥。
千载琵琶作胡语⑦，分明怨恨曲中论⑧。

注 释

① 荆门：山名，在今湖北宜都西北。

② 明妃：王昭君，名嫱（qiáng），汉元帝宫人，西晋时避晋文帝司马昭的名讳，改称“明妃”。汉元帝竟宁元年（前33）被嫁匈奴呼韩邪单于。尚有村：还留下生长她的村庄，即昭君村，今湖北秭归香溪。尚：还。

③ 一去：一旦离开，一经离开。指昭君一经离开汉宫，远嫁匈奴后，从此不再回来，永远和朔漠连在一起了。去：离开。紫台：这里指汉宫。朔漠：北方沙漠地带。

④ 青冢（zhǒng）：指昭君墓，在今内蒙古呼和浩特南九公里大黑河南岸的平原上。传说遍地多白草，唯独昭君墓上草色青青。冢：坟墓。

⑤ 画图：汉元帝按图召幸宫人，宫人都贿赂画工，王昭君自恃貌美，不肯行贿，被画工丑化，不得皇帝召见。后来汉与匈奴和亲，令王昭君远嫁，汉元帝才知道她的美貌为后宫第一，传说因此杀了许多画工。省（shěng）：曾经。春风面：形容王昭君的美貌。

⑥ 环珮：古人所系的佩玉，多指女子所佩的饰物。这里指代王昭君。空：徒然。

⑦ 千载琵琶作胡语：传说王昭君在匈奴曾作“怨思之歌”，感叹

在汉宫受到的冷遇。胡语：胡人的乐曲。

⑧ 论：诉说。怨恨曲中论：乐曲中诉说着昭君的哀怨。

题 解

这是一首七言律诗，是唐代伟大的现实主义诗人“诗圣”杜甫所作，是诗人《咏怀古迹五首》中的第三首。诗人于唐代宗大历元年（766），在夔州和自夔州赴江陵的途中，先后写成了这组七律。诗人借咏庾信、宋玉、王昭君、刘备、诸葛亮等人留下的古迹，追思历史先贤人物，抒发自己一生漂泊、功业无成的感慨。

这首诗借王昭君的故事，把诗人的爱憎赋予其中，既赞扬了王昭君美好的品格，又同情她的不幸遭遇。同时，暗寓了诗人怀才不遇、流落飘零之愤，以及对故乡的思念之情。全诗语言精妙，形象鲜明，手法灵活，极有韵致，被前人推为“绝唱”。

赏 析

首联直接引出吟咏的对象王昭君：千山万壑逶迤不断，似要奔赴荆门，这里曾是生养明妃的香溪村。这一联总写王昭君家乡所在的位置和环境。上句极有气势，先声夺人，用一“赴”字，便令“群山万壑”集于荆门山，大有惊天动地之势，突出三峡山势的雄奇壮丽。下句揭开谜底，以烘托王昭君的非同凡响。这一句饱含着诗人的万千感慨，颇有怜惜之意。

颔联概括昭君悲剧的一生：她离开汉宫嫁到北方的荒漠，只留下青冢向着漠漠、凄凉的黄昏。这一联与上联形成了鲜明的对比，形成生地和死地的对照。“一去”是昭君悲之始，生不能归来；“独留”是昭君悲之结，死后永葬漠北。这一“去”一“留”，一生一死，反差非常强烈，读后令人情伤、怅恨。“连”字写出了出塞之景，“向”字写出了思汉之心，情景交融，令人凄伤。“紫台”与“青冢”色彩的对照，“朔漠”与“黄昏”意境的渲染，营造出一种浓浓的悲凉、萧瑟之氛围，透露出一种强烈的悲剧色彩。这一联，给人一种天地无情、“青冢”有恨的无限阔大和无比沉重之感。

颈联揭示悲剧的根源：当初汉元帝单凭画像去辨识王昭君的容颜；那环佩声响，只是王昭君的魂魄在月夜归来。这一联，揭示了昭君命运的一个转折点：汉元帝从图画里曾经“识”得昭君，实际则根本不识真人，是他的昏庸造成了昭君抱恨天涯、葬身异域的悲惨命运。画师毛延寿给昭君画的一颗“伤夫落泪”痣，让昭君三年冷宫、一朝出塞。“空归”二字，既突出了昭君的遗恨之深，又寄予了诗人对昭君无限的同情，并把诗人怀才不遇、流落飘零之愤寓于其中。“夜月”二字，渲染出昭君魂魄归来时的凄冷、凄切的环境气氛。“夜月魂”与“春风面”的死、生比照，读后使人不由得万分悲凄、十分伤感。

尾联点明诗旨：千百年后，那琵琶弹奏的胡曲中，还分明在诉说着她满腔的怨愤。这一联，诗人用“怨恨”这一“诗眼”，卒章显志；以“千载”修饰“琵琶”，表达了王昭君的怨恨之久，加之“作胡语”三字，更透露出她离家去国之怨思：美不得宠，才不得用，离家去国，寂寥千载！诗人明是写昭君，实则暗喻自己，种种古人今人之“怨恨”，都充溢在诗篇的字里行间。

这首千古绝唱，在写作上有两大特点：一是巧寓情感于形象之中。从形象入手，笔笔写昭君，没有一句议论，但诗人的情感却都暗含其中。王昭君的“怨恨”暗寓诗人流落飘零、怀才不遇之幽愤。二是精妙的对比手法。诗的颔联和颈联，全为对比：“去”与“留”的对比，生与死的对比，生时可“识”与却没能“识”的对比，还有大与小的对比：首句是何等的浩大，次句又是何等的细小；三句是如此的广大，四句又是那么的纤微。粗细对称，辞断而意连，“风流摇曳”“极有韵致”。

八 阵 图[①]

功盖三分国[②]，名成八阵图。
江流石不转[③]，遗恨失吞吴[④]。

注 释

① 八阵图：三国时诸葛亮创造的一种阵法，是指由天、地、风、云、龙、虎、鸟、蛇八种阵势组成的军事操练与作战图形。

② 盖：超过。三分国：指三国时魏、蜀、吴三国。

③ 石不转：八阵图是诸葛亮依据阵图聚石堆成。指涨水时，八阵图的石块仍然不动。

④ “遗恨”句：指刘备讨伐东吴失策，以致诸葛亮联吴抗魏的统一大业遭到破坏，这成为诸葛亮的终生遗憾。

题 解

这是一首五言绝句，是唐代伟大的现实主义诗人“诗圣”杜甫所作，写于唐代宗大历元年（766）。这一年，杜甫初到夔州（今重庆奉节东），便到夔州的武侯庙凭吊诸葛亮，瞻仰了江边的八阵图（传说为三国时诸葛亮在夔州江滩所设），有感而发，写下此诗，抒发了诗人对蜀国兴亡的感慨，既赞颂诸葛亮的丰功伟绩和卓绝的军事才能，又对其未能完成联吴抗曹统一大业表示惋惜，同时也寄托了诗人“伤已垂暮无成”的抑郁情怀。

这首诗语言生动，构思精妙，用典妥切，议论精警，用如椽之笔概括三国天下大势和诸葛亮光照千秋的功绩，同时也寓诗人情怀于诗中。寥寥二十字，言少意丰，信息量极大，确是五言绝句中别树一格之佳作。

赏 析

首句“功盖三分国”，诗人摈弃俗套，直奔主旨，总起赞颂诸葛亮的功绩：三国鼎立，孔明的功勋最为卓著，着一“盖”字，把诸葛亮的超绝之才、超世之功、超然风貌表现了出来。“三分国”三字，是对诸葛亮的高度概括。魏、蜀、吴“三分”天下、鼎足而立局势的形成归功于他。杜甫曾在他凭吊诸葛亮的几乎所有诗中，都写到这一伟大功绩，如“三顾频烦天下计”（《蜀相》）、“三分割据纡筹策”（《咏怀古迹》（其五））等。

次句“名成八阵图”，从具体方面来写诸葛亮的业绩：他创制的八阵图，更是名扬千古。对此前人屡有称颂，如“江上阵图犹布列，蜀中相业有辉光”“一统经纶志未酬，布阵有图诚妙略”（成都武侯祠中碑文）等。而诗人的这一句，则更集中、更凝练地概括和赞颂了诸葛亮的军事才能和辉煌业绩。这一句直接点出诗题，为下文的凭吊遗迹作了铺垫。

第三句“江流石不转”，描写“八阵图”这一遗迹的特征：任凭江流冲击，聚石堆成的“八阵图”依然如故，巍然挺立。据史料记载：八阵图聚细石成堆，高五尺，围六十，纵横棋布，排为六十四堆（见《荆州图副》、刘禹锡《嘉话录》）。几百年来岿然不动，确是一大奇迹。诗人用极为精练的五个字，就把这种神奇的军事遗迹形象地展现在我们眼前。“石不转”三字，巧妙化用了“我心匪石，不可转也”（《诗经·邶风·柏舟》）的诗意，把写刚烈女子坚贞不渝之心，巧移于“八阵图”这个富有传奇色彩的军事遗迹上，是颇有深意的，喻示了诸葛亮对蜀汉政权和统一大业忠贞不渝、如磐石般不可动摇之心志和精神。蕴意可谓深也！

末句“遗恨失吞吴”，点出了“遗恨”：千年遗恨，就在于刘备失策而想吞并吴国。“遗恨”二字，更是点出诸葛亮大业未成的憾恨：只因刘备破坏了“联吴抗曹、一统天下”的兴国大计，致使“创业未半而中道崩殂”（诸葛亮《出师表》）！诗人在写出诸葛亮“遗恨”的同时，也把自己“穷年忧黎元，叹息肠内热”（《自京赴奉先县咏怀五百字》）的“遗恨”融于诗中。

这首诗短小精悍，颇有特色：一是把叙事抒情和议论融于一体。一、二句叙述中有抒情，三、四句议论中既有叙事，又有抒情，语言精练而意蕴深厚。二是对仗精工，很见功夫。一、二句对仗精巧、工整，音节和谐，妙手天成。

李　益

李益（约 748—约 827），字君虞。唐代诗人。唐代宗大历四年（769）进士。官至礼部尚书。以边塞诗知名，不少篇章作于军旅之中。其间虽不乏壮词，然多抒写久戍思归的幽怨心情，情调悲凉感伤。长于七绝，语言凝练自然，韵味含蓄深长，音律和谐婉转。当时乐工以贿求取，谱入管弦歌唱。

汴　河　曲

汴水东流无限春①，隋家宫阙已成尘②。
行人莫上长堤望③，风起杨花愁杀人④。

注　释

① 汴水：即汴河。唐人习惯指隋炀帝所开的通济渠的东段，即运河从板渚（今河南荥阳北）到盱眙入淮的这一段。当年隋炀帝为游览江都，动用百万劳工开凿通济渠，沿岸堤上种柳，世称隋堤，并在汴水之滨建造了豪华的行宫。

② 宫阙：宫殿。这里指汴水边的隋炀帝行宫。尘：尘土。

③ 长堤：绵长的河堤。

④ 杨花：此处双关，借用“杨花”之“杨”暗喻隋朝皇帝的姓氏。愁杀人：把人都愁死了，形容忧愁多。

题　解

这是一首七言绝句，是唐代诗人李益所作。李益进士及第之后，于唐代宗大历六年（771）参加制科考试，授官郑县主簿，任职三年。此诗即为这一时期所作。

这首诗语言优美，情景交融，意旨丰厚。诗人通过对作为隋炀帝穷奢极欲、自取灭亡历史见证的汴河春景发挥想象，把隋朝二世而亡的历史教训经由触目惊心的景观变化具体而微地呈现出来。同时，也把诗人对大唐国运的深切忧思寄寓其中，有着以史为鉴的深远意义。

赏　析

首句紧扣诗题中的“汴河”二字，直接写眼前之景：汴水泛着碧波，悠悠向东流去；只见汴河两岸，一片春色。“汴水”二字，是诗人所在之地。这里指隋炀帝当年为了游览江都，前后动用了百余万民工开凿的通济渠。而诗人所站立的河堤，正是当年种植柳树的“隋堤”。在汴水之滨还有当年建造的豪华行宫。“东流”是诗人的所见之景。“无限春”三字，看似抽象，但在这里却有让人展开想象之意韵，“无限”二字里，说明那春色确实难以尽描，把那“春日迟迟，卉木萋萋，仓庚喈喈，采蘩祁祁”（《诗经·小雅·出车》）的草绿鸟鸣的丽景皆包含其中。这汴河两岸的千里春色，自然而然会引起诗人的遐想和追思。这样就自然引出了第二句——

“隋家宫阙已成尘”，写诗人由观景引起的联想：春色常在，但当年那豪华的隋宫已经荒废颓败，只剩下那断井残垣。“隋家宫阙”，指的是隋炀帝当年花费大量的人力财力所建造的行宫。“已成尘”三字，指昔日的豪华奢侈已荡然无存，早已化为尘泥，与上句的“无限春”形成了鲜明而又强烈的对比，有一种“暮作归云宅，朝为飞鸟堂”（晋·陶渊明《拟古诗九首》之四）的人世沧桑、历史无情的慨叹在其中。

第三句“行人莫上长堤望”，诗人“转”而写“隋堤”：游人啊，千万莫上那长堤，望那千里美景。诗人在此宕开一笔，用一种劝告的口吻，写下这极其伤感的一句。“莫”“望”二字，意味深长。因为“望”，就想到了当年，想到了隋炀帝南游的奢华，想到了隋炀帝荒淫亡国的历史。历史虽已不堪回首，教训却应当记取。诗人在“伤心秦汉经行处，宫阙万间都做了土”（元·张养浩

《中吕·山坡羊·潼关怀古》)的伤感中，写出了这一句“兴亡无限惊心语”(南宋·赵长卿《鹧鸪天》)，确实读后发人深省，令人沉思。

末句“风起杨花愁杀人”，诗人借眼前之景来抒情：你看那随风飘荡、漫天飞舞的杨花，不就是隋代豪华消逝的景象吗？一想到国家的兴亡，就让人愁情顿生，简直要愁杀人了！“风起杨花”之景，引发了诗人心中的忧国之思。前事不忘，后事之师，诗人就是告诫统治者要以史为鉴，引以为戒。否则，就真的要“愁杀人”了！诗人由“杨花”的“杨”想到了隋炀帝杨广，不仅自然恰切，而且进一步深化了诗旨。

这首诗借景咏史，意旨深刻。诗人由眼前春景联想到王朝的兴亡，在咏史之中，又把历史鉴戒之意寓于其中，有一种深厚的忧国情怀在诗中。在对比和映衬之中，汲取历史教训之意显然。

刘 长 卿

刘长卿（？—约785？），字文房。唐代诗人。唐开元进士，曾任长洲县尉，因事下狱，两遭贬谪，终随州刺史，世有“刘随州”之称。其诗多写贬谪漂流的感慨和山水隐逸的闲情，描摹自然景物颇为传神，在当时很有诗名。各体诗都有佳作，尤工五律，曾自诩为“五言长城”。风格含蓄温和，清雅洗练，音调谐美，气韵和畅，但造句常有重复。

长沙过贾谊宅①

三年谪宦此栖迟②，万古惟留楚客悲③。
秋草独寻人去后④，寒林空见日斜时。
汉文有道恩犹薄⑤，湘水无情吊岂知？
寂寂江山摇落处，怜君何事到天涯！

注 释

① 贾谊：西汉文帝时政治家、文学家。后被贬为长沙王太傅，长沙有其故址。

② 谪宦：贬官。栖迟：淹留，像鸟儿那样的敛翅歇息，飞不起来。三年谪宦：指贾谊被贬为长沙王太傅共三年之久。

③ 楚客：流落在楚地的客居，指贾谊。长沙旧属楚地，故有此称。

④ 人去后：此语及“日斜时”，皆化用贾谊《鵩鸟赋》“庚子日斜兮”“主人将去”之句。

⑤ 汉文：指汉文帝。

题 解

这是一首七言律诗，是唐代诗人刘长卿所作，大约作于唐代宗大历八年（773）至十二年（777）之间。当时，刘长卿被人诬陷，由淮西鄂岳转运留后被贬为睦州司马。在这次迁谪途中，诗人来到长沙，凭吊贾谊故居，自伤身世遂作此诗。

这首诗借凭吊和痛惜汉代文学家、政论家贾谊的不幸遭遇，通过用典，在含而不露的即景抒情中，把古人贾谊与诗人自身融为一体，抒写了诗人被贬的悲愤及对当时社会现实的不满，有微言大义、况味隽永之妙，是唐人七律中的上乘之作。

赏 析

首联紧扣诗题，直叙贾谊的遭际：你被贬于此寂寞之地，一住就是三年；万古千年，只留下你客居楚地的悲哀。诗人乍一落笔，便写上“三年谪宦”四字，把一种深沉的悲凉之感和抑郁之情蕴含其中。这里着一“此”字，有强调之意，意思是：这里就是“贾谊宅”！是那“栖迟”于“此”的大名鼎鼎、才华横溢的贾谊！“栖迟”二字，更饱含着诗人万般的无奈、惶恐和失意。用比喻的手法，表达了诗人对贾谊的同情和痛惜：年少文才超众，二十余岁便被汉文帝召为博士，很快官至太中大夫，却被权贵中伤，谪为长沙王太傅。后虽召回，为文帝宠子梁怀王太傅，但怀王堕马而死，他自伤失职，忧郁而死，年仅三十三岁！诗人着一“悲”字，把万分凄怆含于诗中，为全诗奠定了悲愤的基调。诗人这里不仅写贾谊，更是把自己被诬遭贬的悲苦寓于其中。

颔联紧扣诗题中的“过”字，紧“承”首联，描写所见之景：我踏着秋草，独自寻觅你的足迹，只见那黯然的斜阳映照着寒林。“独寻”二字，把诗人同情、景仰、悲慨的心情融于其中，再加上“秋草”“寒林”和“日斜”的萧瑟、冷落之境，更倍增凄伤。这萧索之景，既是贾谊遭际的形象描写，又是诗人所处的李唐王朝政治环境的生动写照，诗人遭贬的凄寒寓于其中。

颈联“转”而抒情：为何明君却独独对你恩疏情薄，湘水无情流淌，怎知我对你的深情？诗人明写贾谊之被远谪而“疏”，实则隐含着自己被诬贬而君王昏聩的现实。汉文帝号称“有道”，“犹”使有治国之才的贾谊遭贬，“恩薄”如此，那么昏聩无能的唐代宗，更何谈“有道”？更不用说有什么“恩”了。诗人一贬再贬的遭遇，就是唐代宗昏聩无能的极有力证明。诗人一笔两写，言简意深。“湘水无情”是诗人的喟叹：湘水一任流去，哪里知道诗人凭吊贾谊的心情？这里用拟人的手法，道出诗人不被任用、才能无可施展的苦衷。“吊岂知”三字，诗人运用反问的手法，明是问贾谊，实则表忠心：我的爱国之心苍天可鉴，可谁又能知道呢？诗人的一腔悲愤无处可诉，无人愿听，岂不悲哉！真有一种“人自伤心水自流”（刘长卿《重送裴郎中贬吉州》）的悲苦在这三字之中。

尾联是诗人面对荒寒之景的发问：江山已经冷落，草木已经凋零，可怜你啊，究竟因何事要被贬到如此荒远之地！诗人孑孑独立于“贾谊宅”前，但见暮色“摇落”、“江山寂寂”，不由悲从中来，情不自禁，疑问从心中生起。“怜君”二字，不仅是“怜”凭吊之人贾谊，更是“怜”诗人自己：我们都是忠心为国的无罪之人，为何皆要被放逐“天涯”？诗人以极为强烈的情感，表达了对最高统治者的控诉，含有“同作逐臣君更远，青山万里一孤舟”（刘长卿《重送裴郎中贬吉州》）的苦恨在其中。

这首诗最突出的特点是：一笔两写，融情入景。诗人笔下的景，笔笔含情，明是吊贾谊，实则写自己。那“栖迟”的失意，那“秋草”“寒林”的萧疏，还有那“湘水”的“无情”，更有“寂寂江山”、暮色“摇落处”那“天涯”的悲苦，既凭吊古人，又实写自己，“深悲极怨”“妙绝千古”。

韩　愈

韩愈（768—824），字退之。因自谓郡望昌黎，世有“韩昌黎”之称。因任吏部侍郎，故又有“韩吏部”之称。卒赠礼部尚书。谥号“文”，又称韩文公。唐代文学家、哲学家。文学上主张继承秦、汉散文传统，提出“文以载道”和“文道合一”的观点，要求文章有充实的内容，并做到文从字顺，反对追求声律、对仗而忽视内容的骈偶之风。与柳宗元同为古文运动的倡导者。散文各体兼长，说理、叙事、言情之作，均写得生气流动，雄奇奔放。其散文被列为“唐宋八大家”之首，与柳宗元并称“韩柳”。所作记叙文，记人写事，注重于形象的描绘；抒情散文亦能与叙事融合，情真意切；论说文则以简洁、透辟、严谨见长。《师说》《进学解》《张中丞传后序》《柳子厚墓志铭》《祭十二郎文》等，皆为名篇。诗作力求创新，气势雄伟，有独特风格，影响直至清代。

题楚昭王庙①

丘坟满目衣冠尽②，城阙连云草树荒③。
犹有国人怀旧德④，一间茅屋祭昭王⑤。

注　释

① 楚昭王：姓熊氏，名珍，楚平王子。
② 丘坟：墓冢。衣冠：以衣帽穿戴借指士大夫、官绅。
③ 城阙（què）连云：想象楚国盛世，城楼宫殿高耸入云。草树荒：指楚国城阙早已荡然无存，只剩下荒草一片。
④ 国人：指楚国旧人。
⑤ 一间茅屋：韩愈《记宜城驿》云：“旧庙屋极宏盛，今惟草屋一区。然问左侧人，尚云每岁十月，民相率聚祭其前。”

题 解

这是一首七言绝句，是唐代文学家韩愈所作，写于唐宪宗元和十四年（819）。这年，韩愈因上书反对皇帝迎佛骨，被贬为潮州刺史，在途经楚国古都宜城时写下此诗。诗人抚今追昔，感慨良多，表达了对有功德之人（如楚昭王）的缅怀，悟出了人生的真谛，增强了为国效力的决心和信心。

这首诗语言精练，极有表现力。尤能以景写情，运用对比、想象手法，将对历史人物的慨叹寓于所见景物之中，意味深长，被前人誉为“绝句第一”（清·何焯《义门读书记》）。

赏 析

首句是诗人瞻仰楚昭王庙时的所见和所感：满目累累的坟堆，昔日的贵胄士大夫们都已作古。这一句，诗人化用了李白“晋代衣冠成古丘”（唐·李白《登金陵凤凰台》）的诗意，以“丘坟”这一凄冷的意象，表达了内心极为深重的感伤。“满目”二字，用夸饰的手法，使得这种凄伤更加沉重。“衣冠尽”是诗人对历史的喟叹，有“废兴成毁，相寻于无穷”（宋·苏轼《凌虚台记》）之意。诗人面对“满目”凄寒，生发出历史和人生的深沉慨叹，同时把诗人遭贬的悲愤寓于“满目丘坟”之中。

次句描写诗人所见的辽阔远景：那高耸入云的城楼，隐没在荒草树木之中。这一句，诗人由首句的眼前近景，转而描写旷野辽阔的远景。“城阙连云”，写出了城楼之高，直入云霄，但放在草树荒芜的旷野之中，又显得是那么渺小。诗人在这一句颇含哲学意味的诗句里，融入了对历史和人生的思考：即使再显赫的伟人，如果放在历史的长河中，又是那样的渺小！终究难免“衣冠尽”而殁入“丘坟”的结局，就如被这荒草野树遮掩一般走向默默无声的寂寥中。诗人在这句诗里，融入了自己的悲思：为了国家的前途命运而抗颜犯谏获罪，几乎丢掉性命。诗人被贬黜出京，便嘱侄孙要“好收吾骨瘴江边”（《左迁至蓝关示侄孙湘》）；商山道上，幼女又因惊吓、劳顿而死去。这一连串的不幸遭遇，让诗人顿时感到人生的短暂和悲苦，令他脊冷心寒。

第三句诗意兀突一“转”，一座祠庙出现在眼前：还有移民仍在怀念昔日楚昭王的恩德。这一句直接破题，点出“国人”仍在缅怀击退吴国、收复失地的楚昭王。诗人见庙而得到极大的安慰：自己“欲为圣朝除弊事”而犯颜直谏，就是为了免除天下人的愚昧和苦难，是为国家的命运而担忧，这种行为是值得的！至此，诗人又恢复了人生的自信。

末句是诗人心中得到的慰藉：一间茅屋中，人们祭奠着楚昭王的英灵。这一句，诗人着一“祭”字，便悟出了人生的真谛和价值。正如我们熟知的诗句——“有的人活着，他已经死了；有的死了，他还活着！”（臧克家《有的人》）这也正是此诗的旨意所在。诗人尽管“报国心皎洁，念时涕汍澜”（韩愈《龃龉》），但“赤心事上，忧国如家”（韩愈《上李尚书书》）的心志仍坚如磐石。

这首诗意旨深刻，手法高妙。诗人借瞻仰楚昭王庙而一抒胸臆，妙用先抑后扬的写作手法，把诗人从凄寒、失意之境中解脱出来，坚定了即使遭到贬责，仍愿赤心为国的决心和忠心。

刘 禹 锡

刘禹锡（772—842），字梦得。唐德宗贞元间进士。官终太子宾客，加检校礼部尚书，故世称“刘宾客”。唐代哲学家、文学家。其文学成就是多方面的。其文以论证博辩、说理透彻见长。诗以律、绝为工，乐府小章尤为著名。多用比兴手法，或借咏史咏物，抒发胸中郁愤，讽刺、鞭挞社会丑恶。诗风沉着稳练，词浅意深，格律精切。《西塞山怀古》《金陵五题》《酬乐天扬州初逢席上见赠》均为传诵名作。学习并吸收民歌养料而创作的《竹枝词》《杨柳枝词》，“开朗流畅，含思婉转”，在唐诗中别开生面。与白居易、柳宗元多有交往。白居易曾称他为“诗豪”。与柳宗元并称为“刘柳”，与白居易并称为“刘白”。

西塞山怀古①

王濬楼船下益州②，金陵王气黯然收③。
千寻铁锁沉江底④，一片降幡出石头⑤。
人世几回伤往事⑥，山形依旧枕寒流⑦。
今逢四海为家日⑧，故垒萧萧芦荻秋⑨。

注 释

① 西塞山：位于今湖北黄石东，又名道士洑（fú），山体突出到长江中，因而形成长江弯道，站在山顶犹如身临江中。形势险要，峻峭临江，为三国时吴国的西部要塞。怀古：借凭吊古迹或追忆往事来抒发心中的感想。

② 王濬（jùn）：西晋益州刺史。太康元年（280），王濬奉晋武帝之命率水军顺长江东下讨伐东吴，直指吴都金陵。楼船：大型战船。益州：包含今四川，治所成都。

③ 金陵：今江苏南京，当时是吴国的都城。金陵王气：古人认为金陵地势险要，如龙盘虎踞，是帝王之都。黯然：黯淡无光的样子。

④ “千寻”句：东吴末代君主孙皓为防晋军来攻，在长江中暗置铁锥，并用千寻铁链封锁江面，自以为高枕无忧。不料王濬以大筏冲走铁锥，纵火烧毁铁链，率战船直抵金陵，于是孙皓被迫投降。寻：古代八尺为一寻。

⑤ 一片降幡（fān）出石头：王濬率船队从武昌顺流而下，直指金陵，攻破石头城，吴主孙皓到营门投降。石头：即金陵，又名石头城。

⑥ 伤：感伤。

⑦ 山形：指西塞山。枕：靠。寒流：指长江。

⑧ 四海为家：即四海归于一家，指全国统一。

⑨ 故垒：旧时的壁垒。芦荻：生长在路旁水边芦苇一类的植物。

题 解

这是一首七言律诗，是唐代诗人刘禹锡所作。写于唐穆宗长庆四年（824）。这一年，刘禹锡由夔州刺史调任和州（今安徽和县）刺史，在沿江东下赴任途中，抚今追昔，写下这首感世伤怀之作。

这首诗被誉为“唐人怀古之绝唱”（钱朝鼒《唐诗鼓吹笺注》）。表面上看，这首诗是写历史变迁、世事无常、兴衰难料之喟叹，实则有以古鉴今之意：三国六朝的分裂局面已成历史，而今日之唐王朝虽是统一大国，但各藩镇却拥兵自重已有多年，“四海为家”的太平景象之下，是否也隐含着深重的隐忧呢？全诗气势磅礴，但又于纵横捭阖之中引发出逼人之寒气，读后让人不由得深感人世盛衰之无常。

赏 析

首联直写当年晋军讨伐东吴之战事：王濬的战船沿江东下离开益州，直指吴都金陵；显赫无比的金陵王气，顿时黯然失色。上句写西晋讨伐东吴之势，着一“下”字，顿显声势之赫赫，气势锐不可当。下句写东吴，着一“收”字，可见出心怯胆战，闻风丧胆。前后两句形成了强烈的对比，显示出强弱之悬殊。“黯然”二字，以东吴之怯懦、惊惧，反衬出晋军之强大，这里拟人手法运用得非常恰切。

颔联紧“承”上联，叙写战事及其结果：大火熔毁了百丈铁索，使之沉入江底；石头城上举起了投降的旗帜，东吴宣告灭亡。上句状写战事的经过：亡国之君孙皓，据守长江天险，并在江中暗置铁锥，且以“千寻铁锁”横锁江面，意欲阻挡西晋之攻击，结果却让王濬以火炬烧毁铁链，把铁链“沉”入“江底”，使得锁江之计瞬间破灭。下句写战事的结果：以东吴的投降而宣告结束。“一片降幡”，就如一个特写镜头，聚焦了东吴投降的场面。“出石头”三字，更把东吴君臣出城跪降的情景大笔重彩地勾勒出来，这又是一个特写镜头。下句以点代面，给读者留下了丰富的想象空间，也反衬出胜利者的势不可挡、摧枯拉朽，失败者的软弱腐朽。这一联上句状写西晋，下句状写东吴，但双方皆含其中，虚实相间，构思十分巧妙。

颈联简要总结、抒发诗人的感慨：人世间有多少叫人伤怀之往事，西塞山依然背靠那滚滚的长江。上句是言简意赅的小结。“几回”二字，概括了六朝的短暂，把喟叹之意寓于其中。“伤往事”三字，直点诗旨，抒发诗人的感情。“山形依旧”，蕴意深厚，有山川依旧、人世已改之内涵，又有一种“人事有代谢，往来成古今”（唐·孟浩然《与诸子登岘山》）的感喟。“枕寒流”三字，诗人运用拟人手法，既写眼前之景，寓历史变迁之叹，又把个人的感伤寓于其中。这一联景中融情，意蕴颇深，因而成为千古名句。

尾联怀古慨今，收束全诗：如今全国统一，四海已成一家；故垒已成废墟，只有那芦荻在萧萧的秋风中飘摇。上句宕笔直写“今逢”之世，明是赞誉“四海为家”之盛世，实则暗含讽喻之深意。因为诗人写此事的前二三年，河北三镇曾恢复了割据局面。诗人把讥讽的矛头直接指向唐代的最高统治者，是一种严厉的警告和委婉的提醒。

这首诗意旨深刻，手法高妙。诗人运用生动、形象的语言，把叙事、写景和抒情融为一体，巧妙运用对比、反衬、拟人和虚实相间、借古讽今等手法，把以古鉴今之深意融于诗中，意蕴深厚，发人深省。

石　头　城①

山围故国周遭在②，潮打空城寂寞回③。
淮水东边旧时月④，深夜还过女墙来⑤。

注　释

① 石头城：位于今南京西清凉山上，三国时孙吴就石壁筑城戍守，称石头城。后人也以石头城指建业。曾为东吴、东晋、宋、齐、梁、陈六朝都城，至唐代时废弃。今指南京。

② 山围故国：即山围石头城。山：指石头山。故国：旧都，指石头城，在六朝时代一直是国都。周遭：环绕。

③ 潮打：波涛拍打。寂寞：形容潮水退去没有声音。

④ 淮水：指贯穿石头城的秦淮河，在江苏西南部，长江下游的支流。旧时：指汉魏六朝时。

⑤ 女墙：城墙上凹凸形的城垛。

题　解

这是一首七言绝句，是唐代诗人刘禹锡所作，写于唐敬宗宝历年间诗人任和州刺史期间，其中包括《石头城》《乌衣巷》和《台城》等。《石头城》这首诗曾被白居易誉为“吾知后之诗人，不复措辞矣”。

这首诗借描写石头城的萧条景象，寄托了诗人对国运衰微的感慨。全诗运用白描的手法，寓情于景，通过对典型景物的刻画，营造出一种悲凉寥落的艺术境界，“不言兴亡而兴亡之感溢于言表。”（潘德舆《养一斋诗话》）

淮水东边旧时月

赏 析

首句诗人紧扣诗题，抓住“石头城”的特点，着力描写群山：群山依旧，环绕着废弃的故都。这一句，极写石头城的形势之险要。“山围”二字，有固若磐石之意。“故国”二字，直接点题，指孙权于汉献帝建安十七年（212）修建的城外有山耸立江边、围绕如垣墙的“石头城”。“周遭在”三字，说明石头城四围的防守壁垒的遗迹，还显然可见。诗人之所以把六朝统治者视之为重地的石头城的遗址呈现眼前，是因为有着极深重的感慨在其中。

次句诗人着力写水：潮水如昔，拍打着寂寞的空城。这一句，诗人运用拟人手法，借“水”写石头城昔盛今衰的景况。“潮打空城”，描写今日之景：石头城西北有长江流过，那江潮拍打的是已经荒废、成了古迹的徒有虚名的“空城”！“寂寞回”三字借水之无精打采、似无气力来借写诗人之心情，用拟人手法把感伤之情淋漓尽致地表达出来：石头城虽然雄姿依旧，但它曾经的繁华却已经烟消灰灭，它已变成了一座“空城”，连江潮拍打它的山麓时，也不由得让人生出繁华消歇、不胜呜咽的悲伤之情来。

第三句诗人“转”而写月：淮水东边，是那古老而清冷的圆月。诗人突然宕开一笔，把伤感的笔触落在了“月”上。而这“月”是在“淮水东边”！“淮水”即横穿石头城的秦淮河，六朝时代曾是王公贵族醉生梦死的地方，是夜夜笙歌、纸醉金迷的不夜城。如今，繁华已逝，只有“旧时月”还照着这座“空城”。诗人的言下之意是：“旧时月”见证了石头城昔盛今衰的历史。这样描写，就把诗人对大唐国运衰微的忧戚蕴含其中。

末句承前再写月：夜半时分，只有那“旧时月”照在旧时的小城墙上，窥视着昔日的皇宫。诗人巧妙化用李白“只今惟有西江月，曾照吴王宫里人”（《苏台览古》）之诗意，借“旧时月”的一往情深——它不嫌弃石头城的荒芜、破败，仍旧穿过城上矮墙，频来相照，把深沉的喟叹和忧国之思赋予在“月”中，使得吊古伤今之情达到了高潮。

这首诗言浅意深，景中融情。诗人把吊古忧国之情赋予笔下的景中，那群山默默拱卫的“故国”，那寥落荒凉的“江潮”，还有那频频窥望“故国”的多情的明月，都蕴含了诗人沉重的慨叹和深深的忧思，把前车之鉴、引以为戒之意寓于其中。

乌衣巷①

朱雀桥边野草花②，乌衣巷口夕阳斜③。
旧时王谢堂前燕④，飞入寻常百姓家⑤。

注 释

① 乌衣巷：东晋时高门大族聚居之地，王导、谢安两大家族等豪门世族多居住于此，因其时禁军身着黑色军服，故名乌衣巷。故址在今南京秦淮河南，朱雀桥附近。

② 朱雀桥：又名朱雀航，东晋时建在秦淮河上的一座浮桥，是城中心通往乌衣巷的必经之路，故址在今南京镇淮桥以东。

③ 斜：倾斜，偏斜。

④ 王谢：王导、谢安，晋相，世家大族，贤才众多，皆居此巷中，冠盖簪缨，为六朝巨室。旧时王谢之家庭多燕子。到唐时，则衰落不知其处。

⑤ 寻常：平常。

题 解

这是一首七言绝句，是唐代诗人刘禹锡的代表作之一，是《金陵五题》组诗的第二首，也是诗人凭吊金陵历史遗迹所抒发的昔盛今衰之感。

这首诗通过对东晋世家大族盛衰的描写，借描绘朱雀桥、乌衣巷的变化，对中唐以来时局衰败深表慨叹，对骄奢专横的当权者进行了辛辣的嘲讽：那些炙手可热的官僚和宦官集团，虽然权势盛极一时，但也逃脱不了衰败沦亡的结局。诗人寓兴亡感慨于自然景物，含蓄蕴藉，用笔巧妙，发人深思。

赏 析

这首咏史怀古诗，颇能体现刘禹锡“沉郁苍凉”的诗风。

首句“朱雀桥边野草花”，诗人扣题写景：朱雀桥边长满丛丛野草，点点野花。诗题是“乌衣巷”，而“朱雀桥”是横跨秦淮河通往“乌衣巷”的必经之路，这就扣住了诗题。“野草花”三字，字少意丰，让人由“野之草开花”展开丰富的想象，勾勒出“朱雀桥”的周围环境，为下文引出“乌衣巷”作了很好的铺垫。

次句“乌衣巷口夕阳斜”，诗人落笔直写乌衣巷：乌衣巷口，只见一片片断壁残垣，突现在夕阳的斜照之中。这里，诗人巧妙运用对照之法，以“乌衣巷”和“朱雀桥”、“野草花”和“夕阳斜”相对照，词性相同（“花”当为“开花”之意），既形成巧妙的对仗，又真实地勾画出周围的环境，还形成了昔盛今衰的联想，蕴意颇深：昔日钟鸣鼎食、笙歌喧天、车水马龙之地，如今却竟是一派荒芜、衰颓——地上，野草丛生，野花盛开；天空，夕阳惨淡。这些，既暗示出行人稀少、繁华不再，又象征着昔盛今衰、荒僻不堪。这些意象告诉我们：过去的繁盛显赫已成明日黄花、难以提及，令人震惊的则是冷落衰败的现状。

第三句“旧时王谢堂前燕”，诗人打破常规的写法，没有“转”而是继续承上写景：你看，那可是从前在王、谢堂前筑巢的燕子。诗人运用想象的手法，描写过去飞进王、谢厅堂的燕子，现在又飞回来了。表面看有一种喜悦、愉快之情寓于其中。“旧时”二字，蕴意不浅：这可是见证了王、谢鼎盛时期的燕子呀！诗人以“似曾相识燕归来”（宋·晏殊《浣溪沙》）之想象，真的是神来之笔，它把古今勾连起来，来传达诗人内心的感慨。

末句“飞入寻常百姓家”，写得出人意料、奇谲无比：如今，昔日豪庭的燕子，它今天竟飞进了平常百姓人家！由此可见，光阴荏苒，世事巨变，这里已经是普通百姓的家园了。当家做主者已不是尊贵豪奢的世族了。诗人运用“寻常百姓”与“旧时王谢”的鲜明强烈的对比，把自己深沉的感慨寓于其中。

这首诗最显著的特点：手法精妙。诗人巧妙运用对比、象征等手法，尤其是大胆、奇妙的想象，把诗旨充分地表达出来，蕴藉深厚而又美妙无穷。“旧时王谢堂前燕，飞入寻常百姓家”二句，成为千古名句，此诗也成为千古名诗。

白居易

白居易（772—846），字乐天，晚年居香山，自号“香山居士”“醉吟先生”；又曾官太子少傅，后人因以称“白香山”“白少傅”或“白太傅”。唐代伟大的现实主义诗人。其诗题材广泛，形式多样，语言平易通俗，有“诗魔”之称。他自谓其诗有讽喻、闲适、感伤、杂律等类，而尤看重讽喻诗。一生创作以浅近通俗著称，力求老少能解，因而雅俗共赏，流传极广。在中外影响很大。和元稹友谊甚笃，与元齐名，世称“元白”。晚年与刘禹锡唱和甚多，人称“刘白”。

读史（五首选一）

其二

祸患如棼丝①，其来无端绪②。
马迁下蚕室③，嵇康就囹圄④。
抱冤志气屈，忍耻形神沮⑤。
当彼戮辱时，奋飞无翅羽。
商山有黄绮⑥，颍川有巢许⑦。
何不从之游，超然离网罟⑧。
山林少羁鞅⑨，世路多艰阻。
寄谢伐檀人⑩，慎勿嗟穷处⑪。

注　释

① 棼（fén）：纷乱。
② 端绪：头绪，端倪。
③ 马迁：西汉史学家司马迁。蚕室：本指养蚕的处所，后引用为受宫刑的牢狱。
④ 囹圄（língyǔ）：监狱。
⑤ 沮（jǔ）：沮丧。
⑥ 商山：位于陕西丹凤城西，因形似“商”字得名。黄绮：指“商山四皓”中的夏黄公与绮里季。“商山四皓”是西汉初年四位著名的隐士。
⑦ 颍川：颍川郡，以颍水得名，在今河南。巢许：巢父和许由。巢父，传说中的高士，因筑巢而居，人称巢父。尧以天下让之，不受，隐居聊城，以放牧为生。许由，尧舜时代的贤人，帝尧想传位于他，他认为是羞辱，便到颍水中洗其耳朵。
⑧ 超然：超脱的样子。网罟（gǔ）：罗网。喻指人世、社会。
⑨ 羁鞅：束缚。
⑩ 寄谢：告知。檀：檀木，主要生长在热带地区，木质坚硬，气味芬芳。
⑪ 慎勿：千万不要。穷：荒僻。

题　解

这是一首五言古诗，是唐代诗人白居易所写。这是诗人《读史五首》中的第二首。这首诗以四个典故为例证，说明了“山林少羁鞅，世路多艰阻”的人生道理，表达了诗人厌倦仕途、欲回归自然隐居田园的理想和追求。

这首诗语言通俗易懂，尤以说理见长。诗人独具只眼，对司马迁、嵇康这两个历史人物发表了自己的看法：虽然他们为一世英才，但不懂得明哲保身，以致身遭戮辱、无力奋发，这样的境遇远不如“商山四皓”和巢父、许由隐居山林，他们虽然贫苦，却能身心安泰。

赏　析

这首诗共十六句，可以分为两大部分。

第一部分（前八句）：诗人叙写历史人物司马迁、嵇康的事迹，并进行分析。

“祸患”二句，是诗人对灾难、祸害的看法：灾难、祸害就像那乱丝，它来的时候，你很难抓住头绪或看出迹象的。乍一开篇，诗人就直奔主题，着“祸患”二字，并用“棼丝”作比，说明“其来无端绪”。诗人这里的“祸患”当指意想不到、突如其来、猝不及防的灾祸，是指人祸，而非天灾。

“马迁”二句，叙说司马迁和嵇康的遭遇：司马迁遭受宫刑，嵇康进了牢狱。诗人用这两个历史人物的遭遇来证明自己的观点。言下之意，西汉时的司马迁当初为兵败而投降的李陵辩护之时，并不知道自己会遭受奇耻大辱；三国时的嵇康，也并不明白因为自己的“刚肠疾恶”、狂放不羁而惨遭司马昭杀害。

“抱冤”四句，是诗人对这两位历史人物遭受惨祸的进一步分析：心里怀有冤屈，就有志难伸；忍受奇耻大辱，就会形容枯槁、精神沮丧。当他们被杀害、被污辱的时候，就像鸟儿失去了羽翼，是难以奋飞向上的。诗人采取例证法展开分析，说明“祸患”对人生的极大伤害。诗人并不认同司马迁“文王拘而演《周易》；仲尼厄而作《春秋》；屈原放逐，乃赋《离骚》；左丘失明，厥有《国语》”(《报任安书》）的论断，而认为祸患对一个人的伤害是非常大的，甚至是致命的。

第二部分（后八句）：针对司马迁、嵇康的遭遇，诗人提出了自己的看法。

“商山”四句，是诗人列举的应当效仿的事例：商山有两位著名的隐士夏黄公和绮里季，颍川更有两位高士、贤人——巢父和许由，他们不贪恋名利而隐居。我们为何不能跟从他们畅游于山水之间，超然避世，脱离尘世的罗网呢？诗人列举西汉时“商山四皓”中的著名隐士夏黄公、绮里季以及传说中尧让天下而不受的高士巢父、贤人许由的事例，有力地说明隐匿是摆脱“尘网”的最好办法。

“山林”四句，是诗人的寄语：山林中很少有束缚、羁绊，而人世之路却布满艰难险阻。我要告知具有高洁志行且意志坚定不移的人，千万莫要忧叹即使处在那荒僻的山林之中。诗的最后这四句是诗人向有志者发出的号召：冲破“尘网”，隐居山林吧。从这几句可以断定，《读史五首》当是诗人被贬为江州司马时所写，这时的诗人抱持着“无论海角与天涯，大抵心安即是家”（白居易《种桃杏》）的心志。

这首诗最突出的特点是：以议论入诗。此诗简直就是一篇观点鲜明、有理有据、论证充分的议论文，只不过是用诗的形式写就而已。更难能可贵的是，诗人用通俗浅易、明白晓畅的语言表达了颇为深刻的见地。

李　贺

李贺（790—816），字长吉。唐代诗人。年少即有诗名，为韩愈、皇甫湜所赏识。据传，作诗态度十分严肃，几致冥索苦搜。每日骑驴早出，背古锦囊，遇所得，书投囊中，晚归足以成篇。又曾自称“长歌破衣襟，短歌断白发”。以乐府、歌行见长，多揭露统治者的昏庸腐朽，反对藩镇割据，抨击宦官弄权，抒写怀才不遇的悲愤，亦有少数作品表达对人民悲惨生活的同情。其诗想象奇特，新颖诡谲，熔铸词采，设色秾艳，充满了神话似的幻觉和想象，在唐代诗坛上，另辟蹊径，别树一帜，有“长吉体”之称，是我国文学史上颇有影响的浪漫主义诗人。《李凭箜篌引》《雁门太守行》《梦天》《金铜仙人辞汉歌》《致酒行》等，为其代表作。他被后人称为“诗鬼”。其诗被称为“鬼仙之词”或“李长吉体”。因其父名与皇帝名同音，为避讳不得应进士试，郁郁不得志，死时仅二十七岁。

金铜仙人辞汉歌

魏明帝青龙元年八月①，诏宫官牵车西取汉孝武捧露盘仙人②，欲立致前殿。宫官既拆盘，仙人临载，乃潸然泪下③。唐诸王孙李长吉遂作《金铜仙人辞汉歌》④。

茂陵刘郎秋风客⑤，夜闻马嘶晓无迹⑥。
画栏桂树悬秋香⑦，三十六宫土花碧⑧。
魏官牵车指千里⑨，东关酸风射眸子⑩。
空将汉月出宫门⑪，忆君清泪如铅水⑫。
衰兰送客咸阳道⑬，天若有情天亦老⑭。
携盘独出月荒凉，渭城已远波声小⑮。

注　释

① 魏明帝：名曹叡，曹操之孙。

② 宫官：指宦官。牵：这里指驾驶。捧露盘仙人：王琦注引《三辅黄图》："神明台，武帝造，上有承露盘，有铜仙人舒掌捧铜盘玉杯以承云表之露，以露和玉屑服之，以求仙道。"

③ 潸然泪下：《三国志·魏书·明帝纪》裴松之注引《汉晋春秋》："帝徙盘，盘折，声闻数十里，金狄（即铜人）或泣，因留霸城。"

④ 唐诸王孙：李贺是唐宗室之后，故称"唐诸王孙"。李长吉：即李贺，字长吉。

⑤ 茂陵：汉武帝刘彻的陵墓，在今陕西兴平东北。刘郎：指汉武帝刘彻。秋风客：指悲秋之人。

⑥ 夜闻马嘶：传说汉武帝的魂魄出入汉宫，有人曾在夜中听到他坐骑的嘶鸣。

⑦ 桂树悬秋香：八月景象。秋香：指桂花的芳香。

⑧ 三十六宫：西汉长安宫殿总数。土花：苔藓。

⑨ 魏官：指魏明帝派来主持搬运的官员。千里：言长安汉宫到洛阳魏宫路途之远。

⑩ 东关：车出长安门，故云东关。酸风：令人心酸落泪之风。

⑪ 将：与，伴随。汉月：汉朝的明月。

⑫ 君：指汉家君主，特指汉武帝刘彻。铅水：比喻铜人所落的眼泪，含有心情沉重的意思。

⑬ 衰兰：秋兰已老，故称衰兰。客：指铜人。咸阳道：指长安城外的道路。咸阳：秦都城名，在长安西北。

⑭ 天若有情天亦老：意为面对如此兴亡盛衰的变化，天如若有人的情感，也会因为常常伤感而衰老。

⑮ 渭城：汉代改咸阳为渭城县，此处代指长安。波声：指渭水的波涛声。渭城在渭水北岸。

题　解

这是一首七言古诗，是唐代浪漫主义诗人李贺所作，写于唐宪宗元和八年（813），李贺因病辞官后，由京师长安赴洛阳途中。金铜仙人是汉武帝为求仙所铸，位于建章神明台上，掌擎铜盘以承天露。汉朝灭亡后，魏明帝派人将其从长安迁往魏都洛阳。这首诗描写的就是金铜仙人离开长安时的情景。诗人借金铜仙人辞汉的史事，来抒发兴亡之感、家国之痛和身世之悲。

这首诗语言奇峭，极有创新特色。诗人运用浪漫主义手法，赋予金铜仙人以生命和情感，视觉独特，意旨深厚，为后人所称道。

赏 析

诗前小序说明诗人写作的缘由：魏明帝青龙元年八月，明帝下诏命宦官引车前往长安，将汉孝武帝所铸的承露盘的金铜仙人迁往魏都洛阳，想立置于皇宫前殿。宦官已经拆除了所承的露盘，金铜仙人面临装车之时，竟潸然泪下。诗人于是就作了《金铜仙人辞汉歌》这首诗。

这首诗的主体共十二句，可分为三层：

第一层（前四句）：诗人着重抒写人生短暂、韶华易逝之叹。

“茂陵”二句，开门见山，从汉武帝落笔，生发概叹：茂陵里葬埋的刘郎，好像秋风中的过客一样，匆匆而逝；夜里似曾听到他的神马在嘶鸣，天一亮却杳无踪迹。上句写汉武帝刘彻。“刘郎”二字，诗人大胆打破封建等级观念，以平等的口吻来写，可见出诗人性格之桀骜不驯、大胆旷达。“秋风客”三字，诗人巧用借代手法，以汉武帝之赋来代称，把其逝去之速以“秋风”喻之，言其也不过是人世的匆匆过客而已。下句诗人运用夸张、想象的手法，形象地表达了对生命短暂、人生无常的喟叹。此句承上启下，既补充、丰满了汉武帝的形象，又为下句营造出一种悲冷、凄伤的气氛。

“画栏”二句，描写眼前之景：画栏旁边的棵棵桂树，依然散发着深秋的香气；那长安城的三十六宫，如今却是苔藓碧绿。这里，诗人用上句的丽景与下句的荒凉形成鲜明的对比，写出了汉武帝死后的凄惨。诗人着一“悬”字，化抽象的“秋香”为具体，使之可见可触。“土花碧”三字，诗人运用苔藓的碧绿言其宫殿荒废之久，连生长极为缓慢的苔藓也长得如此的蓬勃、旺盛。诗人“以乐景写哀”“倍增其哀”（清・王夫之《姜斋诗话》），为全诗营造了悲恻的氛围。

第二层（中四句）：诗人运用拟人的手法，描写金铜仙人初离时的凄婉之情。

“魏官”二句，描写金铜仙人离去时的环境和景色：魏国官员驱车载运铜人，直向着千里之外的异地；刚刚走出长安东门，那从潼关吹来的寒风直射进铜人的眼珠里。金铜仙人是汉武帝时所铸造，它以“高二十丈，大十围”（《三辅故事》）的雄姿，矗立在神明台上。它历经了刘汉王朝由兴盛到衰亡的沧桑巨变。如今又要离开汉宫，到那“千里”之外，那种被强拆的悲伤和远离的凄苦定然是心如刀绞。这两句通过环境和景色的描写，烘托了金铜仙人不忍离去的恋恋不舍之情。“酸”“射”二字，用得极为精妙，哀情哀景融汇一起，使得悲情更悲。

“空将”二句，是“金铜仙人”的直抒胸臆：只有那昔日的汉月，伴随着“我”走出宫门；因为“我”十分怀念往日的君主，不由得流下了如铅水的泪滴。“汉月”二字，抒发了诗人怀旧的情感，有一种“无情有恨何人见”（李贺《昌谷北园新笋四首》）的郁郁不得的情结蕴含其中。这里的“如铅水”三字用得精妙，形神兼备。

第三层（后四句）：描写金铜仙人出城途中的情景。

“衰兰”二句，写景抒情：枯衰的兰草为远客送别，在那通向远方的咸阳道旁；上天如果有感情，也会因为金铜仙人的离去悲伤而变得苍老。上句诗人运用拟人的手法，借“衰兰”写情，更显伤怀，“草”亦如此，人何以堪？！下句设想神妙，奇绝无比，用阔大之景，比衬深远之情感，乃千古名句。开国领袖毛泽东对李贺的诗特别喜爱，在他的诗词中曾多次引用李贺诗句，此句就用在其名作《七律·人民解放军占领南京》中。

“携盘”二句，再写金铜仙人的伤别之情：“我”携盘独自出了长安，在月色下的荒凉大地上，只有“我”孤独的影子；眼看着长安渐渐远去，渭水的“波声”也越来越小。上句以景衬情，用“携盘独出”的茕茕孑立的形象，把凄伤、悲苦寓于其中。下句用衬托的手法，以“波声小”反衬离去的越来越远，有一种“吞声别，陇头流水，替人呜咽”（宋·贺铸《子夜歌》）的悲戚在其中。

这首诗语言、手法奇特而精妙，情感极为深沉。全诗运用拟人的手法，描写金铜仙人离开长安的情景，兼用比喻、借代、夸张、对比、衬托、想象等手法，明写金铜仙人，实写诗人自己，把兴亡之感、家国之痛和自己的身世之悲皆融于诗中。

许　浑

许浑（？—858？），字用晦，一作仲晦。唐代诗人。自少苦学多病，喜爱林泉。文宗大和六年（832）进士及第，官至监察御史，因病乞归。后复仕。晚年归丹阳丁卯桥村舍闲居，自编诗集，以“丁卯”名其诗集，后人因称其“许丁卯”。长于律诗，多登高怀古之作。

咸阳城东楼①

一上高城万里愁，蒹葭杨柳似汀洲②。
溪云初起日沉阁③，山雨欲来风满楼。
鸟下绿芜秦苑夕，蝉鸣黄叶汉宫秋④。
行人莫问当年事⑤，故国东来渭水流⑥。

注　释

① 咸阳：在今陕西。咸阳旧城在今西安西北，秦汉两朝在此建都。隋朝时向东南移二十里建新城，即唐京师长安。唐代咸阳城隔渭水与新都长安相望。

② 蒹葭（jiānjiā）：芦苇一类的水草。汀洲：水边之地为汀，水中之地为洲。这里指代诗人在江南的故乡。

③ 溪：指磻溪。阁：指慈福寺。此句下作者自注：“南近磻溪，西对慈福寺阁。”

④ “鸟下”二句：夕照下，飞鸟下落至长着绿草的秦苑中，秋蝉也在挂着黄叶的汉宫中鸣叫着。

⑤ 行人：过客。泛指古往今来的征人游子，也包括作者在内。

⑥ 故国：指秦汉故都咸阳。东来：指诗人（不是渭水）自东边而来。

一上高城万里愁

题 解

这是一首七言律诗，是唐代诗人许浑所作，大约是诗人于唐宣宗大中三年（849）任监察御史时所作。此时大唐王朝已日薄西山，盛况不再。诗人通过登楼对所见景色的描写，抒发了对家国衰败的无限感慨之情。

这首诗巧妙地把怀古与思乡结合起来，在羁旅的乡愁中渗透了深广的感时伤世之情，做到了景中寓情、事中含情、情景交融。尤其是“山雨欲来风满楼”的千古名句，隐喻了王朝兴替的沧桑多变，神完气足，可谓点睛之笔。

赏 析

首联紧扣诗题，抒情写景：“我”一登上这高高的咸阳城东楼，心中便涌起无尽的忧愁；出现在“我”眼前的是蒹葭苍苍、杨柳依依，就好似“我”那云水迷蒙、沙洲萋萋的故乡。这一联，诗人登临即生情，是因为他游宦长安，离家甚远，以至于思念之情深切，竟然把蒹葭之地视若故乡了！“一上”二字，言时间短于一瞬，可见诗人的思乡之情时时萦绕在心头；“万里”二字，言空间之遥，可见宦游之地距故乡之远；一个“愁”字，为全诗奠定了悲伤感情的基调。

颔联紧“承”上联，写远眺所见之远景：磻溪之上暮云渐起，慈福寺边夕阳渐渐下落；骤然而起的凉风布满了西楼，一场山雨眼看就要来了。这一联是千古名句，寓意深远：这是对眼前所见的自然景物的真实描写，更是对唐王朝日薄西山、危机四伏的没落局势的形象勾画，喻指恰当，蕴意极为深刻。至此可以看出，笼罩在诗人心头之“愁”，不只是乡愁，更有对国家危亡局势的担忧！确实是“增一倍凄切也”（《唐诗摘钞》）。

颈联把眼光放近，写晚眺之近景：鸟雀仓皇，逃入暮色下禁苑的绿草丛之中；寒蝉悲鸣，躲进了暮秋时节深宫的枯树之间。这一联，景中融情：那“秦苑”“汉宫”，已成历史，吊古之中蕴含着诗人诉说不尽的联想：王朝更替，历史演进，国家颓势难回！唯有虫鸟，不识兴亡，一如往常地飞来飞去，到处鸣叫。诗人的悲也正在于此：国家的危亡，才是那“万里”之“愁”！由此可见诗人立意之深远。

尾联写诗人的感慨：羁旅过客还是不要索问当年秦汉兴亡之事吧！如今秦汉故址上，只有那渭水像昔日一样，仍然奔流不息地东流。这一联，诗人把内心之情融于景中，把无尽的思乡之愁和难以言说的感古伤今的悲凉之情熔铸其中。“莫问”二字，是诗人明知故问，蕴含着诗人对历史教训的深深的思索。着一“流”字，把诗人那种颓势难挽的痛惜之情隐寓其中，令人慨叹、悲伤不已。

这首诗在写作上显著的特点是情寓景中，情景交融。诗人不是纯客观的写景，而是把自己的乡情国愁融于笔下的景物之中，那“高城”“杨柳”，那“云”“日”“雨”“风”，还有那“秦苑”“汉宫”“故国”“渭水”，都蕴含了诗人无尽的忧思。正如前人所言：“惨淡满目，晚唐所处之会然也。”（《唐三体诗评》）

汴河亭①

广陵花盛帝东游②，先劈昆仑一派流③。
百二禁兵辞象阙④，三千宫女下龙舟⑤。
凝云鼓震星辰动⑥，拂浪旗开日月浮。
四海义师归有道⑦，迷楼还似景阳楼⑧。

注　释

① 汴河：又名汴渠，即通济渠，流经今河南、安徽，在泗县入淮河，隋炀帝所开，西通河洛，南达江淮。隋炀帝幸江都（今江苏扬州），即由此道。汴河亭：在今河南开封附近汴河之旁，传为隋炀帝行宫故址。

② 广陵：今江苏扬州。帝：指隋炀帝杨广。

③ 昆仑一派流：指黄河，旧说黄河发源于昆仑山。

④ 百二：指隋炀帝的禁卫兵骁勇。象阙：也称象魏。古时宫廷外有二台，上作楼观，两观对峙，中间阙然为道，是悬挂法令之处。此处指代京城。

⑤ “三千宫女”句：据《隋书·炀帝纪》载：“庚申，遣黄门侍郎王弘、上仪同於士澄往江南采木，造龙舟、凤艒、黄龙、赤舰、楼船等数万艘。”

⑥ 凝云：浓云，密云。鼓震：指鼓声高鸣。

⑦ 四海义师：指天下反隋的义军。归：归附。有道：这里指唐朝。

⑧ 迷楼：隋炀帝晚年沉迷女色，在扬州建造迷楼，因“使其仙游其中，亦当自迷也”（《迷楼记》）而得名。景阳楼：即景阳殿，南朝陈后主所建，在今南京玄武湖畔。殿下有井，名胭脂井。隋兵攻破金陵，后主与宠妃张丽华投此井，未死，为隋兵所俘。后世称之为辱井。

题 解

这是一首七言律诗，是唐代诗人许浑所作，是诗人南游经过汴河时触景生情而写的。这首诗通过想象隋炀帝杨广东游广陵的盛况，对隋炀帝奢侈豪华、荒淫无度的行径予以无情地揭露和批判。同时，也把“后人哀之而不鉴之，亦使后人而复哀后人也”（唐·杜牧《阿房宫赋》）之意寓于诗中。

这首诗语言华美，境界阔大，巧妙运用想象、夸张，虚构等艺术手法，以古鉴今，以小见大，意旨极为深刻。

赏 析

这首诗敢于打破古诗的常规写法，没有从眼前景物写起，首联便直截了当地回到了隋炀帝东游之时：那时候，扬州百花盛开，隋炀帝要御舟东游；他下令把发源昆仑的黄河凿渠分流，修出一条通往扬州的运河，这就是大运河。起句紧扣“汴河”二字，从“汴河”（即通济渠）之来历着笔，点明了原因：隋炀帝杨广为了满足一己之私到广陵“看花”（因“广陵花盛”），而不惜劳民伤财、凿渠引流，耗费大量的人力、物力和财力。这句看似平直，却为下句“先劈昆仑一派流”蓄势。下句写凿渠引流，直接触及隋炀帝荒淫、奢靡的本质。根据历史记载，隋炀帝为开凿通济渠，前后动用百余万民工，更不要说耗费的财物与层层官吏搜刮、盘剥的民脂民膏。正如古诗所写：“汴水通淮利最多，生人为害亦相和。东南四十三州地，取尽膏脂是此河。”（唐·李敬方《汴河直进船》）

颔联描写隋炀帝离宫东游的壮阔浩大的景况：骁勇的几万御林军，保驾护航随皇帝辞别京城；三千美丽的宫女也登上了大龙舟。上句用“百二禁兵”写出杨广东游场面之壮观、气势之宏大。下句用“三千宫女”写出杨广之骄奢淫逸。诗人运用反衬的手法，着力描写了隋炀帝的荒淫无度、靡靡误国之状。

颈联是对沿途喧闹情景的渲染：喧天的鼓声响遏行云，震得那天上的星辰也在闪动；拂浪的旌旗迎风招展，水中那日、月的影子相继漂浮。上句用夸张兼衬托的手法，极力描写皇船的赫赫声威，竟然使得流云凝滞、星辰动摇！下句用比喻的手法，描写旌旗拂水似波浪起伏的盛大之景，又用“日月浮”加以进一步衬托，把隋炀帝奢靡的景象推向了极致。诗人这样来写，就把隋炀帝的豪奢无度、淫靡误国淋漓尽致地表现了出来。

尾联顺理成章写出隋朝灭亡的结局：天下起义的军队归附了有道的大唐；迷楼瞬间倾覆，隋朝的末日恰似景阳楼一般。上句写隋朝的灭亡。隋炀帝沉迷酒色、昏庸无道终被“有道”的李唐王朝率“四海义师”所灭。下句用“迷楼还似景阳楼”的形象，巧妙比衬，把隋炀帝因淫乐而修的“迷楼”，与南朝陈后主的“景阳楼”相比，用婉曲而又嘲讽的手法表达了“淫逸必亡国”的主旨，卒章显志，蕴意深长，可谓“警策之语”！

这首诗最突出的特点有二：一是构思独具匠心。诗人自出机杼，首联平中见新，直写为游凿渠；颔联摄取“百二禁兵”护驾和“三千宫女”簇拥、“龙舟”下扬州的三个特写镜头（“蒙太奇”手法）；颈联又是沸反盈天、声势显赫的沿途情景的尽情渲染和夸饰；尾联用“义归”图和“迷楼”图相互比衬，以古鉴今，卒章显志。尤为巧妙的是，全诗皆以形象出之，事理皆含于形象之中。二是动词运用得精妙。诗中的“劈”“下”“动”“拂”“浮”“归”“似”等诸多动词，皆用得精致、准确、巧妙，形象感极强，蕴意极深，可谓妙语天成。

杜　牧

杜牧（803—853），字牧之。晚年居长安南樊川别墅，故后世称“杜樊川”。唐代诗人、文学家。文学上主张“文以意为主，以气为辅，以辞彩章句为兵卫”，强调形式为内容服务。文、赋、诗皆工。诗与李商隐齐名，世有“小李杜”之称（以别于李白与杜甫）。所作《感怀诗》《郡斋独酌》《早雁》等感时伤世之作，主张抗击侵扰，削平藩镇，表达对边地人民流离失所生活的同情。抒情写景七绝最为出色。词采清丽，情调爽朗。《江南春》《泊秦淮》《山行》均为传诵名作。

过华清宫（三首选二）①

其一

长安回望绣成堆②，山顶千门次第开③。
一骑红尘妃子笑④，无人知是荔枝来。

其二

新丰绿树起黄埃⑤，数骑渔阳探使回⑥。
霓裳一曲千峰上⑦，舞破中原始下来⑧。

注　释

① 华清宫：据《元和郡县志》载：“华清宫在骊山上，开元十一年初置温泉宫。天宝六年改为华清宫。又造长生殿，名为集灵台，以祀神也。”

新丰绿树起黄埃

② 绣成堆：华清宫所在骊山之上种植花卉树木，远望如同锦绣，有东、西秀岭之称。

③ 千门：形容山顶宫殿壮丽，门户众多。次第：依次。

④ “一骑”句：此句指唐玄宗为博杨贵妃一笑，使人专程从南方快马运送荔枝到长安。红尘：这里指飞扬的尘土。妃子：指杨贵妃。

⑤ 新丰：故址在今陕西西安，距骊山不远。黄埃：马队奔驰扬起的尘土。

⑥ “数骑”句：指唐玄宗时安禄山密谋造反，玄宗派中使辅缪琳前去打探虚实，结果缪琳收受安禄山贿赂，回朝后对玄宗极言安禄山忠心耿耿，导致朝廷对安禄山放松警惕。

⑦ 霓裳（nícháng）：指《霓裳羽衣曲》。当时的宫廷舞曲，是唐玄宗根据西凉节度使杨敬述进献的印度《婆罗门曲》亲自改编而成的。千峰：指骊山的众多山峰。

⑧ 舞破中原：指唐玄宗耽于享乐而误国，导致安史之乱。

题　解

这是两首七言绝句。是唐代诗人杜牧所作，是诗人经过骊山华清宫时有感而作，总名为《华清宫》。这里选的是第一首和第二首。华清宫是唐玄宗开元十一年（723）修建的行宫，唐玄宗与杨贵妃曾在此寻欢作乐。后代曾有许多以华清宫为题的诗作，而杜牧的《过华清宫绝句三首》是其中的杰作。

其一选取了贵妃笑迎荔枝的典型细节，来衬托唐玄宗的荒淫误国；其二选取唐玄宗因沉溺酒色而被狡猾的安禄山所欺骗以致误国的历史事实，有讽谏当世之意。这两首诗借古讽今，委婉含蓄，意蕴悠长。

赏　析

其一

这首诗选取“快马送荔枝”的细节来揭露唐玄宗骄奢淫逸的生活。

首句“长安回望绣成堆”，是诗人于长安“回望”所见骊山之景：只见骊山林木繁茂，宫阁耸立，宛如一堆堆锦绣。“绣成堆”三字，既巧妙地把东、西

"绣"岭含于其中，又以"绣"描绘出骊山胜景的美不胜收，妙用双关，形象感极强，摄取了"骊山全景"镜头，写的是静景。

次句"山顶千门次第开"，则展现的是一幅动景：山顶上那华清宫的千重朱红大门，依次自然打开。这又是一个极有声威的特写镜头。"山顶"二字，以示其高，须仰头方可眺见，也可想象建此行宫难度之高。"千门"二字，写豪奢，仅"门"就已上"千"，可见侈靡到何种程度！诗人运用夸张的手法来写，把讽喻之意寓于其中。

第三句"一骑红尘妃子笑"，是诗人展现的两个特写镜头：宫外，一骑驰来，身后烟尘滚滚；宫内，妃子掩嘴，欢心一笑。这几个貌似互不相关的"全景"和"特写"镜头，为读者设置了诸多悬念："千门"因何而"开"？"一骑"因何而来？"妃子"又为何而"笑"？诗人以神秘的笔触，创造出一个个令人费解的谜团，的确有小说、戏剧的情节之妙。

末句"无人知是荔枝来"，诗人至此揭开了谜底：那是从南方快马送来的荔枝。原来杨贵妃喜食荔枝，且要新鲜的，唐玄宗便命驿马不分昼夜地传送，到京师荔枝新鲜依然。(《新唐书·杨贵妃传》)这一句，使得前面的悬念顿然而释，把唐玄宗的荒淫好色、贵妃的恃宠而骄淋漓尽致地写了出来。尤其是"无人知"三字，富意颇深，发人深思：这种荒淫无度、糜烂误国之举，怎能"无人知"？！皇帝知，妃子知，"一骑"知，还有指派者知，等等。这样，使揭露、批判的力度更大。

这首诗显著的特点是：以小见大，细节精妙。诗人层层设置悬念，末句道破谜底，把贵妃笑迎荔枝的细节描写出来，把揭露、批判的矛头直指最高统治者——皇帝。写法不仅大胆，而且巧妙，意旨含蓄而精深。

其二

这首诗以安禄山贿骗唐玄宗的历史事实，来讽谏当世、后世的统治者，莫要荒淫误国。

首句"新丰绿树起黄埃"，诗人以景叙事：绿树环绕的新丰一带，不时地腾起一股股黄尘。"新丰"点明了地点，这是从长安到达安禄山镇守之处的必经之地。"绿树起黄埃"用衬托的手法写使者马骑之快、次数之多。这就不由得让人生疑，从而设置了悬念。

次句"数骑渔阳探使回"，紧"承"上句，揭示谜底：那是前往渔阳刺探虚实的探使回来了，他们说安禄山毫无反心。“数骑”二字，说明所派探使打探次数之多。“渔阳”是安禄山的镇守之地。“探使回”三字，看似平平，却隐含了“探使”曾被安禄山所贿赂。原来，迷人眼目之“黄埃”，那里面似乎已有了战乱的烟尘！

第三句“霓裳一曲千峰上”，是皇帝得到信使回报之后的享乐情景：唐玄宗与杨贵妃在那千尺峰峦之上的华清宫里，尽情地沉迷于《霓裳羽衣曲》中。“探使”谎报实情，致使皇帝大放宽心，照常醉生梦死，迷恋于歌舞享乐，沉醉于女色之中。

末句“舞破中原始下来”，描写中原破乱之结果：在皇帝沉溺歌舞之时，安禄山突然起兵叛乱，中原一片残破。“舞破”二字，蕴意颇深：一面歌舞升平，花天酒地；一面狼烟升起，生灵涂炭。诗人用极具讽刺意味的画面，用强烈的对比手法，把统治者荒淫误国的本质毫不留情地揭露出来。

这首诗构思精妙，意旨深刻。诗人兼用设置悬念和强烈对比的手法，以“舞破中原”的极具夸张意味的细节，十分传神地描写了唐玄宗沉溺声色、荒淫误国的典型史实，既是对唐玄宗无情地揭露和鞭挞，又为当世和后世的统治者敲响了警钟。诗歌确为“奇绝”“绝妙”（黄叔灿《唐诗笺法》）之作。

赤　壁①

折戟沉沙铁未销②，自将磨洗认前朝③。
东风不与周郎便④，铜雀春深锁二乔⑤。

注　释

① 赤壁：这里指黄州赤壁，一名“赤壁矶”，在今湖北黄冈西。而三国古战场的赤壁，文化界认为在今湖北赤壁。

② 指赤壁之战时沉埋于江泥的断戟还没有朽烂。戟：古代兵器，融戈、矛于一体，既能直刺，又能横击。销：销蚀。

③ 将：拿起。磨洗：磨光洗净。认前朝：认出戟是东吴破曹时的遗物。

④ “东风”句：指东吴都督周瑜利用东南风火攻，焚烧曹操战舰的故事。周郎：指周瑜，字公瑾，年轻时即有才名，人称周郎。后任吴军大都督。

⑤ 铜雀：即铜雀台。曹操在今河北临漳建造的一座楼台。楼顶里有大铜雀，台上住姬妾歌妓，是曹操暮年行乐的地方。二乔：东吴乔公的两个女儿，大乔嫁前国主孙策（孙权兄），小乔嫁军事统帅周瑜。

题　解

这是一首七言绝句，是唐代著名诗人杜牧经过古战场赤壁时所写的。赤壁之战发生于东汉建安十三年（208），东吴统帅周瑜指挥孙刘联军击败了曹操，奠定了三国鼎立的局面。诗人借此咏史抒怀，从一个巧妙的角度——周瑜获胜不过是因为借助偶然的“东风”，表达了诗人胸有大志而不被重用和“时无英雄，遂使竖子成名”的不平之慨。

这首诗语言精练，富有情趣，即物感兴，托物咏史，尤其能运用形象思维，用具体、鲜明的形象，把深厚的意旨蕴含其中。

赏 析

首句“折戟沉沙铁未销”，借一件古物下笔：那是一支折断了的铁戟，沉没在水底沙子中竟然没有销蚀朽烂。诗人乍一开篇，就写上“折戟沉沙”四字，联系诗题，点出了这里曾是“谈笑间，樯橹灰飞烟灭”（宋·苏轼《念奴娇·赤壁怀古》）的古战场。“铁未销”三字，把遗物尚在却人事已非的慨叹寓于其中。

次句“自将磨洗认前朝”，紧“承”首句，写诗人对古物的辨识：我拿起铁戟又磨又洗，磨光洗净之后，发现它原来是当年赤壁之战的遗物。“自将磨洗”四字，表现了诗人对历史遗物的珍爱和重视；“认前朝”，由眼前一下子回到了昔日，“前朝”赤壁之战的情景似又回荡在眼前，这就必然引发诗人浮想联翩，心情自然难以平静。于是，就为下文的抒怀作了铺垫。

第三句“东风不与周郎便”，这是诗人颇有意趣的设想：假如那东风违逆了周郎之意，不给他火烧战船的便利呢？这里诗人运用反向思维，从反面说起，用拟人的手法来假设反证，提出如果没有“东风”给周郎提供的有利条件，赤壁之战的结局又会是怎样的呢？这就强调和突出了“东风”的重要作用。

末句“铜雀春深锁二乔”，是诗人承上句进一步推想的结论：那么，赤壁之战的结局恐怕就会完全不同——曹操取胜，“二乔”将被关进铜雀台了。这里的“铜雀”二字，代指的是曹操，也把曹操风流成性的一面揭示出来（因为那里曾是他行乐之处）。言下之意，东吴惨败之后，连大、小乔也要被曹操掳去，关在铜雀台，任其凌辱作乐。“春深”二字，本指男女之间的私情生活，诗人用在这里却有调侃的意味，旨在说明战败后果之严重；着一“锁”字，既有形象，又有力度，把硝烟弥漫的战争用一个无情而又柔媚的画面表现出来。

这首诗叙议结合，借古咏怀。诗人借叙“折戟”“磨洗”而引起“认前朝”之忆想，又巧发“东风不与周郎便”之设想，巧妙地把自己没有“东风”可借的情怀蕴含于诗中：周瑜能叱咤风云，建立千古功业，是因为他遇上了良好的时机；可是自己虽然身怀利器，却壮志难酬，那是因为时不我与。故而诗人最后用形象的叙写把自己难于施展才能的抑郁不平之气寓于其中，有一种“志陵青云之上，身晦泥污之下”（南朝宋·范晔《后汉书·逸民传》）的深深喟叹。

题乌江亭①

胜败兵家事不期②，包羞忍耻是男儿③。
江东子弟多才俊④，卷土重来未可知⑤。

注 释

① 乌江亭：在今安徽和县东北的乌江浦，相传为西楚霸王项羽自刎之处。
② 不期：难以预料。
③ 包羞忍耻：意谓大丈夫能屈能伸，应有忍受屈耻的胸襟气度。
④ 江东：因长江在今安徽南部境内向东北方向斜流，而以此段长江为标准，确定东西和左右。今皖南、苏南、浙江、江西东部这片地区统称江东。才俊：才能出众的人。
⑤ 卷土重来：指失败以后，重新整顿，以求东山再起。

题 解

这是一首七言绝句，是唐代诗人杜牧所作。唐武宗会昌元年（841），诗人赴任池州刺史途中，路过乌江亭，写下此诗。针对项羽兵败身亡的历史事实，诗人发表了自己的看法，对项羽提出了严厉的批评：项羽缺乏足够的勇气来总结失败的教训，不能“包羞忍耻”，缺乏“卷土重来”、东山再起的勇气和信心。诗人对项羽的刚愎自用、气量狭小予以了深刻的讽刺，同对，对项羽的英雄事业归于覆灭表示了惋惜，由此表达了一种乐观进取、积极向上的人生态度。

这首诗独抒已见，不落前人窠臼，视角新颖，议论独到。

赏析

首句“胜败兵家事不期”，诗人紧切“乌江亭”三字，对项羽兵败自刎的史实发表自己的看法：胜败乃兵家常事，这本来就是事前难以预料的。这一句，诗人直截了当地陈述人们所熟悉的惯常道理。“事不期”三字，就明确说明胜败难以预料，既然如此，就应当以正确的态度来对待成败。这就暗含了到底应当如何对待的问题，自然而然地引入下句。

次句“包羞忍耻是男儿”，便是诗人对提出问题的回答：只有忍辱负重之人，才能算得上是真正的男子汉。这一句，诗人用铿锵有力的语言作了肯定的回答。“包羞忍耻”四字的核心就是“忍”。“力拔山兮气盖世”（汉·司马迁《史记·项羽本纪》）的项羽，就是缺乏这个“忍”字，才上演了一出“霸王别姬”的悲剧，最终以自刎乌江结束。诗人在这里推崇的就是大丈夫能屈能伸的精神和品质。这就是司马迁所赞颂的“文王拘而演《周易》；仲尼厄而作《春秋》；屈原放逐，乃赋《离骚》；左丘失明，厥有《国语》”（汉·司马迁《报任安书》）。由此可见，诗人次句也是颇有见地的。

第三句“江东子弟多才俊”，是诗人对项羽的建议：西楚霸王啊，江东地区可是人才济济的地方呀！这一句，是诗人针对项羽自刎之前所说的“纵江东父兄怜而王我，我何面目见之？”而言的。有人认为这表现了项羽的气节，但诗人则认为恰恰是他致命的弱点：刚愎自用，听不进忠言。因为如此，他才放走了刘邦、错过了韩信、气死了范增，从而失去江山、葬送性命。开国领袖毛泽东曾在诗作中这样写：“宜将剩勇追穷寇，不可沽名学霸王。”（《七律·人民解放军占领南京》）领袖完全否定了项羽的做法，树立坚持“将革命进行到底”的坚决决心，才建立了伟大的新中国。一代伟人，着实令人敬佩。

末句“卷土重来未可知”，是诗人的进一步推论：项羽若能重整旗鼓，卷土杀回，那么楚汉相争，谁输谁赢还很难说的。“卷土重来”四个字，极有气势，将东山再起、重整旗鼓等意皆含其中，有一种积极处世、顽强拼搏的人生态度，这也是值得我们学习和借鉴的。

这首诗最突出的特点：不落窠臼，独出机杼。诗人所说的“包羞忍耻是男儿”，与我们常挂于嘴边的“梅花香自苦寒来”“不经历风雨，怎能见彩虹”是一样的，都是励志的箴言。“江东子弟多才俊，卷土重来未可知”更是对不屈不挠、英勇奋斗精神的极力推崇，从而成为千古名句。

李 商 隐

李商隐（约813—约858），字义山，号“玉谿生”。唐代诗人。他的“匡国”无门、“夙心”难遂的悲愤经历，对其诗作影响颇深。其诗以独特风格而蜚声唐代诗坛：构思缜密，多用含蓄象征的手法，精工富丽的辞采，婉转和谐的韵调，曲折细微地去表现深厚的情感。咏物诗、咏史诗和爱情诗皆有成就。尤其是爱情诗，特别是《无题》，成就尤其高。但部分作品，过于讲究辞藻，用典较多而又冷僻，诗意隐晦难懂。他是晚唐最出色的诗人之一，与杜牧合称“小李杜”，与温庭筠合称“温李”，又因诗文与同时期的段成式、温庭筠风格相近，且三人都在家族中排行第十六，故并称为“三十六体”。

北 齐

其一

一笑相倾国便亡①，何劳荆棘始堪伤②。
小怜玉体横陈夜③，已报周师入晋阳④。

其二

巧笑知堪敌万机⑤，倾城最在着戎衣⑥。
晋阳已陷休回顾，更请君王猎一围⑦。

注　释

① “一笑”句：谓君主一旦为美色所迷，便种下亡国祸根。倾：倾倒，倾心。

② “何劳”句：典出《晋书·索靖传》：晋时索靖有先识远量，预见天下将乱，曾指着洛阳宫门的铜驼叹道：“会见汝在荆棘中耳！”

③ 小怜：北齐后主高纬的淑妃冯小怜。玉体横陈：指小怜进御。

④ “已报”句：《北齐书》载：武平七年，北周在晋州大败齐师，次年周师攻入晋阳（今山西太原）。此事与小怜进御时间相距甚远，此剪缀一处是为了突出色荒之祸。周师：北周武帝的军队。晋阳：北齐军事中心。

⑤ 巧笑：《诗经·卫风·硕人》：“巧笑倩兮，美目盼兮。”万机：君王纷杂的政务。

⑥ 戎衣：猎装。

⑦ “晋阳”二句：据《北史·后妃传》载：“周师取之于平阳，帝猎于三堆。晋州亟告急，帝将还。淑妃请更杀一围，帝从其言。”所陷者系晋州平阳，非晋阳，作者一时误记。更猎一围：再围猎一次。

题　解

这是两首七言绝句，是唐代诗人李商隐所作，是以北齐后主高纬荒淫亡国的史实为题材而写的七言绝句。

据史料记载，唐武宗后期喜围猎，宠女色。每围猎时，才人必从，“袍而骑，佼服光侈”。这两首诗通过讽刺北齐后主高纬宠幸冯淑妃这一荒淫亡国的史实，来借古鉴今。

其一通过高纬正与冯淑妃寻欢作乐和北周武帝的军队攻进北齐军事重镇晋阳，这两个对比鲜明的场景，含蓄而深沉地表达了诗旨。

其二生动地展现了高纬置国家大事于脑后而“猎一围”的场景，深刻地揭示了帝妃二人的昏庸淫乐导致北齐亡国的历史教训。

赏　析

其一

前两句紧扣诗题，以议论发端：君王一旦被美色所迷，便种下亡国的祸根；

用不着等到宫殿长满荆棘，才开始悲伤、怨恨。上句暗用“烽火戏诸侯、褒姒一笑”而使周幽王失天下的史实，讽刺“无愁天子”高纬荒淫奢靡的生活。下句巧引晋代索靖预见国亡的典故，以形象的“荆棘”满宫殿来喻指国亡之意。前句议中有典，后句典中含议，蕴意含蓄而深刻。尤其“一笑”和“荆棘”两幅特写镜头，看似喜忧相对，却有异曲同工之妙。

后两句叙写北齐亡国：拥有玉体的小怜，进御服侍北齐后主的夜晚，北周的军队进占晋阳的战报已被传出。上句是一幅“寻欢作乐图”，下句是一幅“北齐亡国图”。前后对比鲜明，讽刺力透纸背，且与前两句一一对应。借用一下杜牧的诗句“商女不知亡国恨，隔江犹唱后庭花”(《泊秦淮》)，这两句或可改作“小怜不知亡国恨，周师入晋犹横陈！”

这首诗显著的特点：构思精妙，形象与议论相互融会。诗的前两句在“一笑”和“荆棘”的画面中巧融“倾国便亡”和“何劳”“堪伤”议论，把意旨蕴含于鲜明的对比之中。诗的后两句，用含有夸张意味的“寻欢作乐图”和“北齐亡国图”的鲜明对比，把深刻的诗旨蕴于发人深省的特写镜头之中。

其二

前两句描绘了两幅画面：哪知甜甜的媚笑足以抵过君王日理万机，身着戎装的冯淑妃在后主看来最是美丽。上句是“巧笑”图。巧用《诗经》典故，以“堪敌万机”(意即置国家大事于脑后而沉迷于“巧笑”之中)冷嘲北齐后主高纬淫逸亡国。此句运用反语，意味更为辛辣。下句是“戎衣图”。诗人依据历史事实，以冯淑妃着“戎衣”的忸怩作态来讽刺高纬的昏聩不堪。这句揭示出：国君在尽情逸乐之时，早已把国家的存亡抛到了九霄云外。

后两句紧承前句，再绘画面：晋阳城已被攻陷，齐后主早已抛于脑后、不管不顾，这时冯淑妃居然请求后主再重新围猎一次。上句是“休顾图”，齐后主已将成为北周之猎物之时，他仍然执迷不悟。诗人用强烈的对比，讥讽齐后主的荒唐无比。下句是“再猎一围图”，与上句的“晋阳已陷”形成鲜明对比，用可笑、可悲、可叹之行径，入木三分地刻画了帝、妃二人死不觉悟的庸腐的本性。

这首诗突出的特点：将诗旨寓于形象之中。全诗描绘了四幅图景，并运用对比、反语等手法，以达到借古讽今、以古鉴今之诗旨，在揭露前代帝王的荒淫亡国的同时，把对当世帝王讽谏之意寓于其中，有不着一字却振聋发聩之艺术魅力。

隋　宫①

紫泉宫殿锁烟霞②，欲取芜城作帝家③。
玉玺不缘归日角④，锦帆应是到天涯⑤。
于今腐草无萤火⑥，终古垂杨有暮鸦⑦。
地下若逢陈后主⑧，岂宜重问《后庭花》⑨。

注　释

① 隋宫：指隋炀帝杨广在江都（今江苏扬州）所建的行宫。
② 紫泉宫殿：即隋都长安紫泉南面宫殿，原名紫渊，后因避讳唐高祖李渊之名而改称紫泉。这里用紫泉宫殿代指隋朝京都长安的宫殿。锁烟霞：空有烟云缭绕。
③ 芜城：即广陵、江都，今江苏扬州。隋炀帝拟建都江都，大业元年（605），役使民工十万，在长安和江都之间，建离宫四十余所。帝家：帝都。
④ 玉玺：皇帝的玉印。日角：指人的额骨突出如太阳，古人谓之帝王之相。这里指唐高祖李渊。
⑤ 锦帆：喻指隋炀帝所乘龙舟，其帆用华丽的宫锦制成。
⑥ 腐草无萤火：古人以为萤火虫是腐草变化出来的。这句采取夸张的手法，说炀帝已把萤火虫搜光了。
⑦ 垂杨：隋炀帝沿通济渠、邗沟修筑的御道旁植有杨柳。
⑧ 陈后主：南朝陈末代皇帝陈叔宝，荒淫亡国之君。
⑨《后庭花》：即《玉树后庭花》，陈后主所创，歌词绮艳。

题　解

这是一首七言律诗，是唐代诗人李商隐所作，大约写于唐宣宗大中十一年（857），与同名七绝同时。诗人当时因柳仲郢推荐，任盐铁推官，此诗为诗人游江东时所写。

这首诗以隋帝的“隋宫”为焦点，通过巧妙的构思和丰富的想象，讽刺了隋炀帝耽于逸乐、荒淫亡国的种种行径，并把对晚唐荒淫腐朽、醉生梦死的统治者的讽谏之意寓含其中。语言精练优美，手法灵活，色彩鲜明，寓凄凉于唯美，含蓄蕴藉，“兴在象外，活极妙极，可谓杰作”（清·方东树《昭昧詹言》）。

赏 析

首联紧扣诗题，直引“隋宫”：长安的殿阁内弥漫着一片烟霞，杨广还想把芜城作为帝王之家。上句写宫殿。以“紫泉”代长安，着一“锁”字，再用“烟霞”二字来烘托，更加突出了隋宫的雄伟、富丽。下句叙古事。隋炀帝贪心不足，如此豪奢之地他亦不满意，“欲”另取江都而建行宫（即隋宫）。这一句巧妙点题，且将隋炀帝贪图享乐、恣意妄为之本性隐含其中。这一联，一景一事，暗写明说，紧扣诗旨，用笔自如而别致。

颔联紧“承”上句，展开推想：如果不是李渊得到传国的玉玺，那么杨广的龙舟还会游遍海角天涯。这一联，诗人巧用上下一气、蝉联奔腾的流水对，上句假想大胆，下句推想结果。看似虚写，实则隐含历史真实：据史料载，杨广不仅动用百余万民工、耗费大量的物力和财力，开凿出长达两千余里的通济渠，而且又开凿了八百余里的江南河，供自己游乐赏景。可见，这一联诗人运用讽刺的笔法，虚实结合，借古讽今，寓意颇深。

颈联“转”而叙写杨广穷奢极欲的典型事例：如今隋朝的宫苑中只剩下腐草，萤火虫早就断绝了根芽；多少年来隋堤寂寞凄冷，两边的垂杨栖息着归巢的暮鸦。这一联，上句写杨广放萤取乐之事，下句写隋堤栽柳之事。“无”“有”相对，极有深意，这就把隋炀帝亡国后的凄凉景况形象地描写了出来。此联将今昔对比，意蕴深厚，确为“惊人之语”（清·方南堂《辍锻录》）。

尾联是诗人的大胆想象；如果杨广在地下与陈后主相遇，他还有心欣赏淫逸辱国的后庭花吗？这一联，诗人想象了一个极有戏剧性的情节，且以“若逢”“岂问”这一假设、反诘的语气出之，妙用典故，揭示了“荒淫必亡国”的主旨，批判的矛头直指亡国之君，讽喻晚唐统治者之意显然。

这首诗意旨深刻，手法精妙。诗人心骛八极，大胆想象；暗写明说，虚实结合；“有”“无”相对，今昔对比；妙用典故，巧设情节；手法多样，妙融诗中，把揭露、批判和讥刺、讽喻之意旨皆含诗中，“斯为咏史怀史之极”（清·朱曾武《唐诗绎律初集》）。

马嵬（二首选一）

其二

海外徒闻更九州[①]，他生未卜此生休[②]。
空闻虎旅传宵柝[③]，无复鸡人报晓筹[④]。
此日六军同驻马[⑤]，当时七夕笑牵牛[⑥]。
如何四纪为天子[⑦]，不及卢家有莫愁[⑧]。

注 释

① “海外”句：战国时齐国的邹衍曾宣扬“大九州”之说，声言除了中国的九州，海外还有九个同样的“九州”。杨贵妃死后，有术士说在海外的仙山找到了她，并带回金钗之类的饰物给唐玄宗看。这句有讽刺唐玄宗痴心空想的意思。徒闻：空闻，指没有根据的传闻。更：还有。九州：兖（yǎn）、冀、青、徐、豫、荆、扬、雍（yōng）、梁等州谓之九州，战国时阴阳五行家邹衍所说中国的九州即指此。

② “他生”句：传说唐玄宗和杨贵妃曾誓约“世世为夫妻”，这句是说不管来生怎样，今生的夫妻缘分已经断绝了。他生：据陈鸿《长恨歌传》，唐玄宗与杨贵妃于七夕并肩密誓，愿生生世世为夫妇。

③ 虎旅：指跟随唐玄宗逃难的禁卫军，由陈玄礼指挥。宵柝（tuò）：晚间巡逻打更报警用的梆子。

④ 鸡人：宫中负责敲击更筹报时的卫士，称为“鸡人”。汉代制度，宫中不得畜鸡，卫士候于朱雀门外，传鸡唱。晓筹：即更筹，古代夜间报更计时的竹签。

⑤ 此日：指事变发生那天，即天宝十五年（756）六月十四日，随唐玄宗西行的军队在马嵬驿哗变，杀死杨国忠，并要求处死杨贵妃。六军：周制，天子有六军，一万二千五百人为一军。后泛指朝廷军队。《旧唐书·肃宗纪》：“国忠讽玄宗幸蜀。丁酉，至马嵬顿，六军不进，（大将军陈玄礼）请诛杨氏，于是诛国忠，赐贵妃自尽。”

驻马：指军队发生哗变，停顿不前。

⑥ “当时”句：当年李、杨在长生殿盟誓恩爱，朝朝暮暮，还讥笑牛郎和织女一年只能相会一次。

⑦ 四纪：古代以木星绕日一周（十二年）为一纪，四纪即为四十八年。唐玄宗当了四十五年皇帝，故约略称“四纪”。

⑧ “不及”句：指不如普通百姓夫妻恩爱，长相厮守。莫愁：古时洛阳女子。

题　解

这是一首七言律诗，是唐代著名诗人李商隐所作，是《马嵬》两首中的第二首。这首诗以唐玄宗在马嵬驿为六军所逼，不得不赐死杨贵妃的故事，启示世人要吸取唐玄宗沉迷女色、荒废朝政，致使国家陷于动荡、人民饱受战乱之苦的历史教训。

这首诗运用倒叙的手法，一反众人对李、杨爱情的同情，对唐玄宗的昏庸进行了尖锐的讽刺，体现了李商隐把握历史的敏锐眼光和深度思维。诗歌对偶工巧，对比精妙，“用笔至细”“讽意至深”（黄侃《李义山诗偶评》）。

赏　析

首联从海外传说起笔：空闻海外还有同样的九州，不管来生怎样，今生的夫妇缘分已经断绝了。上句采用传闻概括术士在海外仙山上寻见杨贵妃的传说，下句表达此生再也无缘相见的悲凄之情。“徒闻”“未卜”和“休”等词语，流露出讥讽之语气，为全诗奠定了悲伤的感情基调。

颔联紧承上联，追述当年马嵬兵变前的环境：夜里只听到禁卫军中传来巡逻的梆子声，再也听不到宫中负责报时的卫士传唱报晓的声音。上句实写唐玄宗逃难途中的典型环境。“虎旅传宵柝”五字，就把唐玄宗的狼狈神态和慌乱心情显示出来。下句虚写宫中，用以反衬马嵬驿的“虎旅传宵柝”，使昔乐今苦、昔安今危的不同处境和心情，跃然纸上。“虎旅传宵柝”本是为了巡逻警卫来保障皇帝和贵妃的人身安全，而冠以“空闻”二字，却意味相反，预示将有兵变发生。正因为如此，诗人才着上“无复”二字。“空闻”二字，既上承“此生休”，又下启“六军同驻马”，巧妙过渡，匠心独运。

颈联叙马嵬兵变：事变发生那天，六军已经约定，全都驻马不前；遥想当年七夕，唐玄宗和杨贵妃还曾嘲笑牛郎和织女一年才会面一次。上句写兵变。“六军同驻马”，指的是军队哗变，贵妃惨死，李、杨爱情随之幻灭。下句是回忆。“七夕笑牵牛”，意为七夕之夜，李、杨二人卿卿我我，讥笑牛郎和织女二人相见之短暂。强烈的对比，令人觉得可怜、可笑、可叹、可悲。笔锋犀利，蕴意深刻。

尾联以反诘语气反衬作结：为什么做了将近四纪的皇帝，却不如普通百姓夫妻恩爱，长相厮守。上句写当了四十多年皇帝的唐玄宗竟然保不住自己的宠妃，下句说作为普通百姓的卢家却能享有幸福美满的婚姻。语言直白，对比强烈，蕴情至深至痛，鞭挞十分有力。

这首诗显著的特点有二：一是倒叙手法和对比的妙用。全诗先说唐玄宗“招魂之举”的荒唐，再追述马嵬事变及变后凄凉，最后点示问题的实质。尺幅之间，一波三折，曲折有致。五、六两句，亦是倒叙。深得杜甫诗“顿挫”之三昧。全诗包含着鲜明的对比——贵妃已死与海外招魂的对比，今生已了与来世难知的对比，承平年代鸡人报晓与奔逃中军旅鸣柝的对比，长生殿里七夕盟誓与马嵬坡前六军驻马的对比，还有贵为天子不能保住爱人与民间夫妇白头偕老的对比，这一系列的对比意味深长，发人深思，进一步深化了诗旨。二是“讽意至深”“用笔至细”。诗人以倒叙委婉措辞和以对比含蓄立意，充分体现了“用笔至细”。诗人以否认神仙怪诞、生命轮回之说为立论张本，以对比唐玄宗今昔境遇而暗寓诗旨，以反诘、反衬深化意旨，做到了“讽意至深”。

贾　生①

宣室求贤访逐臣②，贾生才调更无伦③。
可怜夜半虚前席④，不问苍生问鬼神⑤。

注　释

① 贾生：指贾谊（公元前200—公元前168），西汉著名的政论家、文学家，力主改革弊政，提出了许多重要政治主张，却遭谗被贬，一生抑郁不得志。

② 宣室：西汉长安城中未央宫前殿的正室。逐臣：被放逐之臣，指贾谊曾被贬谪。

③ 才调：才华气质。无伦（lún）：没有能比得上的。

④ 可怜：可惜，可叹。虚：徒然，空自。前席：古人席地而坐，文帝与贾生相谈甚欢，不觉身子前移，靠近对方。

⑤ 问鬼神：据《史记·屈原贾生列传》载："贾生征见。孝文帝方受釐，坐宣室。上因感鬼神事，而问鬼神之本，贾生因具道所以然之状。"

题　解

这是一首七言绝句，是唐代著名诗人李商隐所作，一说写于唐宣宗大中二年（848）正月，诗人受桂州刺史郑亚之命，赴昭州任郡守时所作，一说写于唐宣宗大中二年三、四月间，诗人离开桂林北上后滞留荆巴时所作。诗人因卷入牛李党争，屡受排挤，怀才不遇，于是借吊贾谊以抒郁愤，将借古讽今、自悼身世之慨寓于诗中。

这首诗语浅意深，讽刺辛辣，蕴藉深厚，有抑扬吞吐之妙；用事巧切，凄怆动人。

赏 析

首句“宣室求贤访逐臣”，诗人从正面着笔，直写汉文帝求贤访臣之事：汉文帝求贤心切，亲自在宣室召见被贬谪的臣子。“宣室”点明了地点，由此可见能在未央宫前殿正室“求贤访臣”，足见汉文帝网罗贤才心意之诚、之切。“求”“访”二字更见出其“求贤”态度之虚心、虔诚。为了“求贤”以至于连“逐臣”也不例外，确实达到了“苟得其材，不嫌名迹”（汉·王符《潜夫论·本政》的程度。这一句，以热烈颂扬的笔触写出了汉文帝求贤若渴、唯才是举的行为。

次句“贾生才调更无伦”，紧“承”上句，具体描写汉文帝“求”访“逐臣”贾谊的情形：汉文帝召见贾谊访谈之后，认为贾谊的才能确实高明，无人能及。“才调”二字，把贾谊文才出众、谈吐非凡淋漓尽致地描写出来；“更无伦”三字，把贾谊才华横溢、无人可比之意表达出来。这一句，把汉文帝对贾谊的推服、赞叹之意尽含其中，也从侧面烘托出贾谊年少才俊、口吐锦绣、光彩照人的精神风貌。

第三句“可怜夜半虚前席”，“承”中有“转”，写得极富戏剧性：可叹的是，汉文帝与贾谊相谈甚欢，文帝多次前移身体，一直谈到深更半夜。这里，用“夜半”写出谈论时间之长，用“虚前席”的细节描写，把汉文帝虚心垂询、聚精会神地倾听，竟至于“前席”已“虚”而挪至近前的情状写得惟妙惟肖，如在眼前。不过，这一动人情景却用“可怜”二字修饰，让人不由得疑窦顿生：汉文帝如此虔诚之至，又有何可惜、可悲、可叹之处呢？难道是故作姿态、假意作秀不成？难道是心不诚、假做作不成？让读者如坠入五里雾中。这就有了一种跌宕起伏的情致。

末句“不问苍生问鬼神”，终于雾散云开，给出了答案：汉文帝尽问的是鬼神之事，只字未提国计民生。这一句满弓而发，一语中的：文帝求贤访臣，不是为了询求治国之策、安民之计，却只是“问鬼神”之本原！这样揭示“谜底”，不由得让读者大跌眼镜：帝王荒唐、昏聩如此，何能治国安民、致使国泰民安？这实是国之大不幸、民之大不幸！当然，更是贾生之大不幸！讽刺之辛辣、尖锐，可谓登峰造极、无以复加。旨意之深刻、构思之精妙由此可见。

这首诗最突出的特点：构思精妙，欲抑先扬。前三句层层递进，极力张扬汉文帝对贾谊的推崇和器重，可说“扬”到了云霄之巅。诗末一句陡然一“抑”，又使汉文帝掉入了十八层地狱！一“扬”一“抑”之间，借古讽今之意、怀才不遇之伤感皆蕴其中。

马　戴

马戴（生卒年不详），字虞臣。曲阳（今江苏东海）人。唐代诗人。与贾岛、姚合为诗友。擅长五律。唐武宗会昌（841—846）间进士。在太原李司空幕府中任掌书记，以直言获罪，贬为龙阳尉。得赦回京，终国子博士。《全唐诗》录其诗二卷。

楚江怀古（三首选一）①

其一

露气寒光集，微阳下楚丘②。
猿啼洞庭树，人在木兰舟③。
广泽生明月④，苍山夹乱流。
云中君不见⑤，竟夕自悲秋⑥。

注　释

① 楚江：楚地的江流。这里指湘江一带。

② 微阳：微弱的阳光，这里指夕阳。楚丘：指楚地的山丘。

③ 木兰舟：用木兰树木造的船。后用作船的美称，并非实指木兰木所制。木兰：又名杜兰、林兰，皮如桂香，其花内白外紫。

④ 广泽：指青草湖，周长二百六十五里，与洞庭湖相连，是古代云梦泽的遗迹。

⑤ 云中君：楚人所祭祀的云神。屈原《九歌》中有《云中君》篇，此处亦兼指屈原。

⑥ 竟夕：整个晚上。

题 解

这是一首五言律诗，是唐代诗人马戴所作，写于唐宣宗大中初年，当时马戴任太原幕府掌书记，因直言敢谏被贬官后，诗人从北方来到南方，徘徊徜徉于洞庭湖畔、湘江之滨，看到屈原的遗迹，不由得触景而生情，于是作《楚江怀古》三首，这是其中的第一首。

这首诗追慕爱国前贤屈原，抒发了诗人对忠君爱国但报国无门的屈原的爱慕、缅怀之情，同时又感怀个人际遇，抒发了自己壮志难酬的悲伤忧苦之情。诗歌风格清淡婉约，表达细腻传神，深得唐人五律之妙。

赏 析

首联“露气寒光集，微阳下楚丘”，诗人紧扣诗题，总写洞庭湖的秋暮之景：水雾迷茫，江面的波光带着寒意；秋日薄暮，夕阳坠落楚地的山丘。这一联，诗人通过萧瑟、清冷的秋暮景象，把他悲凉、落寞的情绪蕴含其中。一“集”一“下”，写出了寒意之重，夕阳光芒之微弱，有一种伤感、失落之情。

颔联“猿啼洞庭树，人在木兰舟”，诗人把目光收回，描写眼前的所闻与所见：耳中传来，洞庭湖畔树丛中清猿的啼叫；眼前只见，江上漂着那载人的木兰舟。这一联，上句写的是听觉，给人一种悲切的感受；下句写的是视觉，有一种邈远、清静之意含于其中。诗人把视听结合，使得外物与诗人的心境相互融合，在静中有动、动中有静的画面中，不仅把诗人“猿声催白发，长短尽成丝”（唐·李白《秋浦歌十七首》之四）的人生短暂、壮志难酬和遭贬远谪的悲凄蕴含其中，而且把诗人眼见“袅袅兮秋风，洞庭波兮木叶下”（战国楚·屈原《楚辞·九歌·湘夫人》）的凄清、悲凉之景而生发的惆怅、落寞之情淋漓尽致地表现出来，确实是“景语皆情语也”！

颈联“广泽生明月，苍山夹乱流”，诗人又“转”而总写山、水、湖、月交相辉映的壮阔之景：广阔无垠的湖泽中，冉冉升起了一轮明月；青翠的苍山之间，夹泻着滔滔乱流。上句，诗人用阔大、静谧之景反衬出他被贬远谪的孤苦、离索以及内心的苦闷，显然与“海上生明月，天涯共此时”（唐·张九龄《望月怀远》）望月思亲的纯粹旨意不同。下句，诗人用迷茫、纷扰之景正面衬托他内心深处的缭乱不安和彷徨难静的怅惘之情，也与“苍苍竹林寺，杳杳钟声晚”（唐·刘长卿《送灵澈上人》）的幽静、深远全然不同。

尾联“云中君不见，竟夕自悲秋”，诗人紧扣诗题“怀古”二字，点明了诗旨：屈子《九歌》中的云中君没有出现，整夜里我独自缅怀古人，一人寂寥地悲秋。上句，诗人用典言情，表达全然没有“华采衣兮若英”“烂昭昭兮未央”（战国楚·屈原《云中君》）的光鲜和愉悦，唯有思“云中君不见”之“极劳心兮忡忡”（战国楚·屈原《云中君》）的凄楚之情。下句，诗人用“竟夕”和“悲秋”与首句的“露气”与“寒光”相呼应，点明了怀古伤怀之诗旨。

这首诗最突出的特点是：以景写情，情景交融。全诗以“悲秋”为主题，那萧瑟、清冷的“露气”“寒光”和“微阳”，那凄厉、悲切的“猿啼”，还有那“广泽”“苍山”和“乱流”，更有那“明月”和“云中君”，所有这些意象，都把诗人遭贬远地、有志难伸的忧伤、悲苦之情融会其中，不言自明。

温 庭 筠

温庭筠（约 812—866），原名岐，字飞卿。唐代诗人、词人。少时文思敏捷，精通音律。据传，每次应考押宫韵，能八叉手而成八韵，时称“温八叉”“温八吟”。因晚年任方城尉和国子助教，故世有“温方城”“温助教”之称。与李商隐友善，以诗齐名，世称“温李”。其诗设色秾丽，辞藻繁缛。唯写景小诗，状物工细，清婉蕴藉。“鸡声茅店月，人迹板桥霜”向为写景名句。其词艺术成就在晚唐诸词人之上，为“花间派”首要词人，对词的发展影响较大。在词史上，与韦庄并称“温韦”。

苏 武 庙①

苏武魂销汉使前②，古祠高树两茫然③。
云边雁断胡天月④，陇上羊归塞草烟⑤。
回日楼台非甲帐⑥，去时冠剑是丁年⑦。
茂陵不见封侯印⑧，空向秋波哭逝川⑨。

注 释

① 苏武：字子卿，西汉大臣，汉武帝时出使匈奴被扣多年，坚贞不屈，汉昭帝时始被迎归。天汉元年（公元前 100）奉命以中郎将持节出使匈奴，被扣留。匈奴贵族多次威胁利诱，欲使其投降；后将他迁到北海（今贝加尔湖）边牧羊，扬言要公羊生子方可释放他回国。苏武历尽艰辛，留居匈奴十九年，持节不屈。至始元六年（公元前 81），方获释回汉。苏武去世后，汉宣帝将其列为麒麟阁十一功臣之一，彰显其节操。

② 魂销汉使前：指汉昭帝时，汉匈和亲，汉使到达匈奴得知苏武尚在，便欲将其接回，遂诈称汉皇射雁得武帛书，匈奴方才承认，苏武得回国。苏武在异域历尽艰辛，骤然见到汉使，表现出强烈复杂的感情。

③ 古祠：指苏武庙。茫然：渺然久远之意。

④ 雁断：指苏武被羁留匈奴后与汉廷音讯隔绝。胡：指匈奴。

⑤ 陇：田埂。

⑥ 甲帐：据《汉武故事》记载："（武帝）以琉璃、珠玉、明月、夜光错杂天下珍宝为甲帐，其次为乙帐。甲以居神，乙以自居。"非甲帐：意指汉武帝已死。

⑦ 冠剑：指出使时的装束。丁年：壮年。唐朝规定二十一至五十九岁为丁。

⑧ "茂陵"句：指苏武归汉之时，武帝已长眠茂陵，宣帝赐苏武爵关内侯、食邑三百户。茂陵：汉武帝陵，这里指汉武帝。封侯：封拜侯爵。

⑨ 逝川：喻逝去的时间。语出《论语·子罕》："子在川上，曰：逝者如斯夫。"这里指往事。

题 解

这是一首七言律诗，是唐代诗人温庭筠瞻仰苏武庙时所作，表达了对坚持民族气节的英雄人物苏武的崇敬之情和深切的怀念之意，热情地赞扬了他高尚的民族气节和爱国情怀，把对晚唐国势衰颓、民族矛盾尖锐的社会现实的忧虑寓于诗中，寄托了诗人深挚的爱国情结。

这首诗语言讲究，情感深挚，描写精妙，用典自如，手法多样，有一种凄恻动人的艺术魅力。

赏 析

首联直扣诗题，展开叙写：苏武初遇汉使，悲喜交加，感慨万端，几欲魂销魄夺；而今站在苏武庙前，只见那古庙高树，肃穆庄严、久远而渺然。上句叙事，再现苏武见到汉使、获释而回汉的激动心情。诗人用"魂销"二字，把苏武当时那种极度的喜、悲之情形象地描写了出来，生动地刻画出具有伟大的民族气节的爱国英雄形象。寥寥七字，就把具有历史意义的场景勾画了出来，言少意丰，蕴含丰厚。下句写景，由人写庙，由古及今，把“苏武庙”之景绘于眼前。“古祠高树”四字，以苍古、肃穆之气，渲染出一种浓厚的历史氛围。“古”“高”二字更蕴含着对苏武的敬仰和怀念之情，把“富贵不能淫，威武不能屈”（《孟子·滕文公下》）的爱国志士的形象树立在我们面前，为下文对苏武的怀念做了很好的铺垫。

颔联紧承上联，追忆苏武的苦节壮举：他羁留北海一十九年，音书断绝，头顶胡天明月，常望那北方飞来的大雁飞向南方，消失在南方的云天中；荒陇牧羊，备受艰辛，羊回圈时，茫茫草原已升暮夜。这一联，诗人用总写和分叙的手法，描绘了“望雁思归”和“荒塞归牧”两幅图景。第一幅图景既叙写了苏武被流放北海、音讯断绝而坚持民族气节的史实，又表现了他一息尚存却念念不忘回到祖国的爱国之心。第二幅图形象地展示了苏武单调、荒凉、孤寂的塞外牧羊生活，着重表现了他“贫贱不能移”的爱国主义之志。这一联，诗人用空间的广阔和环境的恶劣来表现苏武维护国家民族尊严、忠于祖国的高尚品质，把对他伟大民族气节的歌颂蕴于两幅图中。工整的对仗之中，蕴含深厚的情意。

颈联描写苏武归国之时的所见所感：他回朝进谒之时，但见亭台楼阁依旧，“甲帐”却没有踪迹；他奉命出使之际，加冠佩剑正值潇洒的壮年。次一联，诗人巧用逆笔倒挽之法，上句写他回归，“楼台非甲帐”这几个字把物是人非、恍若隔世之慨寓含其中；下句写他出使，“冠剑是丁年”暗示了苏武人生命运艰难曲折而又多舛。逆挽之法使“回日”和“去时”对比显得更加强烈、突出，显示了苏武羁留胡地时间之长，所受磨难、苦楚之多。这样写愈加突出了他深挚的爱国之情。

尾联叙事写景，表达了诗人深沉的怨恨之情：苏武封侯受爵缅怀武帝，而武帝已长眠茂陵，君臣阴阳两隔；他空对着那秋水悼念先皇，哀叹时光难以回转。上句写苏武不见先皇之悲哀。“不见”二字，更见出他的忠君爱国。下句写苏武凭吊先皇之凄楚。“空向”和“哭”三字，更加深切地表现了他的一腔忠心，把一个极有人情味的忠君爱国、具有高尚民族气节的英雄人物的高大形象树立在我们面前。

这首诗最突出的特点：容量大，语言极有表现力。诗人把一个羁留匈奴十九年受尽磨难、屈辱却始终坚守气节、不辱使命的英雄的光辉形象树立在我们面前。仅仅五十六字，既有叙事、描写，又有抒情、议论，更有对比、对仗和画面组接（“蒙太奇”手法）、逆挽等多种手法，有一种表彰民族气节、歌颂忠贞不屈和感召世事人心的艺术力量。

过陈琳墓①

曾于青史见遗文②，今日飘蓬过此坟③。
词客有灵应识我④，霸才无主始怜君⑤。
石麟埋没藏春草⑥，铜雀荒凉对暮云⑦。
莫怪临风倍惆怅⑧，欲将书剑学从军⑨。

注 释

① 陈琳：汉末著名的建安七子之一，擅长章表书记。曾为袁绍起草讨伐曹操的檄文，文笔犀利，曹操看到此文后，不觉满头大汗，偏头痛的毛病竟不治而愈。陈琳墓：在今江苏邳州。

② 青史：古代以竹简记事，故称史籍为“青史”。遗文：指陈琳创作并流传下来的作品。

③ 飘蓬：蓬草秋天根折，随风飘走无定，喻漂泊不定的人。

④ 词客：指工诗文者。此处代指陈琳。

⑤ 霸才：雄才，犹盖世超群之才。怜：寓同病相怜之意。曹操击败袁绍后，擒获陈琳。因爱才不杀，并将其升官。无主：此处兼指作者无人赏识与陈琳得不到袁绍重用，所托非人。君：代陈琳。

⑥ 石麟：石麒麟。

⑦ 铜雀：铜雀台。曹操所建，故址在邺城（今河北临漳）西。

⑧ 临风：当风而立。惆怅：因失意而伤感。

⑨ “欲将”句：意谓弃文从武，持剑从军。欲：将要。将：带着。

题 解

这是一首七言律诗，是唐代诗人温庭筠所作，当写于唐懿宗咸通三年（862）。当时，诗人东下江淮，过陈琳墓而作此诗以凭感怀。

这首诗名为怀古，实为咏怀。全诗贯穿着诗人自己与陈琳之间不同时代、不同际遇的对比：陈琳生逢明主、青史垂名，而诗人自己却怀才不遇、书剑飘零。在强烈的对比中，表达了诗人对现实社会和人才制度的极为不满。感怀寄意，“借他人杯酒，浇自己块垒，读之堕千古才人之泪”（《唐七律隽》）。

赏 析

首联开门见山，引入诗题：我曾在史书上拜读过您留世的诗文，今天我又在漂泊不定中经过您这座土坟。上句点出陈琳诗文名传后世，表达了对陈琳才情的敬慕。“青史见遗文”，可以看出陈琳极有才性，才笔之高。下句表明自己身世与境遇之悲。“飘蓬”二字，喻比恰切，比杜甫的“飘飘何所似，天地一沙鸥”（唐·杜甫《旅夜抒怀》）还要悲凄。

颔联紧“承”上句，诗人向陈琳表情怀：假如您这位词人在天有灵的话，应当了解我；我虽有经世之才却无主依托，我开始打心底里倾慕您。上句满含郁愤之情。诗人着一“应”字，突出地表达了对自己才华的高度自信，有一种敢与前辈才人傲然比肩之意。下句充溢着感伤沉痛之意。诗人着一“始”字，深切表明对前贤身世的同情与自惜之情，突出了惺惺相惜之意。这一联用语沉重，含义深远，对仗工整，抑扬有致，成为千古传诵的名联佳句。

颈联“转”而写墓前之景和诗人之遥想：陈琳墓前的石麒麟，已被那萋萋荒草所埋没；我想，魏武帝的铜雀台一片荒凉，正对着那霭霭暮云。上句描写名人墓地的荒凉，是诗人眼中的实景。“埋没”二字，看似写景，实则暗示当时当权者对人才的践踏和埋没。下句揣测铜雀台的破败，虚拟心中之境，暗喻如曹操一样爱才惜才之统治者已一去不返。“荒凉”二字以景写情，衬托出诗人心情的悲凉。这一联，一实一虚，借景抒情，意味深长。

尾联收束全篇，表达出诗人生不逢时、临风神伤之情：请别怪我临风凭吊而倍感悲伤惆怅，我也要效仿先贤将要带着书剑去从军。上句表达诗人内心难以抑制的失意之情。“倍惆怅”三字，直抒胸臆，表达出内心无限的愁楚。下句表达出诗人的无奈之举。“欲将”二字，表现了诗人无能为力的愤激。这一联，点示出才智之士的可悲命运，委婉地表达了诗人对上层统治者的不满。

这首诗意旨深刻，手法多样。首联喻比贴切，情境合一；颔联对仗精工，抒情写意，情深义重；颈联借景抒情，虚实相生，意蕴颇深；尾联直抒胸臆，以此表达内心的愤懑和不满。全诗情感流转自如，寄意感怀抑扬有致，确是吊古抒怀之佳作。

罗 隐

罗隐（833—909），原名横，字昭谏，自号“江东生”。唐代诗人、文学家。少有诗名，常作诗文，对现实多有讥讽，为统治者所恶，故十举进士不第，遂改名为隐。其散文小品集《谗书》，多以寓言形式讽喻现实，语言明快，笔锋犀利，几乎全是抗争和愤激之谈。其诗亦多讽语。所作咏志绝句，造意深刻，语言新颖，充满愤世激情；七律音调悠扬，摹写哀世伤感，真切动人。其诗颇有讽刺现实之作，多用口语，故少数作品流传于民间。有诗集《甲乙集》，清人辑有《罗昭谏集》。

西 施①

家国兴亡自有时，吴人何苦怨西施。
西施若解倾吴国②，越国亡来又是谁？

注 释

① 西施：春秋末越国美女。越王勾践将西施献给吴王夫差，以乱其政。吴王惑于西施，终至亡国。

② 倾：倾覆，灭亡。

题 解

这是一首七言绝句，由唐代诗人罗隐所作，诗人一反西施

“红颜祸水”之说，打破了历来吟咏西施的作品多将吴亡归咎于女色的说法，指出国家兴亡自有规律，与女色并无直接关系。诗人巧妙推理，以越国灭亡未因女色的史实来佐证西施的无辜，在强烈的反问语气中蕴含着辛辣的嘲讽——统治者不思自省反而嫁祸于女性的可笑、可耻的面目。

这首诗语言明白如话，语意委婉，观点鲜明。尤其是推论别开生面，逻辑严谨，力透纸背，为后人所称道。

赏 析

这是一首以古讽今、意在言外、具有独特见解、极富现实针对性、令人耳目一新的佳作。

诗人乍一开篇，就提出自己的观点，“家国兴亡自有时，吴人何苦怨西施”明确说明：国家的兴亡是有它自身的原因的，吴国人何苦要一味地怨恨西施，把责任推到一个无辜的女子身上，这里的“时”，就是时运、机遇的意思，意即一个国家兴盛衰弱的原因是有多种复杂的因素的。“自有时”就是说，吴国的灭亡是有其深刻原因的，而不应归咎于西施个人身上。这一看法无疑是正确的，是符合历史唯物主义的观点的。诗人用“何苦”二字，在善意的劝解中不乏嘲讽的意味：统治者自误国事，导致国家覆亡，到头来却要归罪于一个弱女子，真是荒谬绝伦，无耻至极！诗人一贯反对将家国兴亡归因于妇女的言论，曾写过一首《帝幸蜀》：“马嵬山色翠依依，又见銮舆幸蜀归。泉下阿蛮应有语，这回休更怨杨妃。”（阿蛮：即阿瞒，唐玄宗的小名。）诗人针对黄巢起义军攻入长安、皇帝又仓皇出逃四川的事实，让九泉之下的唐玄宗现身说法：这回贵妃已死，你们休要将怨恨强加在她的身上！与此相比，其诗的讽刺、嘲弄意味更为强烈，诗意更为深远。

诗的后两句是巧妙而有力的推论：“西施若解倾吴国，越国亡来又是谁？”诗人旗帜鲜明地说：如果西施能使吴国灭亡，那么，越国的灭亡，又是谁的原因呢？诗人依据历史事实来推论，具有无可辩驳的逻辑力量。诗人在委婉、平和的发问中，提出的问题着实令人深思。

这首诗最突出的特点是：语言浅显易懂，诗旨深刻、独到。全诗二十八字，用浅显明了的语言表达了诗人新颖、独到而极有深意的看法，尤其最后“越国亡来又是谁”一句，将千钧之力的诗意用看似柔婉的语句道出，极有震撼之力又让人回味无穷。这与诗人的千古名句“采得百花成蜜后，为谁辛苦为谁甜”（《蜂》）、“耳边要静不得静，心里欲闲终未闲”（《寄右省王谏议》）、“今朝有酒今朝醉，明日愁来明日愁”（《自遣》）有异曲同工之妙。

皮日休

皮日休（约834—883），字逸少，后改袭美，自号“醉吟先生”“间气布衣”（一作“闲气布衣”“鹿门子”）等，襄阳（今属湖北）人。唐代文学家。诗文与陆龟蒙齐名，人称“皮陆”。继承了白居易现实主义诗歌理论，强调文学的社会作用，提出“诗之美也，闻之足以观乎功；诗之刺也，闻之足以戒乎政”。所作乐府诗，多与时政相关，反映了唐末社会面貌和阶级矛盾。诗风朴质刚健。《正乐府》中的《卒妻怨》《橡媪叹》《哀陇民》为其代表作。所作辞赋，或借古抒怀，或托物咏志，表现了忧愤之情和讽喻之意。其小品散文，成就尤高。说理酣畅淋漓，措辞峭拔有力，具有强烈的反叛精神，鲁迅谓之是“一塌糊涂的泥塘里的光彩和锋芒”。其中，以《鹿门隐书六十篇》较为有名。

汴河怀古（二首选一）①

尽道隋亡为此河②，至今千里赖通波③。
若无水殿龙舟事④，共禹论功不较多⑤。

注　释

① 汴河：即通济渠。隋炀帝时，发河南、淮郡民众百余万，开凿了长达千余里名为通济渠的大运河。自洛阳西苑引谷、洛二水入黄河，经黄河入汴水，再循春秋时吴王夫差所开运河故道引汴水入泗水以达淮水。故运河主干在汴水一段，习惯上也称之为汴河。

② 此河：即汴河。

③ 赖：依赖。

④ 水殿龙舟：据《资治通鉴·隋纪》载：“（大业元年）八月，上（炀

帝）行幸江都，御龙舟。龙舟四重，高四十五尺，长二百丈。上重有正殿、内殿、东西朝堂，中二重有百二十房，皆饰以金玉，下重内侍处之。……别有浮景九艘，三重，皆水殿也。”

⑤ “共禹”句：此句指隋炀帝开凿运河客观上给后世水路交通和农田灌溉带来好处，其功绩可与大禹治水相比。

题 解

这是一首七言绝句，是唐代文学家皮日休的组诗《汴河怀古》二首中的第二首。这是一首翻案诗，在评判隋炀帝修建运河之千秋功过上独辟蹊径，别有立场。诗人一改前人对隋炀帝开凿运河只见其弊不见其利的观点，理性而又全面地对隋朝运河进行重新审视，认为后人不应只看到“隋亡为此河”的一面，也应看到运河“千里赖通波”有利于国计民生的另外一面。

这首诗可与诗人的《汴河铭》相对而读。《汴河铭》有言：“隋之疏淇、汴，凿太行，在隋之民不胜其害也，在唐之民不胜其利也。今自九河外，复有淇、汴，北通涿郡之渔商，南运江都之转输，其为利也博哉！”

赏 析

前两句“尽道隋亡为此河，至今千里赖通波”，诗人先从人们常持的隋亡于大运河的看法说起，又用客观的事实加以批驳和否定：人人都说隋炀帝修造汴河导致了隋朝的灭亡，可是至今南北通行还要依赖这条大运河。上句提出一贯的论调，下句从反面列举事实对上句的论调加以驳斥。“尽道”二字，有独一无二、全都如此的意味，这就为诗人写“翻案”之诗蓄势，留有充足的余地。“尽道”之外当然会有诗人之说。“至今”二字，就是直接的反驳，言大运河为子孙后代造福时间之长，一直泽被后世；“千里”二字，是对“至今”的补充和进一步完善，言因其而得益地域之广，受益人口之多；着一“赖”字，言其十分重要，它关乎国计民生，周围人民的生存是离不开这条大运河的。诗意中显然含有肯定、赞许之意。诗人这两句一反二百多年来众口一词的祸国说法，有理有据地提出了让人耳目一新的看法，这种看法是非常值得肯定的，确实做到了“须教自我胸中出，切忌随人脚后行”（南宋·戴复古《论诗十绝》之四）。

后两句“若无水殿龙舟事，共禹论功不较多”，是诗人用假设的方法的进一步推理：如果没有打造龙舟纵情享乐之事，那炀帝的赫赫功绩几乎可以与治水的大禹相比。“若无”二字，是诗人提出的假想，当然这个假想是根本不存在的。这就充分体现了诗人的憎爱分明：隋炀帝荒淫无度、穷奢极侈，当运河竣工之后，隋炀帝率众二十万出游，他乘坐高达四层的极为豪华的“龙舟”，还有高三层的“水殿”九艘和杂船无数相随，船只相衔竟然长达三百余里。诗人故意用“共禹论功”和“不较多”将隋炀帝一扬再扬，然后又狠狠地摔在“水殿龙舟”之上！这就是人们常说的“捧得愈高，摔得愈惨”。由此可见诗人揭露、批判的力度之大。联系到诗人写作的晚唐时代，社会动荡不安，人民生活困苦，统治者荒淫无度，不难看出诗人显然将以史为鉴的弦外之音寓于诗中。

这首诗最突出的特点是：立意新颖，手法独到。诗人巧妙地运用翻案之法，理性而又客观地表达了对隋朝运河的新的认知，见解不同以前，既有深度，又有新意。尤其最后两句的手法高妙，并未因为隋炀帝客观的有功而抵消他的罪责，这样使得揭露、批判更加有力度和深度。正如古人所言：“若意新语工，得前人所未道者，斯为善也。”（宋·欧阳修《六一诗话》）此诗当为怀古诗中的佳作。

韦　庄

韦庄（836—910），字端己。唐末五代时期的诗人、词人。唐昭宗乾宁元年（894）进士。后仕蜀，官至门下侍郎兼同平章事。卒谥“文靖”。其诗以律绝为主，多表达流离、怀古、伤时之情，圆稳整赡，包蕴丰富，但流露出凄婉感伤的情调。《台城》可为其代表作。其词多为“流连光景、惆怅自怜”之作，虽为花间词派代表词人，却能寓浓于淡，以清丽见长。尤善用白描手法刻画人物形象，以清朗自然的语言，表现婉曲缠绵的情致。

台　城①

江雨霏霏江草齐②，六朝如梦鸟空啼③。
无情最是台城柳④，依旧烟笼十里堤⑤。

注　释

① 台城：旧址在南京玄武湖旁，六朝时是帝王荒淫享乐的场所。南朝陈后主在台城营造结绮、临春、望仙三座高楼，以供游玩，并自谱《玉树后庭花》，中有“玉树后庭花，花开不复久”之句。

② 江雨：长江上空的雨。霏霏（fēifēi）：雨细密的样子。江草齐：指江草与岸相齐。

③ 六朝：指在南京建都的三国吴、东晋和南朝的宋、齐、梁、陈。

④ “无情”句：其语序应是“台城柳是最无情”。

⑤ 烟：指柳树绿茵茵的，像清淡的烟雾一样。堤：河岸。

依旧烟笼十里堤

题 解

这是一首七言绝句。是唐五代诗人兼词人韦庄所作，写于唐僖宗中和三年（883）。当时，韦庄客游江南，在目睹六朝故都金陵繁华不再的景况后，作此诗以抒发世变时移、怀古伤今之感。

这首诗语言含蓄、深沉，兼用正衬、反衬两种手法，借景色寄托诗人的感慨，流露出浓浓的伤感情绪。

赏 析

首句“江雨霏霏江草齐”，直写金陵的雨景：长江上空春雨霏霏，长江岸边青草繁茂与岸齐平。这一句，不是正面描绘“台城”，而是着意于“江雨”和“江草”，渲染出一种烟雨迷蒙、江草离离的氛围，这就为下句的抒情作了很好的铺垫。

次句“六朝如梦鸟空啼”，写诗人闻鸟啼而生发出感慨之情：台城上只有那鸟的悲啼之声，而六朝的往事已如梦般逝去。诗人在这一句中，用鸟鸣于春草年年如斯的景象，生发出内心的无限慨叹：春色常驻，鸟鸣如昨，而曾在台城上追欢逐乐的统治者却早已退出了历史舞台，成为匆匆的过客，只有这座华丽的台城依然故我，成为统治者荒淫无度的历史见证。诗人在这一句中既有今夕的对比，又有眼前的“鸟空啼”与“六朝如梦”的正衬，着一“梦”字，感慨极深，让读者深思。

三、四句“无情最是台城柳，依旧烟笼十里堤”，诗人借眼前之景抒发心中之情：最无情的还是那眼前台城外的杨柳，依旧像当年一样轻烟般笼罩着十里长堤。这里，诗人抚今追昔，由眼前的“台城柳”来抒发心中的块垒。杨柳本是春天的象征和标志，它的繁茂最容易使人联想到国家的兴旺发达。但是，眼前的台城柳虽然繁茂如故，可是六朝的兴盛却一去不再回！这对于身处末世而怀着亡国之忧的诗人来说，是多么的触目惊心、黯然伤怀啊！“依旧”二字，蕴含了诗人内心多么深重的感慨。诗人在这两句里，运用移情于物的反衬之法，把他的感伤与惆怅之情推向了高潮。

这首诗运用正衬和反衬的手法，借眼前之景寄托了深重的伤感之情，蕴意深厚，耐人寻味。正如宋人谢枋得所言："台城乃梁武帝馁死之地。国亡主灭，陵谷变迁，人物换世，唯草木无情，只如前日。此柳必梁朝所种，至唐犹存，'无情''依旧'四字最妙。"（《注解选唐诗》）

刘　筠

刘筠（971—1031），字子仪。大名（今属河北）人。北宋诗人。宋真宗咸平元年（998）进士。仕真宗、仁宗两朝，屡知制诰及知贡举，预修国史，官至翰林承旨兼龙图阁直学士。诗学李商隐，工于对偶，辞藻华丽，和杨亿齐名，时称“杨刘”。与杨亿、钱惟演等十七人唱和，结集为《西昆酬唱集》，创“西昆体”。

汉　武①

汉武天台切绛河②，半涵非雾郁嵯峨③。
桑田欲看他年变④，瓠子先成此日歌⑤。
夏鼎几迁空象物⑥，秦桥未就已沉波⑦。
相如作赋徒能讽⑧，却助飘飘逸气多。

注　释

① 汉武：指西汉时期汉武帝。
② 天台：指汉武帝一生好为崇楼峻阁，奉祀神巫，如柏梁台、通天台、神明台等。绛河：即银河，又称天河、天汉。
③ 嵯峨（cuó'é）：形容山高的样子，这里形容宫殿之高。
④ “桑田”句：据《神仙传》记载，仙女麻姑曾三历人间沧海桑田之变而青春永驻。此处借麻姑典故点明汉武帝追求长生不老之意。
⑤ 瓠子：即河南濮阳瓠子口，曾经黄河决堤处。
⑥ 夏鼎：夏禹曾作象征九州统一的宝鼎九个，后由夏至秦，国灭鼎移，以致沉沦。汉武帝元鼎元年（公元前116），宝鼎现于

汾水，方士称鼎出与神相通，于是武帝遍封五岳四渎，希遇诸神。

⑦ 秦桥：指秦始皇曾多次封禅东巡，建跨海石桥以寻求神仙。

⑧ “相如”句：指司马相如曾作《大人赋》，讽刺仙家虚妄，结果铺张过甚，反而使汉武帝“飘飘有凌云之气，似游天地之间意”。

题 解

这是一首七言绝句，是北宋诗人刘筠所作。宋真宗咸平、景德年间，知枢密院事王钦若等怂恿真宗崇信符瑞，至大中祥符元年（1008），演绎出“天书”降临的闹剧，朝野内外弥漫着一片荒诞虚妄的气氛。这种情况引起了一些有识之士的不安，刘筠、杨亿等秘阁官在“天书”降临前后，以《汉武》为题进行诗歌唱和，意在通过汉武帝敬祀鬼神而失去民心的历史教训，借古讽今，批判宋真宗迷信祥瑞的愚昧行径。

这首诗语言优美、精练，含蓄蕴藉，喻譬恰切，用典精当。全诗开合自如，构思颇见匠心，是“西昆体”的代表作。

赏 析

首联扣题，状物起兴：汉武帝修建的天台切断了天河，在半是水汽升腾却又不是雾气里，天台更显得青翠高大。这一联，诗人抓住“天台”“嵯峨”之特点，创造了一种似真似幻、水汽迷离的意境。诗人在此着一“切”字，运用夸张的手法写出“天台”之高，不仅高耸入云，而且将银河拦腰切断，十分传神。“半涵非雾”四字，将水汽迷蒙、彩云缭绕的景致生动地描写出来。接着又用“郁嵯峨”三字，把水汽、彩云的郁郁纷纷中“天台”愈加高大雄伟的景象极形象地描绘出来。

颔联紧承首联，点明汉武帝修筑天台的用意和求仙美梦的破灭，汉武帝想像传说中的麻姑一样长生不老，笑看那沧海桑田之变化；可是愿望还没有实现，瓠子口就决堤了，天台求仙的愿望化为泡影。上句引用“沧海桑田”的典故，用以说明汉武帝修筑天台之目的——保江山稳固、天下苍生安宁、自己成仙登天。下句列举黄河瓠子口连连决口二十多年的事实，把汉武帝求仙之梦彻底戳穿，用铁的事实给予他致命的一击：黄粱美梦、祸国殃民！由此可见，诗人批判、揭露的力度是很大的，手法也是非常高明的。这一联，诗人成功运用了流水对中的倒装句法（顺说应为“他年欲看桑田变，此日先成瓠子歌”），突出了“桑田”之典和“瓠子”之灾，凸显了诗旨。

颈联“转”而叙写“夏鼎”现世、修桥寻仙之事：汉武帝得到失传多年的夏鼎，于是遍封诸神，却不再重视霸业；他想效仿秦始皇求仙长生，最终却如秦皇修石桥一样，未建成就沉没大海，致使成仙无法实现。这一联，上句写九鼎现世之事，把汉武帝信奉方士之言而东封泰山、复巡蓬莱等希遇诸神之史实尽含之中，揭露其执迷不悟、求仙不止的荒诞不经，寓可悲、可叹于诗中。下句用秦始皇修桥希图长生却桥沉人亡的史实加以比衬，说明汉武帝最终也将美梦成空。这里，诗人以史为鉴，讽喻真宗之意不言而明。

尾联借典点睛：司马相如作《大人赋》以讽谏汉武帝，但是却白费功夫、没有效果，只给天台增添了飘缈的神韵。这一联，诗人借司马相如为汉武帝作《大人赋》以讥求仙长生之虚妄的典故，抓住因“谏意不切”反而助长汉武帝“大悦”更助其求仙心切之节点，来自嘲自讽：诗人自己也可能重蹈司马相如之覆辙，难以达到讽谏宋真宗之目的。诗人在期盼和忧虑的矛盾复杂的心情中收束全篇，显然有“卒章显志”之目的。

这首诗最显著的特点是：借古讽今，以典以事明志。首联状物起兴，点出“天台”，以引起咏史怀古之意；颔联引用“沧海桑田”的典故和“瓠子口”决口的史实以表批判、揭露之意；颈联又用汉武帝的史实和秦始皇的典故，相互比衬，将讽喻之意寓于诗中；尾联借用司马相如的典故，卒章显志。全诗就是这样借典借史实以表诗旨，恰切、含蓄，极有说服力。

杨　亿

杨亿（974—1020），字大年。浦城（今属福建）人。北宋文学家。“西昆体”诗歌主要作家。常与钱惟演、刘筠等以诗唱和，编为《西昆酬唱集》，时称“西昆体”。西昆体诗歌多歌唱内廷侍臣的优游生活，或以咏物为题，拼凑典故，堆砌辞藻，内容贫乏，与文字游戏无异，为当时诗坛的一股歪风。宋太宗淳化进士。官至工部侍郎。性耿介，尚气节。在政治上支持丞相寇准抵抗辽兵入侵。反对宋真宗大兴土木，求仙祀神的迷信活动。卒谥文，人称“杨文公”。

南　朝

五鼓端门漏滴稀①，夜签声断翠华飞②。
繁星晓埭闻鸡度③，细雨春场射雉归④。
步试金莲波溅袜⑤，歌翻玉树涕沾衣⑥。
龙盘王气终三百⑦，犹得澄澜对敞扉⑧。

注　释

① 五鼓：五更报时的鼓声。端门：宫殿正门。

② 夜签：陈文帝出身布衣，为了自强不息，他让宫中报晓的鸡人将告时的更签用力投于石阶，使自己惊醒。

③ “繁星”句：齐武帝常带宫女去琅琊狩猎游乐，早起出发，经过玄武湖北堤，晨鸡始鸣。埭（dài）：堤坝。这里指玄武湖北堤，又名“鸡鸣埭”。

④ “细雨”句：据《南史·齐本纪》：南齐帝王喜爱射雉（zhì：鸟名，

野鸡），齐东昏侯时，置射雉场二百九十六处。

⑤ 波溅袜：化用曹植《洛神赋》中“凌波微步，罗袜生尘”之语。

⑥ “歌翻”句：陈后主作《玉树后庭花》有“玉树后庭花，花开不复久”之语，情调伤感，据说后宫美人唱此歌时往往流泪。

⑦ “龙盘”句：化用庾信《哀江南赋》中“江表王气，终于三百年”。

⑧ 敞扉：喻指南朝宫殿遗址。

题 解

这是一首七言律诗，是北宋文学家杨亿所作，是《西昆酬唱集》中的名篇。这首诗在写法上效仿唐代诗人李商隐的同题之作。全诗通过列举南朝统治者荒淫误国、相继败亡的历史事实，讽喻北宋统治者应当汲取南朝败亡之教训，不可重蹈覆辙。

这首诗精于用典，剪裁得当，分合有度，景中融情，是借咏史以讽今的佳作。

赏 析

首联紧扣诗题，借典言事：五更时分，宫殿正门报时的鼓声响了，皇帝的车驾出发了；陈文帝也被夜签声惊醒，赶忙起身将要忙于国家大事。这一联皆为用典，上句写齐武帝夜间与宫妃宴乐、天色刚明又要与宫妃外出游玩之事，下句写陈文帝勤于国事、一心为民，常常要宫中报晓之鸡人将自己早早叫醒之事。一反一正，对比强烈，贬褒分明：前者荒淫误国，民不聊生，国势衰退；后者政治清明，百姓富裕，国势强盛。“漏”“稀”和“断”“飞”四个字，憎爱分明，把诗人的慨叹之情寓于其中。

颔联“承”上句再写南朝天子荒于游猎之事：齐武帝带宫女去琅琊赏玩狩猎，满天繁星时就已出发，晨鸡始鸣已到玄武湖畔；南齐君王特别喜欢射猎野鸡，常常驱赶百姓在细雨霏霏中猎鸡归来。上句用“繁星”和“闻鸡”两个细节，意在突出齐武帝的游、猎之误国。下句用“细雨春场射雉归”的场景，把南齐君王耽溺猎鸡、驱民国亡的史实形象地表达出来。

颈联“转”而写南朝天子淫于酒色，耽误国事：南齐东昏侯宠幸潘妃，潘妃步态轻盈，姿态柔美，宛若仙女；陈后主耽于酒色，常与嫔妃酣饮娱乐，还令宫女含泪唱那亡国之音“玉树后庭花”。这一联所用典故，分别是齐武帝和陈文帝后人之典，以此说明统治者代代相陈、奢靡亡国的史实，把强烈的谴责之意蕴含诗中。

尾联以景结情：南朝天子竟奢逐侈、荒淫无度，那号称“龙盘虎踞”的金陵终于销尽了王气，偏安江左三百年的南朝最终终结了；只有那滔滔东去的清波，仍然一如既往地对着南朝破败的宫殿遗迹，无声地流淌着。这一联，诗人形象地概括了南朝君王荒淫误国的历史，其中含有深刻的历史教训。诗人借咏史以婉劝北宋统治者，应当谨记南朝败亡之前车之鉴，千万不要重蹈覆辙。讽喻之意，寓于言外；爱国之心，溢于言表。

这首诗最突出的特点就是精于用典，借古讽今。全诗围绕“南朝”二字，联联用典，句句讽今，且典故皆以形象出之，生动鲜明，寓意深厚，把诗人以史为鉴的忧国之心寄寓诗中。

欧阳修

欧阳修（1007—1072），字永叔，自号“醉翁”，晚号“六一居士”。北宋文学家、史学家。宋仁宗天圣（1023—1032）间进士。曾任枢密副使、参知政事。卒谥“文忠”。世称“欧阳文忠公”。主张文章应明道、致用，对宋初以来靡丽、险怪的文风表示不满，并积极培养后进，是北宋古文运动的领袖。散文说理畅达，抒情委婉，为“唐宋八大家”之一。诗风与散文相近，语言流畅自然。其词婉丽，承袭南唐余风。另撰《六一诗话》，开创了文学批评的新形式，对后世诗歌理论的发展有一定影响。

唐崇徽公主手痕①

故乡飞鸟尚啁啾②，何况悲笳出塞愁③。
青冢埋魂知不返④，翠崖遗迹为谁留⑤？
玉颜自古为身累⑥，肉食何人与国谋⑦？
行路至今空叹息，岩花野草自春秋。

注 释

① 崇徽公主：唐代宗时与回纥和亲，以崇徽公主嫁其可汗。手痕：指崇徽公主手痕碑，在今山西灵石。相传公主嫁回纥时，道经灵石，以手掌托石壁，遂留下手痕迹，后世称为手痕碑，碑上有唐人李山甫《阴地关崇徽公主手迹》诗。

② 啁啾（zhōujiū）：鸟叫声。

③ 笳（jiā）：古代一种管乐器，即胡笳，从塞北和西域一带传入中原。因其声悲咽，故称悲笳。

④ 青冢（zhǒng）：传说王昭君之墓长年长满青草，故名之“青冢”。这里用来代指崇徽公主之墓。

⑤ 翠崖遗迹：指崇徽公主手痕。

⑥ 玉颜：代指美丽的女子。

⑦ 肉食：喻指高官厚禄者。

题　解

这是一首七言律诗，是北宋文学家欧阳修所作，写于宋仁宗嘉祐四年（1059）。当时，欧阳修在汴京任职。诗人正处于宋朝由盛转衰的时期，统治者对内实行苛政，而边境却军备废弛，不断受到契丹和西夏的侵扰。尽管欧阳修等少数大臣主张选将练兵，巩固国防，但宋朝统治者还是坚持苟且偷安，忍辱求和。诗人愤慨难抑，借崇徽公主远嫁这一历史悲剧，抒发内心的忧虑、愤懑之情，表达了对北宋统治者不思进取、忍辱苟安的强烈不满。

此诗以散文化笔法来写，文从字顺，自然畅达，对仗妥帖，诗意深刻，被南宋朱熹誉为“以诗言之，第一等诗；以议论言之，第一等议论也”（《朱文公语录》）。

赏　析

首联紧切诗题，描写崇徽公主远嫁胡地的悲凉情景：小鸟儿恋着故乡鸣叫不止，公主在悲凄的胡笳声中远嫁塞外，不由得让人悲愁顿生。诗人采用托物比兴的手法，表达内心对崇徽公主的怜惜和同情。上句用“飞鸟”起兴作比，表达公主远嫁塞外之悲苦。诗人着一“尚”字，把“羁鸟恋旧林，池鱼思故渊”（晋·陶渊明《归园田居五首》其一）的离愁蕴含其中。下句又以“悲笳”这一悲惨意象加重了这种离愁别恨：豆蔻少女在“悲笳”声中“出塞”远嫁，令人倍感悲愁。诗人借“鸟”“笳”意象，把深沉的怜悯、同情和悲愤之情溢于言表。

颔联紧“承”上联，诗人对公主的远嫁深表悲哀：墓草青青，魂魄再也不能回来，青翠的山崖上，公主的手痕又留给谁呢？这一联，诗人面对眼前的“青冢”和“遗迹”生发出悲凄和思念之情。上句巧妙化用杜甫“独留青冢向黄昏”“环佩空归月夜魂”（杜甫《咏怀古迹（其三）》）的诗意，并将“空归”之意改为“知不返”（即“不归”），使得悲情更为深婉。下句用“翠崖遗迹”再现崇徽公主远嫁留下“手痕”的情景：当年楚楚动人的女子，留下这“手痕”的时候，到底是“为谁留”的呢？诗人抓住这一极其悲伤的细节，让读者思恨绵绵：她定然百感交集、百味杂陈，思乡、思亲，思国、思人，恨也、怨也，无穷无尽。由此可见，这一联蕴含的情感是极其丰厚的，充分印证了一句古语——“情生于有情之地”（唐·李峤《答李清河书》）。

颈联“转”而生发议论：美貌的女子，自古受到容颜的牵累；高官厚禄之人，又有几人能考虑国计民生？！这一联，是诗人发自肺腑的呐喊：自古以来，有几个“肉食”者能为国家的强盛呕心沥血、鞠躬尽瘁？！又有多少如崇徽公主一样的美丽、可爱的女子远嫁塞外、成为妥协政策的牺牲品？！诗人用“玉颜”成为“身累”和“肉食”不为“国谋”的确凿事实，发出令人深思的诘问。充分体现了诗人“去冗官，用良吏，以抚疲民”（欧阳修《论御贼四事札子》）和“宽国之利”“饱民之饥”（欧阳修《食糟民》）的治国理念。

尾联是诗人发出的无奈哀叹；行路之人到了这里，白白地发出长长的叹息；那山崖上的野花兀自荣枯，春秋更替，年复一年。这一联，诗人用路人的“空叹息”和“岩花野草”的兀自荣枯，把诗人忧心如焚却又无可奈何之情表露出来。诗人写此诗之时，北宋朝廷苟安求和，不思进取，使国家蒙羞，使诗人深感羞愧和愤慨，但诗人却又无能为力。诗人在这里只能借景写情，一抒心中的忧愤。

这首诗的突出特点是：借古讽今，情感深沉。诗人巧妙地借用崇徽公主远嫁的历史悲剧，抒发了内心深沉的忧国忧民之情。由首联的怜惜、同情，到颔联、颈联的忧虑、愤慨，又到尾联的无可奈何，这样由古及今的情感变化，把诗旨充分而又深刻地表达了出来。

陈　泊

陈洎（jì）（？—1049），字亚之。徐州彭城（今江苏徐州）人。北宋诗人。工诗，风格秀古。历知怀州，审刑院。宋仁宗宝元间，自屯田员外郎为御史中丞，出为京西、淮南、京东转运使。庆历六年，入为度支副使，寻转盐铁副使。

过项羽庙

八千子弟已投戈①，夜帐犹闻怨楚歌②。
学敌万人成底事③，不思一个范增多④。

注　释

① 八千子弟：指最初跟随项梁、项羽起兵击秦的江都旧部。投戈：丢掉武器，即投降。

② 怨：指楚歌中对项羽的怨恨之声。

③ 敌万人：即军事韬略。底事：何事。

④ 范增：项羽最重要的谋士，被尊为亚父。年七十辅佐项羽称霸诸侯，屡劝项羽杀刘邦，项羽不听。项羽刚愎自用，又中刘邦反间之计，终于疏远范增，不用其谋。范增愤而离去，病死彭城。

题　解

这是一首七言绝句，是北宋诗人陈洎所作。这首诗描绘了项羽被汉军围困于垓下、军心瓦解、四面楚歌的凄楚绝境，有力地讽刺了项羽有勇无谋、刚愎自用、不知依靠智囊范增而招致乌江自刎的可悲下场，总结了楚汉战争中项羽败亡的历史教训，强调了善于用人的重要作用。

全诗语言通俗浅易，形象鲜明，意旨深刻。尤其是“学敌万人成底事，不思一个范增多”二句，发人深思：徒有万夫不当之勇，并不能所向无敌，只有重视人才方能赢得天下。

赏　析

这首诗不落俗套，打破常规，没有从缅怀、凭吊着笔，而是在首句展现了一幅项羽战败、士卒投降的画面：“八千子弟已投戈”——追随项羽起兵的江东八千子弟，早已向刘邦放下了干戈，屈膝投降。“八千子弟”，可见项羽当时的势力强大，并不弱小，且都是铁杆“子弟”，项羽曾举旗为王，一呼“千”应。“已投戈”三字，写出了可悲的结果：如此强大势力，怎能成为阶下之囚？这就向读者提出了问题，设置了悬念。

次句“夜帐犹闻怨楚歌”，并不是对首句的回答，而是采用倒叙的手法，诗人给我们展现了“八千子弟投戈”前的又一幅画面：夜里我从项羽庙前经过，好像还听见了当年月夜营帐之中，那回响的怨楚之悲歌。这就是著名的“四面楚歌”的典故。诗人在这里着一“怨”字，既写出故事中“八千子弟”对项羽的怨恨，又表达了诗人的怨恨：“八千子弟”顷刻“投戈”，责在项羽！这就为下句的议论作了铺垫。

第三句“学敌万人成底事”，是诗人直接面对项羽的发问：项羽啊，你学那万人敌要雄霸天下，究竟做成了什么事？这一句，诗人不仅切中要害，而且又巧妙地展现了另一幅“学敌万人”的历史画面。据《史记》记载，项羽少时“学书不成，去学剑，又不成”，“学万人敌”略知其意，又不肯竟（彻底弄懂，精通）学。这当然是项羽失败的一个原因，却不是最重要的原因，因为诗人此句的言下之意是：你学的这“敌万人”又有何用呢？由此可见，诗人的意旨在诗的最后一句。

末句“不思一个范增多”，诗人一语中的：项羽啊，你从来没有想过，你的胸襟竟不能容纳智囊范增一个人。这一句议论中，亦隐含着一幅历史画面：是项羽气走范增的。诗人从项羽的失败中总结历史教训，充分强调了人才之重要。同时，在“一个”与上句“万人”的鲜明对比中，揭示了项羽致命的弱点：刚愎自用，有勇无谋，听不进忠言和意见，最终，放走刘邦，错过韩信，气走范增，失去江山，葬送性命。正如古人所说的那样：“项籍有取天下之才，而无取天下之虑；曹操有取天下之虑，而无取天下之量；刘备有取天下之量，而无取天下之才。故三人者，终其身无成焉。”（宋·苏洵《项籍》）

这首诗最突出的特点是：以典言事，诗旨寓于形象之中。此诗虽有议论，但每句皆有画面，全诗由“子弟投戈”“四面楚歌”“学敌万人”和“气走范增”四幅画面构成，鲜明、生动、形象地揭示了主旨，也给读者留下了丰富的想象和思考空间。

王安石

王安石（1021—1086），字介甫，晚号“半山”。北宋政治家、思想家、文学家。他任宰相时实行“变法”，被列宁誉为“中国十一世纪的改革家”。因封荆国公，世人又称“王荆公”。卒谥“文”。所作诗文，与政治理想和政治活动结合很紧，颇多揭露时弊之作。文以政治性为多，立意超卓，以拗折峭劲著称。为“唐宋八大家”之一。诗的政治倾向也非常强，多涉及现实生活中许多重大而尖锐的社会问题，或评价历史人物的功罪得失，以抒发自己的政治见解和抱负；风格遒劲，成就超过散文。晚年所作抒情小诗，精美工丽，清新可喜。词虽不多，但风格高峻。

乌江亭①

百战疲劳壮士哀②，中原一败势难回③。
江东子弟今虽在④，肯与君王卷土来⑤？

注　释

① 乌江亭：故址在今安徽和县，为项羽兵败自刎之处。
② 壮士：指项羽及其部下。
③ 中原一败：概括项羽垓下之败。
④ 江东：指长江下游芜湖、南京以下的江南地区，是项羽起兵之地。
⑤ 肯：岂肯，怎愿。卷土来：即卷土重来。指失败之后，整顿军队以求东山再起。

题 解

这是一首七言绝句，是北宋文学家王安石所作，写于宋仁宗至和元年（1054）秋。当时，诗人舒州通判任满赴京途经乌江亭所在地和州，针对唐代诗人杜牧的《题乌江亭》，写了这首诗。

这是一首翻案诗。诗人针对杜诗中的“江东子弟多才俊，卷土重来未可知”，提出了自己的观点：“江东子弟今虽在，肯与君王卷土来？”杜牧的诗是从浪漫想象出发，倡导一种百折不挠、越挫越勇的人生态度；而王安石的诗则是从政治家的冷静分析入手，以楚汉战争发展的客观形势为依据，对项羽不可能卷土重来的结局进行了理性的分析和判断，显示出作为一名成熟的政治家的果敢和睿智。

赏 析

首句“百战疲劳壮士哀”，诗人不落俗套，直入正题，从项羽征战的真实情况开篇：上百次的征战使得项羽和他的将士疲劳不堪，士气低落，哀怨之气充斥在军中。这一句，诗人从项羽率军起义写起，用“百战”概括了巨鹿之战、楚汉之争中的彭城之战等大大小小的战事，用“疲劳”和“哀”三字，隐含了项羽刚愎自用、失去人心的相关信息。这样看来，战争胜负的因素天时、地利和人和中，项羽已经失去了最重要、最关键的因素——人和，这就为诗人的立论奠定了坚实的基础。

次句“中原一败势难回”，是紧“承”上句的推论而来：中原之战的失败之势，再也难以挽回了。这一句是由上句“失去人心”而做出的推论：一旦失去人心，就会导致众叛亲离，要想再挽回败局是十分艰难、可能性极小的。正如古语所云：“军有归心，必无斗志。”（明·冯梦龙《东周列国志》第四十四回）当项羽在“四面楚歌”之中时，正是这样的情形，将士离心，斗志衰退，无心恋战。而战争的胜负决定于人心，即“上下同欲者胜”（《孙子·谋攻》）。项羽正是因为其刚愎自用，猜忌亚父范增，放走刘邦，错过韩信，失去人心，才导致了“霸王别姬”，乌江自刎，终为刘邦所战败。诗人用“势难回”三个字，把以上内容皆包含其中。

三、四句“江东子弟今虽在，肯与君王卷土来？”这是诗人“转”而退一步的推论：即使江东子弟现在仍在，但他们是否还愿意跟随楚霸王卷土重来呢？诗人运用反问，答案不言而喻。这两句体现了诗人作为一个政治家的独具只眼，与作为诗人的杜牧的看法（江东子弟多才俊，卷土重来未可知）判若云泥。因为作为政治家的诗人王安石能够审时度势，明了战争胜负的决定因素是人心的向背，“将以民为体，民以将为心”（汉·刘安《淮南子·兵略训》）者必胜。而项羽失去了人心，要想东山再起、卷土重来，那是万万不可能的。这与诗人“天下之患，不患材之不众，患上之人不欲其众；不患士之不欲为，患上之人不使其为也”（王安石《材论》）的治国理念是完全一致的。

这首诗立意独特，自出机杼。诗人以政治家的独特眼光，对项羽的败亡表达了自己的观点，质疑前人的看法，尤其能抓住人心向背乃是胜败的关键这一根本而展开论述。诗歌立意深刻、新颖，有一针见血之效果，可以说是怀古诗中的上乘之作。

桂枝香·金陵怀古[1]

登临送目[2]，正故国晚秋[3]，天气初肃[4]。千里澄江似练[5]，翠峰如簇[6]。征帆去棹残阳里[7]，背西风，酒旗斜矗[8]。彩舟云淡[9]，星河鹭起[10]，画图难足[11]。

念往昔，繁华竞逐[12]，叹门外楼头[13]，悲恨相续[14]。千古凭高对此[15]，漫嗟荣辱[16]。六朝旧事随流水[17]，但寒烟衰草凝绿[18]。至今商女[19]，时时犹唱，《后庭》遗曲[20]。

注 释

① 桂枝香：词牌名。金陵：今江苏南京。

② 登临：登高临远。送目：朝远处看。

③ 故国：即故都。这里指金陵。

④ 肃：冷清，肃杀。

⑤ 练：白色的绢。

⑥ 簇（cù）：同“镞”，即箭头，形容山峰高耸。

⑦ 征帆去棹（zhào）：指来往的船只。

⑧ 斜矗（chù）：斜斜地竖立着。

⑨ 彩舟：结彩的画船。

⑩ 星河：本指银河，这里借指长江。鹭：白鹭。

⑪ 画图难足：金陵秋景的壮美用图画也很难完全表现出来。

⑫ 繁华竞逐：争着过豪华、奢侈的生活。

⑬ 门外：指的是南京城门外。公元589年，隋朝的大将韩擒虎率军队打下金陵，从朱雀门进城，俘获了陈后主陈叔宝，灭掉了陈朝。楼头：指结绮楼，陈叔宝和宠妃张丽华住的地方。陈叔宝做皇帝的时候，和妃子们日日夜夜在宫里享乐。亡国以后，张丽华被隋朝的军队所杀。

登临送目，正故国晚秋

⑭ 悲恨相续：指六朝亡国的悲恨，连续不断。
⑮ 凭高：登高远望。
⑯ 漫嗟：白白地感叹着。
⑰ 六朝：指代南京。它曾是东吴、东晋、宋、齐、梁、陈六个朝代的都城。
⑱ 但：只有。凝绿：一片没有生气的绿色。
⑲ 商女：旧时酒楼茶坊卖唱的歌女。
⑳《后庭》遗曲：指陈后主所作的《玉树后庭花》。后人把它看作亡国之音。

题 解

这是一首长调慢词，是北宋文学家王安石所作，大约写于作者第二次罢相寓居金陵之时。这首词通过登高望远对所见美景的赞美和对历史的咏叹，含蓄地表达了诗人对现实的不满和委婉的批评，亦把作者居安思危的忧患意识和失意落寞之情融于词中。

这首词情景交融，虚实相生，把丽景和历史巧妙融合，形成沉郁悲壮的词风，自成高格，堪称名篇。据说，当时用《桂枝香》的词牌、以金陵怀古为题材创作的多达三十人，唯有王安石的这首词被称为“绝唱”。

赏 析

这首词可分上、下两片。

词的上片写景。

“登临”三句，写登临的地点、时节和天气：登上城楼放眼远眺，此时故都金陵正是深秋，天气已变得飒爽清凉。“故国”二字，点明地点，直扣题目。“送目”二字，领起上片，表明以下的描写皆为词人目中所见。“晚秋”和“初肃”相对，把那种“秋风萧瑟天气凉，草木摇落露为霜”（三国魏·曹丕《燕歌行》）的悲秋氛围淋漓尽致地呈现出来。

“千里”两句，描写眼前的静景：千里澄江，宛如一条白练；青翠的山峰，像箭镞一般耸立。“千里”二字，承上启下，过渡自然。“澄江似练”和“翠峰如簇”，比喻形象，对仗严整，色彩相映成趣，平面和立体交汇，突出了景色的秀美。“澄江似练”巧妙化用了“余霞散成绮，澄江静如练”（南朝齐·谢朓

《晚登三山还望京邑》）的诗意，却毫无一点斧凿的痕迹。

“征帆”三句，描写动景：帆船在夕阳中往来穿梭，西风起处，只见那斜插的酒旗在小街中飘拂。“残阳”“西风”，在写景中巧妙点出时间。“酒旗”“征帆”在写景中暗含着人事、行旅，使自然之景中有了人的活动，为画面增添了生活气息，顿时变得生动灵活起来。

“彩舟”三句，展现了赏心悦目的景色：画船如同在淡云中浮游，白鹭好像在银河里飞舞，丹青妙笔也难描画出这壮美的风景。“彩舟”“星河”两句比喻贴切，色彩鲜明。“云淡”和“鹭起”，一静一动，相互衬托，使得画面非常美丽。故而，词人发出“画图难足”的惊叹。

词的下片抒情。

“念往昔”过片处的四句，由上片的“登临”转而写所思所想：遥想当年，故都金陵是何等的繁盛堂皇！可叹在朱雀门外的结绮楼中，六朝的君主一个个相继败亡。作者着一“念”字，抚今追昔。“繁华竞逐”，揭示出六朝更替的根本原因：六朝帝王大都凭借金陵险要形势，穷奢极欲，广筑宫殿，博采声色，招致国破家残。“叹门外楼头”是杜牧“门外韩擒虎，楼头张丽华”（《台城曲》）两句诗的高度浓缩。韩擒虎是隋朝的名将，隋文帝伐陈时韩擒虎为先锋，率精兵五万首先攻入朱雀门，直扑宫闱，生俘了陈后主及宠妃张丽华，当时张丽华正住在豪华的结绮楼上。着一“叹”字，把词人的叹惋、嘲讽之意蕴含其中。“悲恨相续”四字，是对六朝统治者不引以为戒、沉溺酒色、相继覆亡的嗟叹。

“千古”二句是词人凭吊古迹，直接抒情：自古多少人在此登高怀古，无不对历代荣辱喟叹感伤。这里显示了词人非同寻常的雄伟气概，是全词抒情的高潮。

“六朝”二句以景寄情：六朝旧事已随流水消逝，剩下的只有那寒烟惨淡、绿草衰黄和遍地狼藉。这里，词人巧妙化用“伤心欲问前朝事，惟见江流去不回。日暮东风春草绿，鹧鸪飞上越王台”（唐·窦巩《南游感兴》）之诗意，借“寒烟”“衰草”之景以抒发自己的惆怅之情。

“至今”二句，含蓄地表达词人对现实的不满：时至今日，商女们时时地还把《后庭花》的遗曲吟唱。词末这两句，作者化用杜牧“商女不知亡国恨，隔江犹唱《后庭花》”（《泊秦淮》）的诗意，含蓄地表达了他对现实的不满和批评，同时也沉淀着词人理性的思考。

这首词寄情于景，含蓄深沉。上片壮阔，下片委婉。巧用比喻，清新自然；用典化用，出神入化，毫无痕迹。其立意之高，则更显示了词人深邃独到的见解。

苏　轼

苏轼（1037—1101），字子瞻，一字和仲，自号“东坡居士”。北宋文学家、书画家。散文、诗词、书画都有极高成就。在文学史上居重要地位，影响深远。其文如波澜迭出，变化无穷；论理透辟，叙事准确，写景生动。与父洵、弟辙并称“三苏”，同属“唐宋八大家”之列。其诗清新豪健，挥洒自如，富有浪漫主义色彩。有些诗作能反映民间疾苦，指责统治者的奢侈骄纵。又以议论为诗，以才学为诗，与黄庭坚并称“苏黄”。与蔡襄、黄庭坚、米芾并称“宋四家”。论画主神似，善画竹及枯木怪石。

屈原塔

楚人悲屈原①，千载意未歇②。
精魂飘何处③，父老空哽咽④。
至今沧江上⑤，投饭救饥渴⑥。
遗风成竞渡⑦，哀叫楚山裂。
屈原古壮士，就死意甚烈。
世俗安得知，眷眷不忍决⑧。
南宾旧属楚⑨，山上有遗塔。
应是奉佛人，恐子就沦灭⑩。
此事虽无凭⑪，此意固已切。
古人谁不死，何必较考折⑫。
名声实无穷，富贵亦暂热。
大夫知此理⑬，所以持死节⑭。

注 释

① 楚人：楚国人。楚地即现在的湖南、湖北一带。屈原（约公元前340—约公元前278）：伟大的爱国诗人。相传于农历五月五日，因无力挽救楚国危亡，愤而投汨罗江自尽。

② 歇：停息，停止。

③ 精魂：精神、魂魄。

④ 哽咽（gěngyè）：哭时咽喉阻塞，难以出声。

⑤ 沧江：这里泛指江河。

⑥ 投饭：屈原农历五月五日投汨罗江，后人为纪念他，每年此日投粽子等饭食于江中以祭奠。

⑦ 竞渡：楚地风俗，每年农历五月五日赛龙舟，以纪念屈原（见《荆楚岁时记》）。

⑧ 眷眷：依依不舍的样子。

⑨ 南宾：古时忠州南宾县（今重庆丰都）。

⑩ 沦灭：沦亡，消失。

⑪ 此事：这里指对造塔原因的猜测。

⑫ 考：长寿。折：夭折。

⑬ 大夫：这里指屈原。他曾任楚国的三闾大夫。

⑭ 死节：为气节、节操而死。

题 解

这是一首五言古诗，是北宋文学家苏轼所作，写于宋仁宗嘉祐四年（1059）。这年冬天，苏轼侍父入京，途经忠州南宾县（今重庆丰都）时，看到这个地方竟建有一座屈原塔，惊异之余便写下此诗。

这首诗语言通俗畅达，情意深重，表达了苏轼对爱国诗人屈原持志高洁的无限敬仰之情，同时也宣示了诗人对自己未来志节的追求和人生道路的选择。

赏 析

这首诗共二十四句，可分为三层：

第一层（开头八句）：由端午节投粽子、赛龙舟的习俗来表达对屈原的怀念。

“楚人”四句，叙写楚地人民对屈原的深切怀念：楚地人民都为屈原感到悲哀，这种情感千百年来一直没有停止过。他的精神魂魄到底飘游到什么地方了？只留下父老兄弟的哽咽和哭泣。诗人开篇便着一“悲”字，明写“楚人”，实写自己，表达苏轼对我国第一位爱国诗人屈原的崇敬和怀念之情。“千载”“未歇”“哽咽”和“精魂”更写出屈原精神传后代的历史和现实，饱含着诗人对屈原的无限崇敬和怀念之情。

“至今”四句，通过端午节投粽子、赛龙舟的习俗，用以表达千百年来人们对屈原的怀念之深：直至今天，在青绿色的江流上，人们每逢端午就投下饭食，来拯救饥饿的鱼龟虾蟹，不让它们吞食屈原的遗体。遗留下来的风俗成了比赛划龙舟，人们哀叫的声音简直要把楚山震裂。这四句，诗人抓住“投饭”“竞渡”这些端午节日的祭祀、追念活动，表达了对屈原的深深怀念。“楚山裂”的夸张手法，更加突出了世代人民不忘屈原和屈原的爱国精神，这种精神“与天地兮同寿，与日月兮齐光”（战国楚·屈原《九章·涉江》）。

第二层（中间八句）：是苏轼对屈原塔来历的推测。

“屈原”四句，从正、反两个方面表达对屈原的赞颂之情：屈原是古时的豪迈志士，当时慷慨赴死的意图非常强烈。世上的庸俗之人怎能理解他的想法呢？有的竟以为屈原恋恋不舍、不愿与世间告别。“壮士”“就死”是诗人对屈原“亦余心之所善兮，虽九死其犹未悔”（战国楚·屈原《离骚》）志节的赞颂。“安得知”三字，是对庸俗、不关心国事者的嘲讽和有力鞭挞。

“南宾”四句，是诗人推想屈原塔的来历：南宾县之前属于楚地，山上有留下来的古塔。这塔应是侍奉佛祖的僧人所建，他们担心屈原的精魂就要消散，所以建了此塔。这里表现了人们对屈原高尚精神的推崇。

第三层（最后八句）：是诗人对屈原不苟求富贵而执着追求理想志节的赞美。

“此事”四句，是诗人对生死的看法：修建屈原塔这件事虽没有凭据，但这份心意本已很确切了。古往今来有谁能够不死呢？没有必要去比较到底是长寿好还是死亡好。这里，诗人由屈原塔之修建而探讨人的生命价值，高度赞扬了如屈原一样的志士仁人“生之光荣、死之伟大”的高尚志节。

“名声”四句卒章显志，表达了诗人的人生追求：人的名声实在是不会消亡的，而身份、财富只是短暂的荣盛。屈原正是知道这个道理，所以即使是死也要保持高尚的节操。这里，诗人用富贵之短暂和声名之无穷、世人之“沦灭”和屈原之不朽的对比表达了对屈原的崇敬和自己对人生道路的选择和追求。

这首诗语浅意深，蕴含了诗人的志节和对人生道路的选择和追求。那对屈原“千载意未歇”的追念，对屈原“就死意甚烈”的尊崇，对屈原“名声实无穷”“所以持死节”的推重，都把诗人“报国之心，死而后已”（宋·苏轼《杭州召还乞郡状》）的高尚情操蕴含其中。

虢国夫人夜游图①

佳人自鞚玉花骢②，翩如惊燕蹋飞龙③。
金鞭争道宝钗落④，何人先入明光宫⑤。
宫中羯鼓催花柳⑥，玉奴弦索花奴手⑦。
坐中八姨真贵人⑧，走马来看不动尘⑨。
明眸皓齿谁复见⑩，只有丹青余泪痕⑪。
人间俯仰成今古，吴公台下雷塘路⑫。
当时亦笑张丽华⑬，不知门外韩擒虎⑭。

注 释

① 虢（guó）国夫人夜游图：唐代名画，据说上面有宋徽宗的题字。虢国夫人：唐代杨贵妃三姐的封号。

② 鞚（kòng）：带嚼子的马笼头。这里引申为驾驭。玉花骢（cōng）：唐玄宗的宝马。

③ 蹋（tà）：践踏，踩。飞龙：唐代御厩中身上印有“飞”“龙”字样的马。

④ 金鞭争道：据《旧唐书·杨贵妃传》载，杨家与广平公主在西门争道，杨家奴挥鞭惊吓广平公主落马之事。

⑤ 明光宫：西汉的宫殿名，这里指代唐代宫殿。

⑥ 羯（jié）鼓：唐代由羯族传来的一种鼓。

⑦ 玉奴：杨贵妃的小名。弦索：本指乐器上的弦，在此代指弦乐器。花奴：汝阳王李琎的小名。李琎擅长羯鼓，杨贵妃擅长弦索。

⑧ 八姨：即秦国夫人。

⑨ 走马：善跑的马。这里代指虢国夫人。

⑩ 明眸（móu）皓齿：这里化用杜甫“明眸皓齿今何在”（《哀江头》）诗意，代指虢国夫人。

⑪ 丹青：借指绘画、图画。因为丹和青是我国古代绘画常用的颜色。

⑫ 吴公台、雷塘：均为扬州名胜。前者因陈将吴明彻得名，后者因隋炀帝迁葬于此。

⑬ 张丽华：南朝陈（叔宝）后主的宠妃。隋灭陈时，被隋将韩擒虎所杀。

⑭ “不知”句：化用杜牧“门外韩擒虎，楼头张丽华”（《台城曲二首》其一）的诗意。

题 解

这是一首七言古诗，是北宋文学家苏轼所作，写于宋哲宗元祐元年（1086）。当时，诗人在京城为翰林学士，见到《虢国夫人夜游图》这幅名画后，欣赏之余有感而作此诗。诗人以画意为诗，通过丰富的联想和想象，形象地表现了杨贵妃家族的奢靡生活及其嚣张气焰，深刻揭示了荒淫、奢靡亡国的历史教训，并警告后世统治者以此为戒，莫要重蹈覆辙。

这首诗意象鲜明，笔墨酣畅，用语新警，亦讽亦慨，旨意深远，发人深省。

赏 析

这首诗共十四句，可分为三层：

第一层（开头四句）：着重描写虢国夫人恃宠恣肆的场面。

“佳人”二句，刻画了虢国夫人的形象：这位佳人驾驭着玉花骢马，淡妆娇态；她骑在飞龙上，身段轻盈，恍若惊飞的春燕。“自鞚”二字，写出虢国夫人骑术高超，驾驭自如。“翩如燕”，写出她身驭“飞龙名马”翩然如飞之状态，这里运用比喻的手法把她的有恃无恐暗含其中。

“金鞭”二句，诗人借典言事：飞龙骏马骄驰于进宫大道之上，宛若游龙；为抢先进入明光宫，杨家豪奴挥动着金鞭与公主争道，致使公主惊落马下，宝钗坠地。这里，用“公主落马”的典故，衬托出虢国夫人的骄横放纵以及杨家不可一世的嚣张气焰。

第二层（中间六句）：描写虢国夫人入宫及其宫中的情事。

“宫中”二句，描写宫中奏乐之事：此时宫中正在演奏着曾被附会为可催杏柳开花的乐曲，只见贵妃亲自弹拨琵琶，汝阳王李琎敲击着羯鼓。羯鼓争催，弦歌并起，舞姿曼妙，柳宠花娇。这里，诗人极尽夸饰之能事，把宫中欢乐的情景，淋漓尽致地绘于纸上，给人一种纸醉金迷之感。

“坐中”二句，描写虢国夫人入宫：秦国夫人已经先期艳妆就座，打扮得十分娇贵；只见那虢国夫人素妆淡雅，乘车缓缓而行，入宫后宝马步子放缓，纤尘不动。这里，诗人用秦国夫人的艳装、娇贵来衬托虢国夫人的雍容素雅、纤尘不染。这样来写，就紧扣住了诗题中的“夜游”二字，进一步突出了虢国夫人。

“明眸”二句，诗人跳出画面，突发深思：这绝代的佳人，如今又在哪里呢？她那明眸皓齿，除了画图之外，谁又曾见到过呢？当年的欢笑，似乎今天在这丹青之上也只留下点点泪痕罢了。这里，诗人用讽喻的笔触，表达了骄奢淫逸必然亡身亡国的慨叹。

第三层（最后四句）：诗人回顾历史，表达了深沉的忧国之慨。

“人间”二句，回想相继亡国的陈叔宝和隋炀帝：人在世上，繁华如梦，俯仰之间，重蹈覆辙者比比皆是。曾嘲笑过陈叔宝的隋炀帝，也同样身死人手，埋葬于吴公台下、雷塘路边。在这里，诗人感叹“人间岁月如流水”（唐·岑参《客舍悲秋有怀两省旧游呈幕中诸公》）的同时，把自己对历史深深的反思蕴含其中。

“当时”二句，诗人抒发感慨：隋炀帝当年曾嘲笑过陈叔宝、张丽华一味享乐，不恤国事，不知道韩擒虎已经带领着隋兵迫近宫门。这里，诗人巧妙化用杜牧“门外韩擒虎，楼头张丽华”（《台城曲二首》其一）的诗意，以嘲弄的口吻警告后世统治者，谨记历史教训，戒骄戒奢，只有这样，才能保证国家的长治久安。

这首诗借题发挥，意旨深刻。全诗借名画生发开来，通过丰富的联想和想象，运用夸饰、衬托、化用和用典等手法，把借古讽今之意蕴含诗中，警示后人，引为鉴戒。

念奴娇·赤壁怀古①

大江东去②，浪淘尽③，千古风流人物④。故垒西边⑤，人道是，三国周郎赤壁⑥。乱石穿空，惊涛拍岸，卷起千堆雪⑦。江山如画，一时多少豪杰。

遥想公瑾当年⑧，小乔初嫁了⑨，雄姿英发⑩。羽扇纶巾⑪，谈笑间，樯橹灰飞烟灭⑫。故国神游⑬，多情应笑我，早生华发⑭。人生如梦，一尊还酹江月⑮。

注　释

① 念奴娇：词牌名。又名“百字令”“酹江月“等。赤壁：这里指黄州赤壁，一名“赤壁矶”，在今湖北黄冈西。而三国古战场的赤壁，文化界认为在今湖北赤壁。

② 大江：指长江。

③ 淘：冲洗，冲刷。

④ 风流人物：指杰出的历史名人。

⑤ 故垒：过去遗留下来的营垒。

⑥ 周郎：指三国时吴国名将周瑜，字公瑾，少年得志，二十四岁为中郎将，吴中皆呼为“周郎”。下文中的“公瑾”，即指周瑜。他曾率领孙权、刘备联军于建安十三年（208）在长江赤壁一带大破曹操，奠定了三国鼎立的天下格局。

⑦ 雪：比喻浪花。

⑧ 遥想：回忆很久以前的事情。

⑨ 小乔初嫁了（liǎo）：乔，本作“桥”。其时距赤壁之战已经十年，此处言“初嫁”，是说周瑜少年得意，倜傥风流。

⑩ 雄姿英发（fā）：谓周瑜体貌非凡，言谈卓绝。英发：谈吐不

乱石穿空，惊涛拍岸

凡，见识卓越。

⑪ 羽扇纶（guān）巾：古代儒将的便装打扮。羽扇：羽毛制成的扇子。纶巾：青丝制成的头巾。

⑫ 樯橹（qiánglǔ）：这里代指曹操的水军战船。樯：一种摇船的桨。

⑬ 故国神游："神游故国"的倒装。故国：这里指旧地，当年的赤壁战场。神游：指在想象、梦境中游历。

⑭ "多情"二句："应笑我多情，华发早生"的倒文。华发（fà）：花白的头发。

⑮ 一尊还（huán）酹（lèi）江月：古人以酒浇在地上祭奠。这里指洒酒酬月，寄托自己的感情。尊：同"樽"，酒杯。

题　解

这是一首长调慢词，是豪放词的代表作之一，写于公元 1082 年 7 月。当时苏轼由于反对王安石变法，因"乌台诗案"被捕下狱，出狱后被贬到黄州为团练副使。在黄州游赤壁矶时，作此词以抒怀。词人借咏叹赤壁，表达了他对古代英雄的赞美和自己壮志未酬的感慨。

这首词把写景、咏史、议论、抒情融为一体，气势奔放，一泻千里。语言精练、形象，句式灵活多变。全词有一种震撼人心的艺术力量，曾被誉为古今"绝唱"。

赏　析

这首词分为上、下两片。

词的上片立足写景，为英雄人物出场作好了铺垫。

"大江东去，浪淘尽，千古风流人物"开篇三句，将雄壮之景与历史人物联系起来，组成一个辽远的时空背景：滔滔长江奔流不息，从古到今，有多少杰出人物，都被波浪冲洗得无声无迹。这里，词人从无限的流水、有限的生命中，从容不迫地抒发出自己沉郁、苍凉的心境。

"故垒西边，人道是，三国周郎赤壁。"这三句指明地点，顺带引出了故事的人物：在那久远古战场的西边，人们说那是三国周瑜大破曹军的赤壁。这三句，既是点题，又以此引出所咏人物。

“乱石穿空，惊涛拍岸，卷起千堆雪。”这三句正面描写赤壁的奇险雄伟：四面乱石直插天空，惊涛骇浪猛烈地拍打着江岸，那无数卷起的浪花如同千万堆白雪。词人用“穿”“拍”和“卷”三个动词，把赤壁山势之险要高峻、水势之汹涌澎湃描摹出来，使人心胸开阔、精神为之振奋。

“江山如画，一时多少豪杰。”这两句承上启下，总收上片，引起下片：江山如此壮丽的画面，那一时期该有多少英雄豪杰呀。“江山如画”是词人对雄伟壮丽的大自然的由衷赞美。“一时多少豪杰”是词人的感慨：地灵人杰，山河锦绣，就必然会“引无数英雄折腰”。

词的下片立足写人，抒发词人壮志难酬的慨叹。

“遥想公瑾当年，小乔初嫁了，雄姿英发。”这三句插入了生活细节，以美人来衬托英雄：遥想当年的周瑜，小乔刚刚嫁给了他，他英姿勃勃，勇武刚烈，神采照人。词人把赤壁之战十年前“小乔出嫁”的细节挪移到大战之前，更加衬托出周瑜新婚燕尔、神采焕发的英雄姿态。

“羽扇纶巾，谈笑间，樯橹灰飞烟灭。”这三句从肖像仪态入手，抓住火攻水战之特点，用富有色彩的笔墨，浓墨重彩地描绘了赤壁之战的胜利场景。周瑜手执羽扇，头戴丝巾，谈笑之间，火攻曹军，八十万曹军如灰飞烟灭一般。这里，词人用“谈笑间”三字，极言周瑜指挥若定、从容不迫的大将风度。“灰飞烟灭”四字，极言强大的敌人在周瑜的战术面前不堪一击。这样就成功塑造了周瑜这位叱咤风云的英雄形象，表现了词人对英雄豪杰人物的倾慕和向往。

“故国神游，多情应笑我，早生华发。”这三句是词人在缅怀英雄的同时，回想自己：如今“我”身临古战场神游往昔，可笑“我”善感多情，使得两鬓过早地生出花白头发。这三句，词人用周瑜的英雄业绩来反衬自己的失意：年华已逝，功业无成。

“人生如梦，一尊还酹江月。”词末这两句是词人对人生的达悟：人生就像一场大梦，还是让“我”举起酒杯，去祭奠江中的明月吧！最后这两句，把一位襟怀旷达、善于自解自慰的词人形象展现于读者面前。

这首词把长江、赤壁之战的场景、人物入词，这对当时的词坛来说是一个很大的突破，在词的题材、语言、风格等方面开拓了新的领域，从而形成了苏轼“豪放派”的词风，使词的发展逐渐走上宽广的道路。

黄 庭 坚

黄庭坚（1045—1105），字鲁直，自号“山谷道人”，晚号“涪翁”，又称“豫黄先生”。北宋诗人、书法家。于诗推崇杜甫，意在纠正晚唐宋初西昆体柔弱华靡的诗风，但过于强调“无一字无来历”，提倡“点铁成金”“夺胎换骨”，致脱离现实，从古人书本中讨生活。在写作技巧上，刻意求奇，形成一种模拟古人、搜寻僻典、生硬奇涩的形式主义创作倾向，对后世诗歌创作产生了极为不良的影响。被“江西诗派”奉为宗祖，与杜甫、陈师道和陈与义有“一祖三宗”之称。曾以诗受知于苏轼，并与之齐名，世称“苏黄”。又与秦观、张耒、晁补之同称“苏门四学士”。词较诗流畅，时有豪放之作。又工书法，尤擅行草，取法颜真卿及怀素，用笔纵横奇崛，以僻取势，自成一格。与苏轼、米芾、蔡襄齐名，号称“宋四家”。

徐孺子祠堂①

乔木幽人三亩宅②，生刍一束向谁论③？
藤萝得意干云日，箫鼓何心进酒樽。
白屋可能无孺子④，黄堂不是欠陈蕃⑤。
古人冷淡今人笑，湖水年年到旧痕。

注 释

① 徐孺子：名稚，字孺子，东汉豫章南昌（今江西南昌）人，贫而有节，世称“南州高士”，其祠堂即其故居，在今南昌。

② 乔木：树身高大的树木。幽人：隐士，指徐稚。

③ 生刍（chú）：鲜草，用作凭吊礼物。

④ 白屋：指贫寒书生的居室。

⑤ 黄堂：古时太守衙中正堂，此处喻指太守。陈蕃：字仲举，汝南平舆（今河南平舆北）人。东汉末大臣，汉桓帝时为太尉，汉灵帝时为太傅。后因与大将军窦武同谋剪除阉宦，事败而死。

题 解

这是一首七言律诗，是北宋诗人黄庭坚所作，是诗人游览徐稚故居时，有感而作。这首诗通过凭吊古人祠堂，联想到陈蕃礼遇徐稚的雅事，有一种“世上岂无千里马，人间难得九方皋”（黄庭坚《过平舆怀李子先时在并州》）的感慨，表达了对古来知音的崇敬和向往。

这首诗采用典故，情融于景，诗意深曲。诗人深叹不是当今之世缺少像徐稚那样的贤士，而是缺少像陈蕃一样礼贤下士的官员；然而贤者自贤，并不会因遭受冷遇而改变初心。

赏 析

首联扣题开篇，描写“祠堂”，表明诗人的祭拜之意：在那乔木四围之中，有三亩之宅，曾是徐稚的居所。来到这里，我便想到朋友郭泰的母亲去世，徐稚拿着新割的一束草前去凭吊，于是，我感慨良多，又不知该向谁说。上句用“幽人”一词，表达诗人对徐稚的景仰。下句用徐稚的典故，明赞徐稚“生刍一束，其人如玉”（《诗经》）的品德，暗含对徐稚的凭吊之意。“向谁论”三字，既表达诗人无人理解、赏识自己的满腹苦衷，又自然而然地领起下文。

颔联借景抒情：你看那藤萝是多么得意，它依附着乔木爬得高高的，也似乎如那浮云一般遮蔽太阳；想当年，徐稚祠堂建成之后，便有人吹箫打鼓祭酒相拜，不知是抱着什么目的，怀揣着什么心思。上句，诗人运用拟人的手法，以“得意”二字，讥讽小人得势、奸臣当道的社会现实，以“日”喻指朝廷、皇上。“浮云蔽日”正是当时社会现实的生动写照，正是因为奸臣当道，诗人空有抱负却难以施展，那种“我自只如常日醉，满川风雨替人愁”（黄庭坚《夜发分宁寄杜涧叟》）的悲苦，只能融于眼前之景。下句，诗人讥讽那些善变阿谀之人，他们是把徐稚当作赐福予禄的神佛一样来祭拜的，并不是真正崇拜他的贤德。

颈联诗人“转”而追念徐稚的志节、仰慕他的才德：徐稚虽是贫寒之士，但他有才有德、有抱负有气节，是对汉家天下起了重大作用的读书人；每个时代都有像他一样德才兼备、胸怀天下、报效国家的人，只是缺少像陈蕃一样的官员去发现他们、敬重他们。上句，诗人肯定并赞誉了徐稚的才德和功绩，下句在用典中抒发自己的感慨，把诗人怀才不遇、知音难觅的苦衷寓于其中。

尾联追昔抚今，借景抒怀：像徐稚这样有才有德的高士却鲜为人知，被人冷淡，而今人中也不乏这样的人，他们得不到朝廷的重用，被人讥笑；但是，他们品格自在，犹如眼前的湖水一样，年年长在，它们滋润万物的品性是永远不会改变的。这一联，实则是诗人的自我安慰和自我解脱，在无可奈何中的一种旷达，借“古人”、借“湖水”以明志，把诗人“心源不受一尘侵”（黄庭坚《次韵盖郎中率郭师中休官二首》）的志节蕴含其中。

这首诗借典明志，极有功力。诗人借凭吊之事，抒内心忧愤：景典相融，典中融情，浑成无迹，有水中着盐之妙——细细品味，方知真味。诗歌情真意切，宅心诚厚，忧国之心，感人肺腑。

晁 冲 之

晁冲之（生卒年不详），字叔用。济州巨野（今属山东）人。北宋诗人。晁补之的堂弟。师从陈师道，属江西诗派。曾授官承务郎。绍圣年间（1094—1098）隐居具茨山下，人称“具茨先生”。有《晁具茨先生诗集》留世。

夷门行赠秦夷仲

君不见夷门客有侯嬴风①，杀人白昼红尘中②。
京兆知名不敢捕③，倚天长剑著崆峒④。
同时结交三数公⑤，联翩走马几马骢⑥。
仰天一笑万事空，入门宾客不复通⑦。
起家簪笏明光宫⑧。
呜呼，男儿名重太山身如叶⑨，手犯龙鳞心莫慑⑩。
一生好色马相如⑪，慷慨直辞犹谏猎⑫。

注 释

① 夷门：古大梁（今河南开封，宋为汴京）城的东门。侯嬴：战国时魏人，出身贫苦，年老时为大梁监门小吏。
② 红尘：指繁华热闹的街市。
③ 京兆：京兆尹，主管京城地方行政。
④ 崆峒（kōngtóng）：崆峒山，在今甘肃平凉西。这里指代华夏。
⑤ 三数：表示为数不多。
⑥ 联翩（liánpiān）：鸟飞的样子。比喻连续不断。骢：青黑色骏马。
⑦ 不复通：不再通达，即不再交往。

⑧ 簪笏（zānhù）：古代用笏来记事，插笔以备书写。臣僚奏事之时，手持笏和笔。起家簪笏：指平民被选拔做官。明光宫：据《雍录》记载，汉代明光宫有三，一在甘泉，一在北宫，一为尚书奏事之地。此处指尚书奏事的宫殿。

⑨ 名重太山：太山，即泰山。这里化用“或重于泰山，或轻于鸿毛”（汉·司马迁《报任安书》）。

⑩ 龙鳞：指皇帝或其威严。

⑪ 马相如：即司马相如。

⑫ 谏猎：据《汉书·司马相如传》载：“是时天子方好自击熊豕，驰逐野兽，相如因上疏谏。”《昭明文选》载有司马相如的《谏猎书》。

题 解

这是一首杂言古诗，是北宋诗人晁冲之所作，是他写给友人秦夷仲的。此诗与唐代诗人王维的《夷门歌》用典一致，通过描述战国时期侠客仗义扶危的英勇、慷慨之举，表达了对侯嬴不畏强暴、为义献身精神的热情颂扬。同时，诗人对那些一旦取得功名富贵便唯命是从、明哲保身的文人士大夫给予了讥讽和批评，有一种愤世嫉俗的情感蕴含诗中。

这首诗情感炽烈，气势奔放，在抑扬顿挫之中充满着浩然正气，“一洗诗人穷饿酸辛之态”（宋·刘克庄《后村诗话》）。

赏 析

全诗共十三句，可分为三层：

第一层（前面四句）：着力塑造夷门客如侯嬴一般的侠义者形象。

“君不见”二句，以慷慨之气、迅雷横空之势，极力描写夷门客非同寻常的胆识和义举：你可看见，夷门义士有侯嬴一样的胆识和义勇，他路见不平、拔刀相助，大白天在闹市杀人。“君不见”居于诗首，将景慕、赞扬之情蕴含其中。着一“风”字，把夷门客的节操、品行和风范表现出来，让人读后，顿生敬慕之情。“杀人白昼红尘中”一句，用具体的情节来印证他为友为义两肋插刀，在所不辞之风范。

“京兆”二句，从侧面衬托出夷门客的义勇：京城的长官知道他的威名却不敢追捕，闻名华夏全凭着他倚长剑于天外的豪气。诗人运用“不敢捕”和“著崆峒”的夸张、衬托手法，把夷门客豪侠仗义的过人之节操表现出来，说明他义薄云天，举国闻名。

第二层（中间五句）：着重叙说夷门客结交友朋的情况。

“同时”二句，总写夷门客结交之人：他同时还结交了当世的几位人物，他们常常骑着那青黑骏马驰骋、扬威于京城之中。诗人以“几马骢”的典故，来表达夷门客结交之人中少有如东汉桓典那样忠信仗义、不畏权贵之人。言下之意，他们都是一些营营苟苟、贪图利禄的势利之辈。恍若至交，实乃利字当头、投机钻营之小人。

“仰天”三句，承上进一步写出这些势利之人的卑鄙行径：他们一旦平步青云身入明光宫，成为皇家的手持簪笏的显贵之臣，那么从前的宾客故旧，都再难入其门庭。他们对此仰天一笑，把交往之事忘得干干净净。这三句，诗人运用倒装的句式，突出了这些人一旦显贵就忘却故旧、忘恩负义的卑劣行为。尤其是“万事空”三字，把这些势利小人的丑恶灵魂揭露出来，与上句的“联翩走马”形成了鲜明的对比。

第三层（最后四句）：是由夷门客的忠诚仗义与几位飞黄腾达之势利小人的对比中，诗人生发出来的喟叹。

“呜呼”二句，描写夷门客的侠义：像侯嬴一样的男子汉他们名重泰山，为了扶危救难，他们把自己的生命看得如鸿毛一样轻微，他们敢于以身蹈义，即使触怒龙颜（皇帝），内心也毫不畏惧、毫不惊恐。这里，诗人巧妙化用了“人固有一死，或重于泰山，或轻于鸿毛”（汉·司马迁《报任安书》）之意，表达了诗人对像侯嬴一般重义重节的夷门客的敬重，也用反衬的手法表露了诗人对见利忘义的势利小人的不齿。

“一生”二句，再用司马相如的事例表达诗人对势利小人的鄙视：司马相如虽是文学侍从之臣，一生贪爱美色，但当汉武帝冒险逐兽之时，他却能慷慨直言，敢于谏诤。最后四句，诗人再次用对比手法，追念侯嬴仗义扶危之高风，诗人想到夷门客效法侯嬴而不恤自身安危直言敢谏的义烈行为，又想到国难当头之时而那些自命为社稷栋梁的奸佞之臣，竟然袖手旁观、安于逸乐，于大厦倾而不顾的丑恶行径，更想到手无缚鸡之力的文学之士司马相如，尚能直谏汉武帝之过失，不禁黯然神伤，深重的忧国之情涌满心间。同时，也把激励友人秦夷仲以夷门客侠义之风共勉之意蕴于诗中。

这首诗意旨深厚，比衬巧妙。诗人愤世嫉俗，深为国家安危担忧，运用多层的对比和反衬来表达主旨。用侯嬴衬托“夷门客”，用“夷门客”所结交的势利友朋反衬夷门客，还有司马相如与朝廷重臣的对比，如此等等，把诗人深厚的忧国之情表达出来，笔力凌厉，当之无愧一首怀古绝唱。

张　耒

张耒（1054—1114），字文潜，号“柯山”。北宋诗人。“苏门四学士”之一。政治上与苏轼属同一派系，故遭贬谪。其诗继承了白居易、张籍的现实主义传统，多反映现实生活，同情人民的疾苦，风格平易浅显，但过分强调“满心而发，肆口而成”，主张“不待思虑而工，不待雕琢而丽”，常常缺乏锤炼，时有粗疏草率之作。其词流传很少，语言香浓婉约，风格与柳永、秦观相近。宋神宗熙宁间进士，曾任太常少卿等职。人称“宛丘先生”“张右使”。

怀金陵（三首选一）①

其二

壁月琼枝不复论②，秦淮半已掠荒榛③。
青溪天水相澄映④，便是临春阁上魂。

注　释

① 金陵：今江苏南京。

② 壁月琼枝：语出《南史·张贵妃传》：“后主每引宾客，对贵妃等游宴，则使诸贵人及女学士与狎客共赋新诗，互相赠答，采其尤艳丽者，以为曲调，被以新声。……其略云：‘璧月夜夜满，琼树朝朝新。’大抵所归，皆美张贵妃、孔贵嫔之容色。”

③ 荒：荒野。榛（zhēn）：榛子树。

④ 青溪：指张丽华葬身之处。隋军攻克台城之后，陈后主与张丽华一同逃入井中，隋军把他们从井中捞出，斩张丽华于青溪中桥。

题 解

这是一首七言绝句，是北宋诗人张耒所写。《怀金陵》诗共有三首，这是其中的第二首。诗人将陈后主和张丽华荒淫误国的历史故事融于对金陵风光的描绘之中，形成古今相映之画面，借古讽今，警告当世的统治者要积极进取，引以为戒，莫要重蹈陈后主淫乐亡国之覆辙。

这首诗语言清新自然，构思新颖别致，情景交融，用典简练而不留痕迹，诗意深婉，打破了宋人怀古诗的陈规俗套，具有一种“自然奇逸”之气。

赏 析

首句“璧月琼枝不复论”，诗人紧扣诗题，直接叙述一段淫逸亡国之史事：张贵妃、孔贵嫔的故事已经过去了数百年，对她们的华容美色无须再作评论。诗人着笔便以“璧月琼枝”的典故，把亡国之君陈后主与贵妃张丽华、孔贵嫔荒淫误国的史事毫无保留地写出来，将“璧月夜夜满，琼树朝朝新”的淫乐场景展现眼前：每有宾客，陈后主必大宴宾客，并让贵人、学士等诸等略有文墨之人，作艳诗以赠答，尤为艳丽者还谱曲以唱，极尽欢娱之能事。诗人对这种“声不绝于耳，色不绝于目”（宋·苏洵《管仲论》）的淫逸之举深恶痛绝，用“不复论”三字以表达对这段荒淫误国丑事的不齿。

次句的“秦淮半已掠荒榛”，是景中蕴情。陈后主和张贵妃、孔贵嫔早已作古，如今就连秦淮河也有一半被荒野的榛子树所覆盖。诗人感慨于眼前的秦淮河，曾是帝王之地，一千多年之后的今天，也已繁华不再。诗人把“兴废由人事，山川空地形”（唐·刘禹锡《金陵怀古》）的概叹寓含其中。

第三句“青溪天水相澄映”，诗人暗承首句“璧月琼枝”的典故，接叙贵妃张丽华之事：那张丽华的葬身之地青溪，此刻也是水天交相辉映。诗人以景衬情，以典言事，表达出一种幽思之情。

末句“便是临春阁上魂”，就是诗人幽思之结果：那便是临春阁上张丽华与陈后主相聚之魂。诗人着一“魂”字，意味深长：陈、张已死，但其阴“魂”不散，仍然“魂”萦于“青溪天水”之上。这一句，诗人影射现实之意显然：陈后主荒淫亡国之阴魂不散，正是当时北宋统治者的真实写照。诗人警示他们：千方不要重蹈陈后主之覆辙!

这首诗用典无痕却别有深意，景中融情，写法别致。诗人巧妙地把陈后主与张丽华淫乐误国之史事以丽词“璧月琼枝”和美景“天水相澄映”写出，不着痕迹却将诗旨深蕴其中。同时，诗人也把自己的忧国忧时之情巧妙地融于“秦淮”“荒榛”和“临春阁上”之景中。

周 邦 彦

周邦彦（1056—1121），字美成，自号“清真居士”。北宋词人。其词多写艳情与羁愁，内容贫乏，缺少积极意义。但长于铺叙，文字上刻意锤炼，善于熔铸古人诗句入词。由于他精通音律，能自度曲，创制了不少新调；又以四声入词，格律法度极为精审，对词的发展有一定贡献，为后来格律派词人所宗。作品在婉约词人中长期被尊为“正宗”。旧时词论称他为“词家之冠”或“词中老杜”。

西河·金陵怀古①

佳丽地②，南朝盛事谁记③？山围故国绕清江④，髻鬟对起⑤。怒涛寂寞打孤城，风樯遥度天际⑥。

断崖树⑦、犹倒倚，莫愁艇子曾系⑧。空余旧迹郁苍苍，雾沉半垒。夜深月过女墙来，伤心东望淮水⑨。

酒旗戏鼓甚处市⑩？想依稀、王谢邻里，燕子不知何世⑪。入寻常巷陌人家，相对如说兴亡，斜阳里。

注　释

① 西河：词牌名，原为唐教坊曲名。又名“西河慢”“西湖”。

② 佳丽地：这里指江南，也指金陵。南朝谢朓《入城曲》有“江

南佳丽地，金陵帝王州”的诗句。

③ 南朝盛事：南朝宋、齐、梁、陈四朝皆建都于金陵。

④ 故国：这里指金陵。因金陵城面临长江，四围环山，故云“山围故国”。此句与下文“怒涛”句，化用唐代诗人刘禹锡《石头城》诗句：“山围故国周遭在，潮打空城寂寞回。”

⑤ 髻鬟对起：以女子的髻鬟比喻长江边相对屹立之山。

⑥ 樯：船上张帆用的桅杆。风樯：指代顺风扬帆之船只。

⑦ 断崖：陡峭的临江崖壁。

⑧ 莫愁：相传为金陵善歌之女。系：拴缚。

⑨ “夜深”二句：化用刘禹锡《石头城》“淮水东边旧时月，夜深还过女墙来”。女墙：城墙上的矮墙。

⑩ 酒旗：挂在酒店门前的旗子。戏鼓：戏场。甚处：何处。

⑪ “想依稀”二句：化用刘禹锡《乌衣巷》：“旧时王谢堂前燕，飞入寻常百姓家。”

题 解

这是一首三叠慢词，是宋代词人周邦彦晚年的作品。当时正值北宋末年，宋王朝危机四伏，农民起义频频爆发。词人深有感触，不由得引发“故国”“孤城”之幽思。加之词人又遭流放，这就更加重了词人对人世沧桑之感慨。

这首词写法高妙。全词化用刘禹锡咏金陵的两首诗《石头城》和《乌衣巷》，浑然天成，“如自己出”（梁启超语）。词中巧用景物描写作今昔对比，寓悲情壮怀于空旷的境界之中，“压遍古今……以美成此词为绝唱”（《云韶集》）。

赏 析

此词可分为上、中、下三叠。

一叠着重描写金陵胜景。

“佳丽地，南朝盛事谁记？”开篇二句写金陵昔日之繁华：金陵是江南的佳丽胜地，南朝时的繁华、鼎盛谁还记得呢？“佳丽地”三字，总说金陵的地利之胜。后句追问，再加强化，为下文的感慨埋下了伏笔。

“山围故国绕清江，髻鬟对起。怒涛寂寞打孤城，风樯遥度天际。”这四句展现了金陵的美景：金陵城四周群山环抱，面临着清澈的长江流水。秀丽的山峰，如髻鬟般相对而立。长江滚滚的怒涛寂寞地拍打着这座孤城，顺风扬帆的船只驶向天际。这里，词人巧妙化用刘禹锡《石头城》的诗意，又用“髻鬟”作比，形象感极强。“风樯”一句使得阔远之景有了生气和气势。

二叠描写金陵的古迹，生发凭吊之意。

“断崖树、犹倒倚，莫愁艇子曾系。”这两句写崖树和莫愁湖：断崖上的老树仍然斜倚着，莫愁湖的游艇曾在上面拴系。这两句，词人巧妙化用古乐府“艇子打两桨，催送莫愁来”的诗意，写出金陵的一种苍凉之悲。“犹”“曾”二字，更加强化了这种悲叹。

“空余旧迹郁苍苍，雾沉半垒。夜深月过女墙来，伤心东望淮水。”这四句，写景中含悲：林木郁郁苍苍留下了旧迹，那些营垒被浓雾遮蔽，夜深之时月光越过矮墙，那赏心亭似伤心地望着那淮水东去。这里，词人再次化用刘禹锡《石头城》的诗意，妙用谐音（“伤”与“赏”谐音），表现了词人的悲伤、悲苦之感。

三叠描写眼前景物并触发千古兴亡之叹。

“酒旗戏鼓甚处市？”这一句是词人的设问：过去的酒楼、戏馆如今在哪里呢？言下之意，如今的金陵已经面目全非，与过去的繁华胜景全然不同。

“想依稀、王谢邻里，燕子不知何世。入寻常巷陌人家，相对如说兴亡，斜阳里。”这几句是词人的慨叹：我猜想那破落的里巷，大概是王谢两家的旧庭院。你看那对燕子，它们不知道现在是什么时代，竟然飞入了寻常的百姓之家，在夕阳里相互呢喃，似乎诉说着这古都的兴衰，词人借刘禹锡的诗意，添加了“闲话兴亡”的情景，暗含着词人对国家兴亡的担忧。

这首词最显著的特点是：化用巧妙。词人把刘禹锡的两首诗妙为己用，且上下关联，严丝无缝，旨意翻新，悲慨深重，用心良苦，把个人的悲愁化为对国家命运的担忧，比之刘诗高出多“筹”。

叶 梦 得

叶梦得（1077—1148），字少蕴，号“石林居士”。南宋词人。能诗工词，词风早年婉丽，中年学东坡，南渡后多感怀国事，转向简淡宏阔，晚年简洁。在北宋末年到南宋前半期的词风变异过程中，叶梦得是起到先导和枢纽作用的重要词人。作为南渡词人中年辈较长的一位，叶梦得开拓了南宋前半期以“气”入词的词坛新语。叶词中的“气”主要表现在“英雄气”“狂气”“逸气”三方面。叶梦得学问博洽，精熟掌故。卒谥“检校少保”。

八声甘州·寿阳楼八公山作①

故都迷岸草②，望长淮③、依然绕孤城④。想乌衣年少⑤，芝兰秀发⑥，戈戟云横⑦。坐看骄兵南渡⑧，沸浪骇奔鲸⑨。转盼东流水⑩，一顾功成。

千载八公山下⑪，尚断崖草木⑫，遥拥峥嵘⑬。漫云涛吞吐，无处问豪英。信劳生⑭、空成今古，笑我来，何事怆遗情⑮。东山老⑯，可堪岁晚，独听桓筝⑰。

注 释

① 寿阳楼八公山：寿阳即今安徽寿县，战国楚考烈王和汉淮南王刘安均定都于此。八公山在城北，相传刘安时有八仙登此山，遂以为名。

② 故都：指北宋都城汴梁。

③ 长淮：指淮河。

④ 孤城：寿阳城。

⑤ 乌衣：巷名，位于建康淮河南，东晋谢氏族聚集之地。年少：指谢玄。时谢玄四十岁，相对其叔谢安等而言。

⑥ 芝兰秀发：形容谢安率领的东晋将士意气风发。

⑦ 戈戟云横：指谢玄带领雄兵作战。

⑧ 骄兵：指苻坚率领的前秦军队。苻坚南下时声势浩大，号称百万，攻晋前曾说："以吾之众旅，投鞭于江，足断其流。"(《晋书·苻坚载记》) 自以为并吞江南，稳操胜券。

⑨ 奔鲸：这里喻指苻坚溃兵如奔逃的鲸鱼一般。

⑩ 转盼：转眼所见。

⑪ 千载：从淝水之战到词人写作本词有七百六十多年，"千载"是举其成数。

⑫ 草木：这里有草木皆兵之意。据《晋书·苻坚载记》载："北望八公山上，草木皆类人形。"

⑬ 峥嵘（zhēngróng）：形容山势高峻。

⑭ 劳生：用《庄子》"劳我以生"语意。

⑮ 怆（chuàng）：悲伤。遗情：对往事的思念。

⑯ 东山老：指谢安。他在未出仕前曾隐居浙江上虞的东山，故云。淝水之战，谢安有策划、决策的大功。后因小人挑唆，受到孝武帝的猜忌。

⑰ 桓筝：指桓伊之筝。典出《晋书·桓伊传》：桓伊善音乐，为江南第一。他在反击苻坚之战中曾立战功。一日孝武帝召伊饮宴，谢安侍坐。伊抚筝而歌《怨诗》，声节慷慨，俯仰可观，其中有"推心辅王政，二叔反流言"之句，当时谢安因小人离间，正为孝武帝所猜忌，一闻此曲深为感动，泪下沾衣，孝武帝甚有愧色。

题 解

这是一首长调慢词，是南宋词人叶梦得所作，写于宋高宗绍兴三年（1133）前后，词人登寿阳（今安徽寿县）城楼及八公山时所作。这里曾是淝水之战（383）的发生之地。当时的东晋，北有异族劲敌，正与词人所处的南宋初年相仿。词人写作此词，意在用历史上东晋以弱胜强的战例鼓舞南宋士气，使之奋勇击退金人侵略，恢复大宋河山。同时，把胸有报国之志却未得知遇的情怀寓于词中。

这首词借凭吊古代英雄一抒忧国之情，用典对比，深沉悲壮，表达了对当时朝廷内的主和派的不满情绪。

赏 析

这首词分为上、下两片。

词的上片，重在怀古。

“故都迷岸草，望长淮、依然绕孤城”写词人登山所见：只见淮河仍旧环绕着楚都寿春孤城，野草丛生，河岸一片迷蒙。词人用“依然”两字，把时空变换的深重的沧桑之感蕴含其中。一“迷”一“孤”，将那种迷离、孤寂的情绪寓于其中。尤其是“故都”“长淮”和“孤城”作为历史见证者，更让词人有了一种深沉而厚重的情感，这就为怀古奠定了情感基调。

“想乌衣年少，芝兰秀发，戈戟云横”是对淝水之战的回顾：想当年，南朝谢家子弟意气风发，绕领数万精兵。词人着一“想”字，引出回忆，领起以下句子。“乌衣年少”，用以指代居于名门聚居之地乌衣巷的谢家将士谢玄等人。“芝兰秀发”写出他们的年少有为的精神风貌。“戈戟云横”，写出以谢玄、谢安为统领的东晋雄师军容严整、武器精良，更暗含着谢家将领们领兵的气魄和谋略。

“坐看骄兵南渡，沸浪骇奔鲸”描写前秦军队溃败的情景：以逸待劳的谢家子弟率领八万大军痛击前秦军队，苻坚骄横的百万雄师如那受惊的巨鲸，在淝水之中溃逃乱奔。“坐看”二字，写出了谢家将领成竹在胸、胜券在握的沉着、冷静，确有一种“谈笑间，樯橹灰飞烟灭”（宋·苏轼《念奴娇·赤壁怀古》）的从容风度。“沸浪骇奔鲸”，形象地描绘出苻坚军队溃不成军、仓皇逃窜的狼狈景象，这是对苻坚战前所夸海口的“以吾之众旅，投鞭于江，足断其流”的无情地讥讽，也更加反衬了谢家军的智勇双全、战无不胜。

“转盼东流水，一顾功成”描写淝水之战的胜利：转眼之间，在淝水滚滚东流中，顷刻就建立了大功。词人用“转盼”和“一顾”形象地描写了胜利之速、功劳建立之快、之大，表现了谢家将领卓越的军事才能和超然的风采，与上面的“坐看”遥相呼应。同时，也反衬出“骄兵”必败的必然结局。

词的下片，重在思今。

“千载八公山下，尚断崖草木，遥拥峥嵘”由怀古又回到眼前；时隔千年，八公山的草木一如当年，远远看去，还簇拥着高峻的山峦。“千载”二字，由上片的“功成”回到了眼前。“八公山下”四字，意味着“草木皆兵”已成为历史。词人着一“尚”字，似乎景物“尚”在，“断崖”山势依旧，但谢家军的英雄事迹人们似乎已经淡忘了。词人的伤感之情就融入这似曾相识的草木、山崖之中。

“漫云涛吞吐，无处问豪英”是词人追思之中的慨叹：而今，八公山头的云涛聚聚散散，昔日的豪杰已经杳无踪迹。这里，词人在怀念、仰慕昔日英雄的同时，又把今日恢复英雄又在何方的深沉忧虑蕴含其中，婉曲地表达了对南宋朝廷媚敌求和、实行投降政策的不满。

“信劳生、空成今古，笑我来，何事怆遗情”是词人由古人联想到自己的思想活动：谢家叔侄确实英雄一世，劳苦终生，但这古往今来之事都是空忙一场；可笑我吊古伤今，何必为眼前之事而多情伤怀呢？这是词人在现实面前无可奈何之时所生发的牢骚语，以此来发泄心中强烈的愤懑之情，表示对南宋朝廷和议的不满。

“东山老，可堪岁晚，独听桓筝”是词人在与谢安的对比中表悲情：我深深地为谢安叹息，如此有功之人晚年竟遭疏远，不被朝廷重用，在独听桓伊筝声中还能获得些许的安慰。这里，词人突出了自己处境的悲惨，表达了“长枪大剑笑安用，白发苍颜空自怜”（叶梦得《赴建康过京口呈刘季高》）的无限悲怆。

这首词意旨深刻，词人借凭吊英雄一抒心中块垒。对比、用典恰切深沉；景中寓情，情深意切，把一腔忧国之情融于字里行间。

李 清 照

李清照（1084—约1151），自号“易安居士”。南宋女词人。工诗能文，尤以词名于世。散文简洁流畅，以《金石录后序》较有名。诗多反映社会现实，表达爱国热情，风格豪迈遒劲。词以南渡前后分为两个时期：前期多写闺情，表现闲适生活，妩媚风流，韵调优美，《如梦令》（昨夜雨疏风骤）、《一剪梅》（红藕香残玉簟秋）、《醉花阴》（薄雾浓云愁永昼）均是这一时期脍炙人口的名作；后期多抒写身世之感，寄寓家国之思，感情凄苦、低沉，代表作有《声声慢》（寻寻觅觅）、《永遇乐》（落日熔金）。其词善用白描手法塑造形象，能以常语创意，在两宋词坛中独树一帜，被称为“李易安体”。另有《词论》一篇，对北宋词家多有批评，强调音律，崇尚典雅，能严格区分诗词界限，反对“以诗为词”，提出“词别是一家”的独特见解。

夏日绝句

生当作人杰①，死亦为鬼雄②。
至今思项羽③，不肯过江东④。

注 释

① 人杰：人中豪杰，意即杰出的人。

② 鬼雄：鬼中英雄。屈原《九歌》：“身既死兮神以灵，魂魄毅兮为鬼雄！”

③ 项羽：自封为“西楚霸王”，在秦末与刘邦争夺天下，在垓下之战中，兵败自刎。

④ 江东：指长江下游以南的地区。项羽当初跟随叔父项梁起兵的地方。

题 解

这是一首五言绝句，是我国文学史上最著名的婉约派女词人李清照所作。她的诗作虽传世甚少，但这首诗却传诵甚广。这首诗写于宋钦宗靖康二年（1127，南宋建炎元年），宋徽宗、钦宗被虏，北宋灭亡之后。当时，青州兵变。李清照与丈夫赵明诚数十年收藏的金石古玩字画在战乱中付之一炬，仅有少数留存下来。于是满怀亡国之恨、丧宝之痛的女诗人写下此诗，借项羽垓下战败不肯回江东的历史故事，表达了对南宋朝廷南渡自保、只求苟安的强烈愤慨。

这首诗仅仅二十字，却字字珠玑，借古讽今，借典言情，有一种慷慨悲壮之正气。

赏 析

前两句“生当作人杰，死亦为鬼雄”，诗人打破陈规俗套，破空而出，直抒胸臆：一个人，生时应当作人中豪杰，死后也要作鬼中英雄。诗人一扫脂粉之气，以一种慷慨高昂、力透纸背的笔触，表达了对人生价值的看法。“生当作人杰”，就是说，一个人活着，就要以国家利益为重，报效国家，建功立业，不可苟且偷生，蝇营狗苟，为一己之私利而害国害民。“死亦为鬼雄”，就是说，一个人要死得有价值，要无愧于国家和人民，要“重于泰山”、死得光荣。这正如古人所说的“生有高世名，既没传无穷”（晋·陶渊明《拟古九首》)、“生有益于人”(《礼记·檀弓上》)、“舍生而取义”(《孟子·告子上》)、“死而不朽”（唐·韩愈《李元宾墓铭》)。开篇这两句，言少意丰，意蕴极深，有一种凛然之风骨和浩然之正气，故而成为千古名句。

后两句“至今思项羽，不肯过江东”，诗人借典言情：直到今天，人们还在怀念着项羽，因为他不肯渡江回到江东。这里，诗人运用了项羽的典故：楚霸王项羽在垓下之战中，被刘邦打败，溃逃至乌江。乌江亭长劝他暂回“江东”，以重整旗鼓、东山再起，但他以“无颜见江东父老”而谢绝，挥泪“别姬”，歌罢“力拔山兮气盖世，时不利兮骓不逝。骓不逝兮可奈何，虞兮虞兮奈若何”（汉·司马迁《史记·项羽本纪》）便自刎而死。诗人在此极为推崇项羽这种异乎寻常的英雄气概，通过歌颂项羽之壮举，来讥讽南宋朝廷不思进取、苟且偷安的无耻行径，表现出诗人强烈的爱国主义热情。“至今”二字，尤为巧妙，将古与今、历史与现实勾连起来，蕴含着借古讽今之意。“不肯”二字，也蕴情深厚，借对项羽的英雄豪气的颂扬无情地鞭挞南宋统治者，慷慨悲壮，掷地有声。

这首诗语言精练，意旨深厚，寥寥二十字，以典抒情，借古事以讽当世，确是“笔落惊风雨，诗成泣鬼神”（唐·杜甫《寄李十二白二十韵》）的豪放之佳作。

陈与义

陈与义（1091—1139），字去非，号“简斋”。南宋诗人。其诗出于江西诗派，上祖杜甫，下宗苏轼、黄庭坚，自成一家。元人方回立有“一祖三宗”之说，以杜甫为“一祖”，黄庭坚、陈师道及陈与义并列为“三宗”。宋初南渡时，经历了战乱生活，诗风转为悲壮苍凉。亦工词，其词意境与诗相近，有清婉奇丽的特点，而豪放处又接近苏轼。有“词俊”之称。

巴丘书事①

三分书里识巴丘②，临老避胡初一游③。
晚木声酣洞庭野④，晴天影抱岳阳楼⑤。
四年风露侵游子⑥，十月江湖吐乱洲⑦。
未必上流须鲁肃⑧，腐儒空白九分头⑨。

注　释

① 巴丘：今湖南岳阳，古代巴丘是兵家战略要地。
② 三分书：指《三国志》。“二十四史”之一，西晋陈寿撰。纪传体分国史，记载了魏、蜀、吴三国鼎立时期的历史。
③ 胡：金人。
④ 晚木：秋冬时节的树木。
⑤ 影：日光。岳阳楼：位于湖南岳阳西门城墙上，紧靠洞庭湖畔，始建于三国东吴时期。
⑥ 四年：指诗人自宣和七年（1125）因避胡辗转奔波，已历四载。
⑦ 吐乱洲：指秋季洞庭水落，湖中出现许多沙洲。

⑧ 上流：巴丘在三国吴主要领地的上游。鲁肃：三国时期东吴著名战略家，周瑜死后继任都督，统领军马。

⑨ 腐儒：这是诗人的自我嘲讽，说自己不过是一介迂腐的读书人。

题 解

这是一首七言律诗，是南宋诗人陈与义所作，写于宋高宗建炎二年（1128）。当时，诗人因金兵侵扰避难于巴丘（今湖南岳阳）。此诗写作之前，宋高宗不战而逃，抗金名将宗泽连呼“渡河”，忧愤而死。诗人由此想到三国时吴国著名将领周瑜病故巴丘，举荐鲁肃以自代，而今朝廷在宗泽死后却不思起用抗金将领，实在是昏庸到不可救药的地步。诗人于是把满腔忧愤融于诗中，婉曲地表达了深沉的忧国之情和拳拳的报国之志 。

这首诗用语讲究，极有色彩，融叙事、写景和抒情于一体；意旨深厚，颇为感人。

赏 析

首联“三分书里识巴丘，临老避胡初一游”，直切诗题，表露了诗人内心的酸辛：我在《三国志》里，早就认识了边防重镇巴丘；而今我年已老迈，只因避难才得以初次一游。上句言巴丘地理位置之重要，并用“三分书”（即《三国志》）的记载为依据来加以证实，着一“识”字，说明只是书面相“识”而已。下句诗人言自身，“临老避胡”是说明原因，“临老”二字，是诗人未老（诗人此时不到四十岁）而言“老”，由此可见诗人已经心力俱瘁；“避胡”二字，点明了时代背景，金人（即胡人）猖狂，中原陷落，一股辛酸不由得从心头油然而生，真的是“茫茫身世两堪悲”（陈与义《雨中对酒庭下海棠经雨不谢》）。

颔联“晚木声酣洞庭野，晴天影抱岳阳楼”，紧“承”上联，描写诗人耳闻目见之景：我听到寒风吹刮树木的飒飒声响，似乎充满了广阔的洞庭原野；又见那惨淡的日光，笼罩着这座古老的岳阳楼。上句写出秋冬时节天高风急的声势，着一“酣”字，可见是耳闻，且是满耳风声，十分浓烈。下句写眼中所见之景，视线由上而下写岳阳楼的景致，着一“抱”字，巧用拟人手法，似那“岳阳楼”独得“晴”日的偏爱。如果说上句给人一种动乱、急迫之感的话，那么下句所描绘的岳阳楼景又给人些许的安慰：毕竟白日还悬挂在头顶，说明诗人在失望之中，并没有完全泯灭希望。联系到诗人写作的背景，可见出诗人仍怀有“灭胡猛士今安有”（陈与义《雨中再赋海山楼》）的一线希望。

颈联“四年风露侵游子，十月江湖吐乱洲”，诗人把自己的遭际融于景物描写之中：四年来我风餐露宿、辗转奔波，备受煎熬，饱经侵扰；如今已到十月，洞庭水落，露出了纵横错落的沙洲。上句暗扣首联的“临老避胡”四字，叙写诗人从宋徽宗宣和七年（1125）离京师至今已有四年，“风露”二字便是对这四年风餐露宿、辗转流离生活的概括，也包含有国家动乱、胡骑侵扰以及自己有志难伸的悲苦。下句明写眼前之景，通过水落“乱洲”显现，来暗寓世道之“乱”，着一“吐”字，形象地寓指外患内忧愈加深重，国家“乱”象令人担忧，把诗人“人世多违壮士悲，干戈未定书生老”（陈与义《居夷行》）的悲戚蕴含其中。

尾联“未必上流须鲁肃，腐儒空白九分头”，借典言事，蕴含真情：唉，朝廷未必会派鲁肃这样的良将镇守上游，我这个书呆子却空自焦急得几乎全白了头。上句用鲁肃继任都督之典故，言下之意，古有鲁肃接任周瑜守防巴丘，今当应更有爱国之臣、抗金将领担当国家恢复领土之大任。诗人却又着上“未必”和“须”三字，既是对朝廷不思“九州同”（宋·陆游《示儿》）以表示极大的愤慨，又包含有自我推荐之意。这也正好暗含了题目中的“书事”二字。因为抗金名将宗泽愤然而死于七月，但传到颠沛流离的诗人耳中之时，已经到了“十月”，故而隐晦地表达“胡儿又看绕淮春，叹息犹为国有人”（陈与义《次韵尹潜感怀》）之愤慨。下句诗人以“腐儒”自称，正话反说，不到四十岁的诗人正值血气方刚的青壮年，只不过是忧心国事愁白了头而已，理应担当恢复国家之大任。“空白”二字，包含有诗人深重的忧国之思，“以天下为己任”之意显然。

这首诗意旨隐讳，手法高妙。诗人借典言事，借景融情，以“临老”“腐儒”而正话反说，把诗人忧国之情和勇担大任的恢复之志隐含于诗中，情深意切，尤为感人。

陆　游

陆游（1125—1210），字务观，号“放翁”。南宋爱国诗人、词人。他具有多方面的文学才能，尤以诗的成就最高，在生前即有“小李白”之称，不仅成为南宋一代词坛领袖，而且在中国文学史上享有崇高的地位。现存诗 9300 多首，是文学史上存诗最多的诗人。其诗多强烈抒发自己的政治抱负和炽烈的爱国热情，同情人民疾苦，同时鞭挞了投降集团，思想性很强。名篇甚多。诗风雄浑豪迈，凝重沉郁，明白晓畅，感情热烈。写景之作，清新婉丽。又工词，明人杨慎谓其“纤丽处似淮海（秦观），雄壮处似东坡”；毛晋谓其“超爽处更似稼轩”。

哀郢（二首选一）①

其一

远接商周祚最长②，北盟齐晋势争强③。
章华歌舞终萧瑟④，云梦风烟旧莽苍⑤。
草合故宫惟雁起⑥，盗穿荒冢有狐藏⑦。
《离骚》未尽灵均恨⑧，志士千秋泪满裳。

注　释

① 哀郢（yǐng）：战国时伟大诗人屈原《九章》中的篇名，陆游借以为题，以抒发爱国之情。

② 祚（zuò）：皇位，帝业。

③ 北盟：指战国时位于楚之北方的齐、晋，与楚联盟，共同抗击强秦。

④ 章华：指春秋时楚灵王所筑的章华台，遗址在今湖北。萧瑟：寂寞凄凉。

⑤ 云梦：即云梦泽。莽（mǎng）苍：形容景色迷茫。

⑥ 草合：野草滋生蔓延的样子。

⑦ 荒冢（zhǒng）：荒野的坟墓。

⑧《离骚》：屈原楚辞的代表作品。屈原自述身世、品行与理想，抒发自己遭谗被害的苦闷与矛盾，斥责楚王昏庸、群小猖獗、朝政日非的现实，表现了不与邪恶势力同流合污的斗争精神和至死不渝的爱国热情。灵均：屈原的字。

题 解

这是一首七言律诗，是宋代爱国诗人陆游的《哀郢二首》的第一首，写于宋孝宗乾道六年（1170）。当时，诗人因于乾道二年（1166）隆兴（今江西南昌）通判任上以“交结台谏，鼓唱是非，力说张浚用兵”的罪名而罢黜回乡，此年出任夔州（今重庆奉节）通判，西行入蜀途经楚国故都郢时写此组诗。这首诗不仅是诗人对屈原的凭吊，更是对南宋受辱于金国现状的悲愤与感伤，表达了诗人对屈膝苟安、腐败昏聩的南宋朝廷的满腔怨愤，也把诗人报国无门、壮志难酬的沉痛之情融于诗中。

这首诗怀古伤今，情真意切，融情于景，卒章显志，以强烈的对比，抒写了诗人炽烈的爱国情怀。

赏 析

首联“远接商周祚最长，北盟齐晋势争强”，诗人从回顾历史“起”笔：楚国远承商周两代的帝业，历史久长；在鼎盛时期曾和齐晋结盟，一致对抗强秦。上句言楚国之历史，曾是商朝的属国，后来又被周成王封为诸侯国，故而诗人说“祚最长”。下句写战国七雄争霸时，“北盟”“争强”突出了楚国曾经的强大，为下联的续写作好了铺垫。

颔联“章华歌舞终萧瑟，云梦风烟旧莽苍”，紧“承”上联，叙写楚国由盛到衰而亡的历史：当年楚国离宫章华台上的歌舞，早已经萧索寂寥了；但那云梦泽风烟迷蒙，气象依旧，还是那么阔大迷茫。上句写楚国之衰亡，“终萧瑟”三字，包含了诗人“千古兴亡多少事？悠悠”（宋·辛弃疾《南乡子》）的无尽慨叹。下句借景写情：风物依旧，却已改朝换代。这里，“章华歌舞”之短暂和“云梦风烟”之永恒形成强烈的对比，抒发了物是人非之喟叹，揭示出“千古兴亡，百年悲笑”（宋·辛弃疾《水龙吟》）的历史发展之无情。

颈联“草合故宫惟雁起，盗穿荒冢有狐藏”，诗人由回顾历史“转”而描写眼前之景：当年楚国郢都的宫殿旧址，如今是野草滋长弥漫，一片荒凉，只见那雁群时而飞起；早已被盗掘一空的荒坟野冢，如今已成了狐兔的藏身之处。这里，诗人以“故宫”“草合”“雁起”“狐藏”“盗穿荒冢”来象征楚国的衰亡，把诗人深沉的思考寓于其中：南宋朝廷忍耻求和，奸臣当道不思恢复国家，楚亡的教训应当记取！诗人此时此刻，已经心潮难平，思绪万千，“忧国孤臣泪”潸然而下，“平胡壮志心”（宋·陆游《新春》）依然坚如磐石。

尾联“《离骚》未尽灵均恨，志士千秋泪满裳”，诗人总结楚国衰亡的历史教训，表达了对不思恢复、求和苟安的南宋朝廷的满腔怨恨：屈原在《离骚》中所无法尽情宣泄的无穷的家国之恨，也正是我的千秋遗恨，想起国土沦丧、九州不同，我顿时泪满衣裳。诗人卒章显志，悲愤万分，把报国无门、壮志难酬的沉痛之情淋漓尽致地表达了出来。

这首诗意旨深刻，充满了爱国激情。诗人既把忧国之情寓于对楚国衰亡的历史回顾之中，又把报国之情融于景物描写之中，同时直抒胸臆，借爱国诗人屈原一抒诗人内心的忧愤，拳拳爱国之心感人肺腑，催人泪下。

辛 弃 疾

辛弃疾（1140—1207），字幼安（原字坦夫），号稼轩居士。南宋豪放派词人。今存词六百余首，多以国家、民族的现实为题材，抒发慷慨激昂的爱国热情，表现奋砺向前、坚持抗敌的雄心，以及壮志难酬的忧愤，对南宋上层统治集团的屈辱投降进行了嘲讽和批判；也有一些吟咏祖国河山的作品。词作气势纵横，不为格律所拘束；语言多有创新，又善于熔铸经史诗文乃至民间口语入词，使词体散文化，丰富了词的表现力；艺术风格多样，把苏轼开创的豪放词风推向了新的高峰，因而与之并称“苏辛”。为人传诵的名篇甚多。

永遇乐·京口北固亭怀古①

千古江山②，英雄无觅孙仲谋处③。舞榭歌台④，风流总被⑤，雨打风吹去。斜阳草树，寻常巷陌⑥，人道寄奴曾住⑦。想当年⑧，金戈铁马⑨，气吞万里如虎。

元嘉草草⑩，封狼居胥⑪，赢得仓皇北顾⑫。四十三年⑬，望中犹记，烽火扬州路⑭。可堪回首⑮，佛狸祠下⑯，一片神鸦社鼓⑰。凭谁问⑱：廉颇老矣⑲，尚能饭否？

注　释

① 永遇乐：词牌名。京口：古城名，三国时孙权曾在此建都，后迁于建业，于此置京口镇，故址在今江苏镇江。北固亭：又名

北固楼，在镇江北固山上，下临长江。南朝梁武帝时曾改名为北顾亭。

② 千古江山：即“江山千古”。

③ 英雄无觅孙仲谋处：“无处觅英雄孙仲谋”的倒文。孙仲谋：即孙权，字仲谋。

④ 舞榭歌台：歌舞的楼台。榭：建筑在高台上的敞房。台：楼台。

⑤ 风流：兼指英雄业绩及风流余韵。总：都。

⑥ 寻常巷陌：平常街巷。

⑦ 寄奴：南朝宋武帝刘裕（字德舆）的小名。他的先祖居彭城，后迁居京口。小时家里很穷，曾在京口替人做工，后来起兵平桓玄之乱，也是在京口。他做东晋将领后，出兵北伐，先后灭南燕、西蜀、后秦，一度收复洛阳、长安等地，官至相国，封宋王，后推翻东晋，自立为帝。

⑧ 当年：指刘裕北伐的年代。

⑨ 金戈铁马：武器精良，兵强马壮。

⑩ 元嘉：刘裕之子宋文帝刘义隆的年号（424—453），此处以年号代指文帝。草草：杂乱的样子，引申为草率。刘义隆好大喜功，仓促北伐，反而让北魏拓跋焘抓住机会，挥军东下，兵抵长江北岸。

⑪ 封：古代在山上筑坛祭天的仪式。狼居胥：山名，在今内蒙古；一说即今河套西北狼山。汉武帝时，大将霍去病大败匈奴，追至狼居胥山，封山而还。刘宋彭城太守王玄谟，尚空谈而无实才，他向文帝陈述伐北魏的意见，很能动人。文帝听后，对人说：“闻玄谟陈说，使人有封狼居胥意。”

⑫ 赢得：剩得，落得。仓皇北顾：王玄谟统兵北伐，被北魏打得落花流水，京城震恐。“仓皇北顾”形容宋军匆忙惊慌南逃，时而掉头北望，担心敌军追赶。

⑬ 四十三年：辛弃疾于宋高宗绍兴三十二年（1162）南归，路经扬州战区，至出守镇江写此诗恰好 43 年。

⑭ 烽火扬州路：指当年南归时，扬州路到处是金兵南侵的战火烽烟。路：宋时行政区划名称，扬州属淮南东路。

⑮ 可堪：岂堪，哪堪，何堪，即怎能忍受得了。

⑯ 佛狸：北魏太武帝拓跋焘的小名。王玄漠战败，拓跋焘引军追至长江北岸，驻军瓜步山（今江苏六合东南），于山上修建行宫，后代称为佛狸祠。

⑰ 神鸦：吃庙里祭品的乌鸦。社鼓：社日祭土神的鼓声。一片神鸦社鼓：指鸦声、鼓声响成一片。

⑱ 凭谁：靠谁。

⑲ 廉颇：战国时赵国名将。善用兵。晚年遭人陷害，逃居魏国。后秦攻赵，赵王想再用廉颇，怕他已衰老，派使者去探看。廉颇的仇人郭开贿赂了使者，要他回赵后说廉颇的坏话。使者回赵后，就捏造廉颇虽然年老，饭量还是很大，但一会儿工夫就拉了好几次屎。赵王听后认为廉颇已经不中用了，便不再召用廉颇。此处词人以廉颇自比。

题 解

这是一首长调慢词，是南宋豪放派词人辛弃疾所作，写于宋宁宗开禧元年（1205）。当时作者六十六岁，受命担任镇江知府，戍守江防要地京口（今江苏镇江）。此时，宰相韩侂胄高谈伐金，却不作实际准备，同时继续过着奢靡荒淫的生活。辛弃疾既渴望祖国山河统一，又为当时情势担忧，于是登上京口北固亭，怀古伤今，写下这首千古传诵的怀古杰作。

这首词表现了词人抗金救国、恢复中原、为国效劳的忠心和热切愿望，同时抒发了词人对南宋统治者屈辱求和、不重用抗金志士的愤慨和自己壮志难酬的苦闷。全词风格苍劲悲凉，启人深思。

赏 析

这首词分为上、下两片。

词的上片，怀念孙权、刘裕，表现了诗人对英雄业绩的向往。

“千古江山，英雄无觅孙仲谋处”是词人的慨叹：千百年来江山依然如故，却无处去找孙权那样的英雄了。词人立足于北固亭上，眺望祖国的壮丽河山，想到了古时曾统治过这片江山的英雄人物。这里，词人言江山犹昔，而当时之英雄如孙权，则已不见，把一种无人可御外侮之意暗含其中。

“舞榭歌台，风流总被，雨打风吹去”是词人面对古迹的伤感：当年的歌舞楼台、繁华景象，连同那无数的英雄业绩，都已在历史的风吹雨打中消逝了。“风流”二字，喻指孙权的雄才大略及其建树，“雨打风吹”，喻指历史的风雨。词人慨叹眼前之景和历史上的伟人，把对孙权的崇拜之意和对当时国家岌岌可危的局势的担忧之情融于其中。

“斜阳草树，寻常巷陌，人道寄奴曾住”这三句，词人发思古之幽情、写对现实之感慨：夕阳照着那草丛树木，偏僻荒凉的普通街巷，人们说这就是寄奴曾住过的地方。这里，词人表达了自己对刘裕的怀念和崇拜之意。无论孙权还是刘裕，他们都是从百战中开创基业的英雄，这与南宋统治者苟且偷安于江左，忍气吞声的怯懦表现，形成了强烈鲜明的对照。

“想当年，金戈铁马，气吞万里如虎”写刘裕的英雄业绩：遥想当年，刘裕的北伐大军，武器锐利，装备精良，那气壮如虹如猛虎一般。这里，词人极写刘裕北伐之声威，表现了词人对英雄的仰慕以及抗敌恢复之情的殷切：刘裕两次从京口起兵，生擒燕王和秦王，成就北伐的大业。词人登临北固亭，遥想英雄，借古讽今，借赞扬孙权、刘裕的英雄业绩，来讽刺南宋统治者屈辱求和的无耻行径，表现出词人抗金的主张和恢复中原的决心，感情炽烈，壮心不已。

词的下片，借刘义隆和廉颇的故事，表达出词人的抗金主张，抒发了诗人对南宋王朝的不满。

“元嘉草草，封狼居胥，赢得仓皇北顾”三句，词人借用历史事实，警告南宋统治者吸取历史教训，不可轻举妄动：南朝宋文帝，元嘉年间匆匆北伐，想要建立像汉朝霍去病封狼胥山那样的功业，结果只落得回首北望，仓皇逃跑。“仓皇北顾”，描写出宋文帝大败、溃败的窘态，将词人吸取教训、不可草率行事的忠告寓含其中。

“四十三年，望中犹记，烽火扬州路”由今忆昔，再现当年的情景：四十三年过去了，我遥望北方，还记得当年扬州一带的遍地烽火。词人回忆以前的山河破碎、狼烟遍地的情景，表达了自己收复中原的心志坚定不移。

“可堪回首，佛狸祠下，一片神鸦社鼓”描写眼前场景：往事不堪回首，而今的佛狸庙，青烟缭绕，一片乌鸦的叫声和祭神的鼓乐。这里，词人用“佛狸祠”前的和平景象，来反衬自己心急如焚的收复心情，悲慨深重。

“凭谁问：廉颇老矣，尚能饭否”三句，词人以廉颇自比，表露自己的心迹：靠谁来问我，你已经像廉颇那样老了，是否饭量不减，还能肩负抗击金人、收复中原的重任？这里，总括全词，点明主旨，充分表现了词人的爱国热忱，表达了北伐抗敌的迫切愿望和报国无门的悲愤。

这首词借古讽今，用典恰切，借历史来反映现实。对孙刘之赞扬，就是对南宋统治者之指责；对刘义隆之讽刺，就是对韩侂胄之警告；以廉颇之自比，则是词人内心之独白。全词壮怀激烈，充分体现了词人高尚的爱国情操。

南乡子·登京口北固亭有怀①

何处望神州②？满眼风光北固楼③。千古兴亡多少事④？悠悠⑤。不尽长江滚滚流。

年少万兜鍪⑥，坐断东南战未休⑦。天下英雄谁敌手⑧？曹刘⑨。生子当如孙仲谋⑩。

注　释

① 南乡子：词牌名。京口：今江苏镇江。北固亭：在今镇江北固山上，下临长江，三面环水。

② 望：远望。神州：原指全中国。这里指被金人占领的江北中原沦陷地区。

③ 北固楼：即北固亭。

④ 兴亡：指国家兴衰、朝代更替。

⑤ 悠悠：漫长、久远的样子。

⑥ 年少万兜鍪（dōumóu）：指二十来岁就能统率上万兵马的孙权。兜鍪：战士的头盔，这里代指士兵。

⑦ 坐断：坐镇，割据。

⑧ “天下”句：语出《三国志·蜀书·先主传》：曹操曾对刘备说：“今天下英雄，惟使君（刘备）与操耳。”敌手：能力相当的对手。

⑨ 曹刘：指曹操和刘备。

⑩ “生子”句：语出《三国志·吴书·吴主传》注引《吴历》：曹操与孙权对垒，见吴军军容整肃，孙权仪表堂堂，乃喟然叹曰：“生子当如孙仲谋，刘景升（刘表）儿子若豚犬耳！”

题 解

这是一首双调小令，是南宋著名的豪放派代表词人辛弃疾所作，写于宋宁宗嘉泰四年（1204）或开禧元年（1205），当时辛弃疾在镇江知府任上。镇江曾是英雄建功立业之地，此时却成了与金人对垒的第二道防线。词人登临北固亭，联想到南宋朝廷妥协退让、屈辱求和的现实，怀古抒情，表达了自己满腔的爱国豪情和对南宋朝廷的极度不满。

这首词以设问开篇，以回答收束，触景生情，因事怀古，表达了强烈的爱国之情。

赏 析

这首词可分上、下两片。

词的上片，写词人触景生情。

“何处望神州？满眼风光北固楼”开篇二句以设问起笔，问中含情：从什么地方能望见故土中原呢？在北固亭上，满眼都是美好的风光。词人站在长江之滨的北固楼上，翘首远望沦陷的中原地区，感慨万千：大好河山落于敌手，能不悲愤？！“风光”二字，饱含了词人的激愤：山河变色，非我所有。不思收复，我能不愤慨填膺？！一问一答，感慨系之。

“千古兴亡多少事？悠悠。不尽长江滚滚流”三句紧承上面的问句，抒发词人的感慨：千百年来的盛衰兴亡，历经了多少事？这种风云变幻，真的是说不清、道不完的，就如那滚滚的长江之水奔流不还。这里，把词人对山河变迁、国家兴亡的慨叹深刻地表现出来。“千古兴亡多少事？”词人纵观古今、意味深长的问句，含有极深的情感。“悠悠”二字，饱含了时间的漫长久远和词人思绪的邈远无穷，“不尽长江滚滚流”与“悠悠”是词人对问句的回答，词人满腹的愁思、感慨就如江水一样长流不息。

词的下片，着重写因事怀古。

“年少万兜鍪，坐断东南战未休”过片二句，是对孙权的回忆和赞颂：遥想当年，那孙权是多么的威严英武，青春年少就统率着强大的军队，占据江南百战犹酣。词人仰慕孙权，更钦佩他年少英雄、战斗不息的气魄和精神。据史载，孙权十九岁就继承父兄之业统治江东，西征黄祖，北征曹操，独据一方，赤壁之战大破曹军，不过二十七岁。词人对孙权的气魄、胆识和盖世武功是十分敬仰的，他曾在另一首词中这样写道："千古江山，英雄无觅孙仲谋处。"（《永遇乐·京口北固亭怀古》）在这里，词人列举孙权的英雄业绩，热情歌颂他敢于同雄才大略、兵多将广的强敌曹操抗衡并战而胜之的英雄事迹，正是为了反衬南宋朝廷文武之辈的软弱无能和怯懦苟安。

"天下英雄谁敌手？曹刘。生子当如孙仲谋"三句，词人自问自答，表明心志：天下的英雄谁配作孙权的对手？唯有曹操和刘备才可以同他鼎足三国。难怪有人说，生下的儿子就应当如孙权一般。在这里，词人借古喻今，极力赞颂孙权的年少有为和盖世功绩，同时慨叹当今的南宋朝廷就少有甚至没有像孙权这样大智大勇、扭转乾坤之人！词人怀念历史人物孙权，正是要南宋统治者效法孙权，诉诸武力，兴兵北伐，收复失地，而不要学那猪狗一样的刘琮（曹操曾说过，生儿子应当像孙权这样，刘表的儿子像猪狗一样）。这正是辛弃疾写这首词的苦心所在。

这首词最突出的特点是：言少意丰，构思巧妙。全词三问三答，层层深入；即景抒情，借古讽今，将一腔爱国热情倾注词中，渴望像古代英雄那样金戈铁马、收复河山，同时，也把自己报国无门和对南宋朝廷的苟且偷安、卖国求和行径的愤懑之情融入词中，确为千古绝唱。

陈　亮

陈亮（1143—1194），字同甫（一作同父），原名汝能，后改名陈亮，号“龙川”，人称龙川先生。南宋思想家、文学家。文学上注重内容，强调自然，不务辞藻，反对“不求高于理与意，而务求于文采词句之间”的形式主义风气。词与辛弃疾同调，多表达激越爱国之情，风格豪放壮烈，也有少数婉约绮丽之作。《念奴娇·登多景楼》《贺新郎·寄辛幼安和见怀韵》等颇为有名。《水调歌头·送章德茂大卿使虏》表现强烈的民族自豪感和抗金的必胜信念，精警奇肆，思想性尤强。论政诸作，笔力纵横驰骋，气势慷慨激昂。曾四次上书孝宗，陈述抗金主张。得罪权贵，三次被诬入狱。光宗绍熙四年策进士，擢为第一，授签书建康军判官公事，未到任而卒。

念奴娇·登多景楼①

危楼还望②，叹此意、今古几人曾会？鬼设神施③，浑认作④、天限南疆北界。一水横陈，连岗三面，做出争雄势。六朝何事，只成门户私计⑤。

因笑王谢诸人⑥，登高怀远，也学英雄涕！凭却长江管不到，河洛腥膻无际⑦。正好长驱，不须反顾，寻取中流誓⑧。小儿破贼⑨，势成宁问强对⑩。

注 释

① 多景楼：在江苏镇江北固山甘露寺内。北临长江，为登临胜地。
② 危楼：高楼。还望：环顾。还：通“环”。
③ 鬼设神施：形容江山构造神巧，非人工所为。
④ 浑认作：竟然当作。
⑤ 私计：私利。
⑥ 王谢诸人：典出《晋书·王导传》：“过江人士，每至暇日，相要出新亭饮宴。周颢中坐而叹曰：‘风景不殊，举目有江河之异。’皆相视流涕。惟导愀然变色曰：‘当共戮力王室，克复神州，何至作楚囚相对泣邪！’众收泪而谢之。”
⑦ 河洛：黄河、洛河。代指中原地区。腥膻（xīngshān）：指北方民族带到中原来的牛羊腥臊之气。
⑧ 中流誓：事见《晋书·祖逖传》：“逖以社稷倾覆，常怀振复之志。……时帝方拓定江南，未遑北伐，逖进说……帝乃以逖为奋威将军、豫州刺史，给千人廪，布三千匹，不给铠仗，使自招募。仍将本流徙部曲百余家渡江，中流击楫而誓曰：‘祖逖不能清中原而复济者，有如大江！’辞色壮烈，众皆慨叹。”
⑨ 小儿破贼：即东晋谢安率领子侄在淝水之战中以少胜多、大败前秦之事。
⑩ 强对：强敌。

题 解

这是一首长调慢词，是南宋词人陈亮词作中的名篇，写于宋孝宗淳熙十五年（1188）。词人分析京口的地形，嘲笑六朝统治集团荒淫无能，提出了进兵中原的积极主张，表现了词人恢复中原的雄心壮志。

这首词风格豪放壮烈，充满了炽热的爱国激情；议论精辟，笔力劲拔，纵论时弊，痛快淋漓；大气磅礴，具有英雄气概。读之，振奋人心。

赏 析

这首词可分为上、下两片。

词的上片，着重于见景而生情。

“危楼还望，叹此意、今古几人曾会”开篇三句词人望景而发喟叹：登高楼而极目四望，不禁百感交集，可叹自己的这番心意，古往今来，又有几人能够理解呢？“此意”虽未明说，但有总领全词的作用。“今古”二字，暗示了词人的写作目的——借古论今。“几人曾会”四字，写出词人内心的焦虑和担忧。

“鬼设神施，浑认作、天限南疆北界”三句，词人分析地势，陈述观点：镇江一带的山川形势极其险要，简直可说是鬼斧神工，非人力之所能达到。然而就是如此险要的江山，却不能作为进取的依靠，竟当作天设的南疆北界。词人用“鬼设神施”四字，写出了江山形势的奇险，是对“天限南疆北界”这种苟安论调的否定。当时的南宋朝廷苟安一隅，将长江作为拒守金人南犯的天险。“浑认作”三字，情感强烈，措辞有力，直接驳斥了居险苟安的主张，义正辞严。

“一水横陈，连岗三面，做出争雄势”词人直陈自己的主张：镇江的北面横贯着波涛汹涌的长江，东、西、南三面皆连接着起伏的山冈。这样的地理形势，足以与北方的强敌争雄。“做出争雄势”，词人巧用拟人手法，直接表达了词人的雄心和勇气，这也正是南宋统治者所缺乏的。

“六朝何事，只成门户私计”二句是借古讽今：六朝的旧事，原来只不过是为少数私家大族的狭隘利益打算！词人借六朝旧事，直接揭露和批判南宋统治者划江自守的苟安政策，词语犀利，入木三分。

词的下片，着重于议论、抒情。

“因笑王谢诸人，登高怀远，也学英雄涕”过片三句是借古讽今：于是我嘲笑王谢等人，他们空洒英雄之泪，徒有高远之志，却无实际行动。“因笑”二字，讽刺、批判之意显然，“也学英雄涕”更是辛辣、尖锐的讽刺。

“凭却长江管不到，河洛腥膻无际”二句，词人直接批判统治者：今之南宋朝廷据此长江天险，却不管不顾中原被异族所占、人民处于水深火热之中。“管不到”三字，口诛笔伐，用血淋淋的现实批判了南宋朝廷。

“正好长驱，不须反顾，寻取中流誓”三句是用英雄的故事来激励斗志：我们正好凭借有利的形势，长驱北伐，无须前怕狼、后怕虎，应该像当年的祖逖那样，中流击楫，一举收复中原。“寻取中流誓”一句，充满了豪情壮志。

“小儿破贼，势成宁问强对”二句，词人对前途充满了必胜的信心：我们拥有精兵强将，完全可以像当年的谢安一样克敌制胜，收复国土，又何须顾虑对方的强大呢？这里，词人借用典故诉说豪言壮语，一腔爱国热情感人肺腑，名流千古。

这首词最著名的特点就是议论入词。词人分析形势，纵论时弊，引经据典，鼓舞士气，淋漓酣畅。

吕　定

吕定（生卒年不详），字仲宜。新昌（今属浙江）人。南宋诗人。博学工诗。孝宗朝以功迁从义郎，累宫殿前指挥使、龙虎上将军。《两宋名贤小集》卷三六五存其诗《说剑集》一卷。

戏　马　台①

据鞍指挥八千兵②，昔日中原几战争③。
追鹿已无秦社稷④，逝骓方叹楚歌声⑤。
英雄事往人何在？寂寞台空草自生。
回首云山青矗矗⑥，黄流依旧绕彭城⑦。

注　释

① 戏马台：楚霸王项羽依山筑台，以观戏马，故名。是古彭城重要的遗迹，在今江苏徐州城南。

② 据鞍：跨着马鞍。这里指行军作战。

③ 中原：指淮河以北沦陷于金人手中的地区。

④ 追鹿：典出《史记·淮阴侯列传》："秦失其鹿，天下共逐之。"比喻群雄并起，争夺天下。社稷（shèjì）：土神和谷神，古代君主都祭社稷，后来用"社稷"代指国家。

⑤ 逝骓：典出《史记·项羽本纪》："项王军壁垓下，兵少食尽，汉军及诸侯兵围之数重。夜闻汉军四面皆楚歌，项王乃大惊曰：'汉皆已得楚乎？是何楚人之多也！'项王则夜起，饮帐中。有美人名虞，常幸从；骏马名骓，常骑之。于是项王乃悲歌慷慨，自为诗曰：'力拔山兮气盖世，时不利兮骓不逝。骓不逝兮可奈何，虞兮虞兮奈若何！'歌数阕，美人和之。项王泣数行下，左右皆泣，莫能仰视。"

⑥ 矗矗（chùchù）：高峻的样子。

⑦ 黄流：黄河的流水。

题 解

这是一首七言律诗，是南宋诗人吕定所作。这首诗是凭吊西楚霸王项羽的。诗人由戏马台古迹发端，勾勒出项羽的主要生平事迹，并发表自己的评价，颠覆了传统文人“成王败寇”的偏见，表现出诗人的独立思考及真知灼见，令人耳目一新。

这首诗语言通俗畅达，对仗工稳，音韵和谐，尤其主旨深刻，文情兼胜，是宋代咏史怀古诗中的杰作。

赏 析

首联“据鞍指挥八千兵，昔日中原几战争”，诗人直入正题，扣住“戏马台”（为项羽所建）三字，塑造出西楚霸王项羽的英雄形象：横刀勒马指挥着八千江东子弟兵，昔日曾在那中原一带经历了多少次留下威名的战争。诗人乍一起笔，运用“据鞍”二字，就把一位横刀立马、“指挥八千”江东子弟兵的叱咤风云的英雄人物项羽的形象树立在读者眼前。“中原几战争”，更是对项羽一生的辉煌战绩的概括。项羽率八千子弟起兵反秦，挺进中原之时，人马已达数万。诗人登上霸王所建的“戏马台”，首先想到的是他率数万大军逐鹿中原的战争场景，写出了他不同凡响的英雄气概。

颔联“追鹿已无秦社稷，逝骓方叹楚歌声”，紧“承”上联，追述项羽一生的成败：他率军逐鹿中原，亲手推翻了暴秦的统治；最终还是悲歌“时不利不兮骓不逝”，感叹那“四面楚歌”之声。上句写项羽的功绩——推翻了秦朝的暴虐统治，“追鹿”二字，运用典故，把“秦失其鹿，天下共逐之”的场景生动地展现出来，突出了项羽“力拔山兮气盖世”、一举推翻暴秦统治的丰功伟绩。“已无秦社稷”正是对他历史功绩的肯定和总结。下句感慨项羽的失败——“四面楚歌”、别姬、“逝骓”，生动再现了“霸王别姬”的悲壮场景，对霸王的失败洒下一掬同情之泪。“方叹”二字，意味深长，蕴含了诗人的惋惜之意。这一联，诗人运用生动的历史画面，以鲜明、强烈的对比，表达了对楚汉英雄项羽的盛赞和崇敬之情，并对他的败亡表达了深深的同情和惋惜之意。

颈联“英雄事往人何在？寂寞台空草自生”，“转”而表达诗人的慨叹：英雄的往事如那过眼烟云，英雄如今又在哪里呢？只见那戏马台前寂寞冷落，唯有一堆堆丛生的青草。上句是诗人对项羽的追念和叹息。“英雄”二字，是诗人对项羽的尊崇：尽管惊天动地的业绩已成为过去，叱咤风云的英雄早已化为尘土，已经远离了我们，但他的丰功伟绩却永远不可磨灭，常留人间！斯人长逝，功绩长在。下句是借景而融情，表达了诗人对英雄项羽深深的怀念。诗人运用“草自生”三字，把深沉的慨叹融入其中：人之一世，草木一秋。这里把诗人呼唤今之英雄、恢复中原的意旨融入其中。“人何在”三字，把这一意旨表达得更为迫切。

尾联“回首云山青矗矗，黄流依旧绕彭城”，诗人以自然之景收束全诗：回首那云龙山，郁郁葱葱、高高矗立；只见那黄河流水依然悠悠，依然环绕着古老的彭城。这里，诗人运用“云山”“矗矗”“黄流依旧”之景，把“兴废由人事，山川空地形”（唐·刘禹锡《金陵怀古》）的感慨寄寓其中，蕴意深长，令人深思。

这首诗构思精妙，立意新颖而深厚。诗人打破了前人“成王败寇”之偏见，一反前人对项羽的指责和否定，充分肯定和赞颂了项羽推翻暴秦的伟大功绩，且从他生前和死后两个层面来写，运用古今对照的写作手法，蕴意极深，寓褒扬于其中，的确是自出机杼、独具只眼之作。

姜 夔

姜夔（kuí）（1154—1221），字尧章。因所居邻近苕溪白石洞天，故自号“白石道人”。南宋文学家。擅长诗词，尤以词名。其诗初学黄庭坚，后学晚唐，并曾以唐代诗人陆龟蒙自比，虽在字句间精心刻意，却无纤巧之痕，诗风清妙秀远，时有名句佳作。所著《诗说》，论及诗的作法、体制、意境等，颇多独到见解。因精通音律，能自度曲，词的艺术成就更高。其词多为咏物、记游之作，格律谨严，音调谐婉，能用健笔抒写柔情，风格清幽冷峭，但格高意浅，内容贫乏。他是南宋格律词派的代表人物。也有少数作品表现身世飘零之感和追怀丧乱之情。自度曲《扬州慢》（淮左名都）为其名作。姜夔对诗词、散文、书法、音乐，无不精善，是继苏轼之后又一难得的艺术全才。

姑苏怀古①

夜暗归云绕柁牙②，江涵星影鹭眠沙③。
行人怅望苏台柳④，曾与吴王扫落花⑤。

注 释

① 姑苏：苏州的别称。因苏州西南有姑苏山。
② 柁（duò）牙：即船柁。柁：同“舵”。
③ “江涵”句：化用杜牧诗句：“江涵秋影雁初飞”（《九日齐山登高》）。
④ 苏台：即姑苏台，也就是吴宫。故址在今苏州西南的灵岩山。怅（chàng）望：惆怅地看或怅然怀想。
⑤ 吴王：指春秋时吴国的君主。也可特指吴王夫差。

题 解

这是一首七言绝句，是南宋诗人姜夔所作。这首诗以春秋末期吴国极盛而衰的历史事件为写作对象，通过描绘风景和营造意境，把国家兴亡盛衰的感慨寄寓其中，表达了诗人对苟安半壁、自以为高枕无忧、极尽声色之娱的南宋朝廷的无比愤慨以及忧国忧民之情。

这首诗语言清新，手法多样。寥寥二十八字，远近相形，动静结合，在诗情画意里，通过清冷、幽婉的艺术境界，借古讽今，给偏安一隅的南宋小朝廷以冷嘲热讽。这首诗曾被自成一家、创立“诚斋体”的杨万里“喜而诵之”（宋·罗大经《鹤林玉露》）。

赏 析

首句“夜暗归云绕柁牙”，诗人不拘陈规俗套，直写眼前之动景：在朦朦胧胧的夜色中，一片片云儿，急遽地掠过了船旁。“夜暗”二字，既点明了时间（夜幕降临，天色已晚），又状写了景色（朦胧、灰暗）。“归云”二字，把诗人眼前之云急遽离去之动景写活了，着一“绕”字，可见出云之低及飞动之势，确有一种“云去苍梧野，水还江汉流”（南朝齐·谢朓《新亭渚别范零陵云》）的意味。

次句“江涵星影鹭眠沙”，紧承上句，描写眼前之静景：清澈的江水，静静地流淌；天上的星辰，在水波中荡漾，闪耀着光芒；沙滩上的白鹭，早已睡熟了，没有一点儿声响。“江涵星影”四字，巧妙地化用杜牧的诗意，却不露一丝痕迹，将天上之景通过所见江水酣畅淋漓地描写出来，不仅有了动感，更加增添色彩和静谧。“鹭眠沙”三字，将白鹭恬然、舒适之态描写出来，给读者一种柔美而恬静的生活气息。这样，诗人就给我们描绘了一个清幽、静美的境界，为下面的怀古伤今作了很好的铺垫。

第三句“行人怅望苏台柳”，诗人转而扣题写柳：我默默地望着姑苏台，惆怅地看着那历经时代风霜的迷蒙的柳树。这里，诗人用“怅望苏台”四字，点明“姑苏怀古”之意，把惆怅而看、怅然怀想之意蕴含其中。同时，巧妙化用李白“姑苏台上乌栖时，吴王宫里醉西施”（《乌栖曲》）和“只今惟有西江月，曾照吴王宫里人”《苏台览古》）的诗意，借古讽今之意卒显：当年吴王夫差所建的供他淫乐、快活的奢侈、豪华的宫殿姑苏台仍然赫然在目，吴王夫差逸豫亡国、身死国灭的教训记忆犹新；而身处南宋末世的诗人，也像李白一样，想到国势衰微，南宋统治者却偏安一隅，不思恢复中原，仍然沉醉于“西湖歌舞”（宋·林升《题临安邸》）之中，极尽淫乐之能事，这是多么令人悲愤的事情啊！

末句“曾与吴王扫落花”，紧承上句，进一步表达了诗人的愤懑之情：就是那姑苏台上的柳树，曾用它低垂的细条，为吴王扫拂过满地飘坠的花瓣。“曾与”二字，意味深长：柳树依依，景色仍在，吴王亡国的惨痛教训犹在眼前，而南宋统治者却不思作为，仍然过着花天酒地的生活。“前车之鉴，请自三思”（清·陈忱《水浒后传》）！

这首诗最显著的特点是：运用反衬手法表现诗旨。诗人为了表达借古讽今、提醒南宋统治者莫要重蹈吴国灭亡覆辙之主旨，先用一、二句描写出一个晚云悠闲、白鹭酣眠、星斗灿烂的夜景，反衬了后两句的怀古之忧愤，使得诗旨愈加突出而鲜明。

叶　绍　翁

叶绍翁（生卒年不详），字嗣宗，号“靖逸”。南宋诗人。处州龙泉（今属浙江）人。其学出于叶适，与真德秀交往甚密。属江湖诗派。有《四朝闻见录》《靖逸小集》留传后世。

登谢屐亭赠谢行之①

君家灵运有山癖，平生费却几两屐②。
从人唤渠作山贼③，内史风流定谁识④。
西窗小憩足力疲⑤，梦赋池塘春草诗。
只今屐朽诗不朽，五字句法谁人追⑥。
天台览遍兴未已⑦，天竺山前听流水。
秦人称帝鲁连耻⑧，宁向苍苔留屐齿。
乙庵是渠几世孙⑨，登山认得屐齿痕。
摩挲苔石坐良久⑩，便欲老此岩之根。
吾侬劝渠且归去⑪，请君更学遥遥祖⑫。
遥遥之祖定阿谁，曾出东山作霖雨⑬。
乙庵未省却问侬，莫是当年折屐翁⑭。

注　释

① 谢屐（jī）亭：在今浙江天竺山，是为纪念南朝宋诗人谢灵运而建。

② 屐（jī）：指“谢公屐”。

③ “从人”句：事见《宋书·谢灵运传》：“（谢灵运）尝自始宁南山伐木开径，直至临海，从者数百人。临海太守王琇惊骇，谓为山贼，

徐知是灵运乃安。”渠：他。

④ 内史：指谢灵运，其曾为临川内史。

⑤ 西窗小憩：事见钟嵘《诗品》引《谢氏家录》：“康乐（谢灵运袭爵康乐公）每对惠连（谢惠连，灵运之从弟），辄得佳语。后在永嘉西堂，竟日思诗不就，寤寐间忽见惠连，即成池塘生春草。常曰：此语有神助，非吾语也。”

⑥ 五字句法：指谢灵运是我国第一个大量写作五言山水诗的诗人，常于精巧、富丽之中，艺术地再现自然之美。金文学家元好问对其评价很高：“池塘春草谢家春，万古千秋五字新。”

⑦ 天台：天台山，位于浙江东部。诗人以天台、天竺概括永嘉、会稽两郡的佳山胜水。

⑧ “秦人”句：谢灵运《临川被收》诗有“韩亡子房奋，秦帝鲁连耻”句，即指《战国策·赵策》记载的齐人鲁仲连（即鲁连）为了正义，劝说平原君不尊秦王为帝的故事。谢灵运以此明志，表白自己与刘宋王室的对抗，是为了忠于晋室。

⑨ 乙庵：诗人友人谢行之的别号。

⑩ 摩挲（mósuō）：抚摩。

⑪ 侬：我。

⑫ 遥遥祖：指东晋谢安。

⑬ 霖（lín）雨：犹“甘霖”。及时雨。《国语·楚语上》：“若天旱，用女作甘霖。”（女：通“汝”，你。）

⑭ 折屐翁：即谢安。《晋书·谢安传》：“玄等既破坚，有驿书至，安方对客围棋，……既罢，还内，过户限，心喜甚，不觉屐齿之折。”

题 解

这是一首七言古诗，是南宋诗人叶绍翁所作，是赠给他的好友谢行之的。这首诗通过对谢灵运事迹的描写，表达了诗人对“仕”与“隐”两种价值观念的看法，传达出诗人身在江湖、心怀朝廷和既流连山水又不甘寂寞的矛盾心理。

这首诗语言明快，叙事清晰。以“登谢屐亭”为触发点，通过追忆谢灵运的生平事迹，引出对“仕”与“隐”的看法，且将典故融于诗中，承转自如，收合有度，不仅把诗旨表达得颇为充分，而且把诗人的追求、理想寓于诗中。

赏 析

这首诗共二十二句，可分为前、后两个部分。

前一部分（前十二句）：叙写谢灵运怀才不遇、游于山水、不愿混同于世的坎坷遭际。

“君家”四句，直截了当地写谢灵运的爱好和秉性：您的本家谢灵运，平生最喜好的是脚穿“谢公屐”去登高。不知为了游山踏破了多少双木屐！随从称他为“山贼”，作为临川内史的他，那种风流有哪个人能够识透。“山癖”二字，一语破的，抓住了谢灵运的性格特点。“费却几两屐”，用“谢公屐”的典故，直写其爱好，且说明他之所以能够发明“谢公屐”，也是他长期登山实践的结果，表现了他非同一般的睿智和爱好。“山贼”二字，再用典故，用来表现他狂放不羁的性格。“内史”一句，巧妙点示他曾经为官的经历。“定谁识”三字，既慨叹无人赏识其才德的悲惨遭遇，为之洒一掬同情之泪，又把诗人自己有志难伸的愤愤不平融于其中。明是叹谢灵运的怀才不遇，实则是哀叹诗人自身的有志难伸。

“西窗”四句，极写谢灵运诗才之佳：他那天游山归来，身体疲惫，在西堂小睡刚刚入梦，忽然间就梦见了他的堂弟谢惠连，吟出了千古名句“池塘生春草”。如今他的木屐早已朽烂，可那“五字句法”却无人可及！“梦赋”二字，诗人巧用典故，渲染了谢灵运诗才之高，衬托其“屐朽诗不朽”的现实，突出了他在诗歌创作上无人企及、千古不朽的成就。正如金代文学家元好问所评论的那样：“池塘春草谢家春，万古千秋五字新。”（《论诗三十首》）这是称赞谢诗的“池塘生春草”五字，虽历经万古千秋，仍使人读后感到清新。

“天台”四句，叙写谢灵运的不幸遭遇：他把天台览遍诗兴不减，又在那天竺山前聆听滔滔的流水。古时秦王称帝鲁仲连以之为耻，谢灵运也是如此，他不愿拥戴刘宋王朝，宁肯恣情山水，把足迹留在深山苍苔之上。这里，诗人用“鲁连义不帝秦”的典故，追溯了谢灵运的生平：入宋为官，在帝室与世族斗争中失势，对未参与机要深为不满，于是不问政事，纵情山水之间。后来被朝廷以谋反罪流放广州，并惨遭杀害。同时，诗人把自己对南宋统治者的不满也蕴含诗中。

后一部分（后十句）：通过诗人与友人谢行之的对话，表达了诗人对出仕与隐逸的看法。

“乙庵”四句是诗人给友人谢行之的寄语：乙庵啊，你是谢灵运的几代子孙？登山时你竟然认识他的木屐痕迹。你抚摸着苔石长久地独坐在那里，竟想终老于山中岩石之根。这里，诗人展开丰富的想象，以虚实结合的写作手法，给友人以抚慰，并把自己不满现实、向往隐逸山林的情怀暗含其中，有一种“肠断故乡归未得，借人篱落种黄花”（叶绍翁《九日呈真直院》）的意味。

“吾侬”六句，诗人借劝勉友人，表达了他的心志：我劝你暂且归去吧，把你那遥远的祖先效仿。您的远祖他是谁？就是那位东山再起、大济苍生的谢安啊！乙庵啊，没想到你还不明白我的心意，却还要问我：“莫不是当年登山木屐折断的耆老？”这里，诗人借谢安的典故劝勉友人待时而起、用世显志。“霖雨”二字，蕴意颇深：他让友人既不能如谢灵运那样任性狂放、落得悲惨的结局，也不能长久陶醉山林、隐逸而终，应该如“甘霖”一样有“济苍生”之志！诗人明是劝勉友人，实则也鞭策自己。

这首诗巧设“诗眼”，构思精妙。全诗以“屐”为诗眼，贯穿全篇，颇具匠心。诗人把“屐”字置于篇首、篇中和篇尾，先后五次出现，以“屐”字的历史意义和现实意义结构全诗，把诗旨皆由“屐”字生发开来，有一线穿珠之妙。

文天祥

文天祥（1236—1283），字履善，一字宋瑞，自号“文山”。南宋杰出的抗元英雄和爱国诗人、词人。诗、文、词均有成就，以诗为最。早年诗作受江湖派诗人影响，奉使被拘后所作，风格大变，能直抒胸臆，深刻反映南宋灭亡前动乱的社会面貌，表现了诗人崇高的民族气节和昂扬的斗争意志，沉郁悲壮。曾自辑后期诗作，以《扬子江》诗中“臣心一片磁针石，不指南方誓不休”之句命意，题名《指南录》。《正气歌》《金陵驿》诸诗和《指南录后序》等，均为杰作。《过零丁洋》诗中“人生自古谁无死，留取丹心照汗青”一联，更是千古名句。因抗元兵败被俘，宁死不屈，英勇就义。

沁园春·题潮阳张许二公庙①

为子死孝，为臣死忠，死又何妨。自光岳气分②，士无全节；君臣义缺③，谁负刚肠④。骂贼睢阳⑤，爱君许远⑥，留得声名万古香。后来者⑦，无二公之操⑧，百炼之钢⑨。

人生翕欻云亡⑩。好烈烈轰轰做一场⑪。使当时卖国，甘心降虏，受人唾骂，安得留芳。古庙幽沉⑫，仪容俨雅⑬，枯木寒鸦几夕阳。邮亭下⑭，有奸雄过此，仔细思量。

注 释

① 沁园春：词牌名。又名“寿星明”“洞庭春色”等。因东汉窦宪仗势夺取沁水公主园林而得名。潮阳：在今广东汕头。张许二公：指唐代爱国将领张巡、许远。

② 光岳气分：这里指国土分裂、时衰世乱。光：指日、月、星。岳：指五岳，我国五大名山，指东岳泰山、西岳华山、南岳衡山、北岳恒山和中岳嵩山。气：指天地之正气。

③ 君臣义缺：指君臣之间欠缺的是大义。

④ 负：具有。刚肠：刚直的气质，刚正的品质，坚贞的节操。

⑤ 骂贼睢阳：指睢阳城破，张巡被捕后痛骂贼将：“我为君父死，尔附贼，乃犬彘（zhì：猪）也，安得久！”

⑥ 爱君许远：指许远乃宽厚长者、忠君爱国之士。

⑦ 后来者：指张巡、许远之后的士大夫。

⑧ 操：指忠君爱国、从容就义之节操。

⑨ 百炼之钢：经过反复锤炼成为坚韧的钢。比喻久经艰难困苦和生活挫折的磨炼，使人变得非常坚强。

⑩ 翕欻（xīxū）：瞬间，倏忽。云亡：即死去。“云”无实义。

⑪ 做一场：指干一番事业。

⑫ 古庙：即潮阳张许二公庙。此庙建于北宋熙宁年间，文天祥写此词时，已历经200余年。

⑬ 仪容：指张巡、许远的塑像。俨雅：庄重而典雅。

⑭ 邮亭：驿馆，递送文书者投止之处。

题 解

这是一首长调慢词，是南宋爱国词人文天祥所作，写于宋端宗景炎三年（1278）十一月。此时，词人以少保右丞相、信国公兼枢密使驻兵潮阳（今属广东）。这首词就是词人在广东潮阳凭吊张巡、许远“双忠庙”时有感而作。唐代“双忠”张巡、许远在“安史之乱”中孤军扼守睢阳城（今河南商丘南），坚守数月之久，最终粮尽援绝，以身殉国。后人为纪念他们，在江淮以南地区建有许多“双忠庙”。这首词热情地歌颂了张、许二公忠君爱国的节操，并把词人愿仿效前贤、为国捐躯的抱负和决心寓于其中。

这首词慷慨激昂，融议论、写景和抒情为一体，洋溢着强烈的爱国主义精神，“风骨甚高，亦有境界”（王国维《人间词话》），是一首流传千古的不朽杰作。

赏 析

这首词可分为上、下两片。

词的上片，着重于直抒胸臆，表达词人炽热的爱国之心。

“为子死孝，为臣死忠，死又何妨”三句，词人就直言论死，凛然明志：做人子的能死节于孝，做臣子的能死节于忠，这样的死又有何妨！这三句，充溢着浩然正气，表达了词人一种高尚的生死观、价值观。词人以“为子死孝”而推出重点句“为臣死忠”，表达了对南宋朝廷的无限忠诚。“死又何妨”四字，大义凛然，视死如归，充分体现了词人“人生自古谁无死，留取丹心照汗青”（文天祥《过零丁洋》）之爱国心志。

“自光岳气分，士无全节；君臣义缺，谁负刚肠”四句，是词人对历史的追叙：自安史之乱起，正气崩解，不见尽忠报国之士，反多无耻降敌之徒；士风不振，君臣之间缺乏大义，刚直、刚正、坚贞之正气又何在？词人纵观历史，叹惋不已，表达了对无正气者的不齿。这四句是从反面着笔来写的。

“骂贼睢阳，爱君许远，留取声名万古香”三句，又从正面着笔，高度赞颂了张巡、许远二人的崇高气节：在睢阳城中，张巡骂祸国殃民之贼寇直到双眼出血，许远温文尔雅、忠君爱国却能守死节，他们以身殉国留下了万古芳名。词人用如椽之笔，尽情讴歌张、许二位为国而死的义士，赞颂他们令人敬仰的爱国气节。

“后来者，无二公之操，百炼之钢”三句，是词人的慨叹：后来的人，已经没有张、许二位英雄那样的操守，那种百炼之钢的精诚。词人用笔自如，从唐代一笔带至南宋，矛头直接指向蝇营狗苟、叛国投敌之徒。

词的下片，着重于论理，以表为国捐躯之志。

“人生翕欻云亡。好烈烈轰轰做一场”二句，紧承上片，表达了词人的人生追求：人生短促，转眼间生离死别，更应该轰轰烈烈干一番为国为民的事业。

这里，词人情真意切，语短情长，袒露心迹，深表赤诚之心，有一种“壮心欲填海，苦胆为忧天”（文天祥《赴阙》）的宏伟抱负和坚定决心。

“使当时卖国，甘心降虏，受人唾骂，安得留芳”四句，词人论忠辨奸，明辨是非，以警醒世人：如果张、许二人当时甘心投降卖国，则必遭人唾骂，遗臭万年，又怎能流芳百世呢？！这里，词人用“安得流芳”与上片中的“留得声名万古香”形成鲜明的对比，借此以提醒世人：国难当头，两种选择，两种结果。自当审慎，不可掉以轻心！

“古庙幽沉，仪容俨雅，枯木寒鸦几夕阳”三句，“转”而写“庙”，景中蕴情：“双忠庙”幽邃深沉，二公的塑像庄严典雅。夕阳下寒鸦枯木，已见万物之易衰，而古庙却依然矗立。这里，词人运用反衬的手法，以“枯木”“寒鸦”和“夕阳”来反衬张、许二人的正气永存、爱国精神不老。

“邮亭下，有奸雄过此，仔细思量”三句，是词人对卖国求荣者的严正警告：邮亭下如有奸雄经过，面对先烈遗像，则当仔细思量，反躬自省，千万不要做千古罪人！这里，词人点明本词的写作目的，用义正词严之语，表达其良苦用心。

这首词意旨深刻，正气满满。词人运用议论、抒情和写景相结合的手法，以议论入词，把一腔正气融入全词之中，慷慨激昂，运用鲜明的对比，抒写出一首爱国主义的光辉词篇，有振聋发聩、感召人心的艺术魅力。

元 好 问

元好问（1190—1257），字裕之，自号“遗山山人”（曾在遗山读书），世称“元遗山”。金代文学家。工诗、词、散文，尤以诗冠金、元之际。其诗追求杜甫，多同情人民疾苦，揭露了金末社会黑暗，表现国破家亡之恨，感情凄切，风格苍凉沉郁，以具有史诗意义的“丧乱诗”最为杰出。其词亦多感时伤世之作，风格兼具豪放与婉约，有“集两宋之大成”的赞誉。所作《论诗绝句三十首》，对建安以来诗歌均有论述，品评颇有见地。诗论主张刚健质朴、清新自然，反对雕琢，在文学批评史上颇有影响。散文结构严密，形象生动。

楚汉战处①

虎掷龙拿不两存②，当年曾此赌乾坤③。
一时豪杰皆行阵④，万古河山自壁门⑤。
原野犹应厌膏血⑥，风云长遣动心魂。
成名竖子知谁谓⑦，拟唤狂生与细论⑧。

注 释

① 楚汉战处：指荥阳、成皋一带，在今河南荥阳。秦末，汉王刘邦与西楚霸王项羽在此对垒，相持日久，终以劣势兵力大败楚军，并最终取得天下。

② 虎掷龙拿：龙虎相争，比喻激烈的搏斗。

③ 赌乾坤：喻指决一雌雄，争夺天下。

④ 一时：一代，当世。行（háng）阵：战斗队列。

⑤ 壁门：营门。这里喻指地势险要，可固守之处。

⑥ 犹：仍然，还。厌：吸饱。膏血：民膏民血，老百姓用血汗换来的财物。这里指战士的脂肪和血液。

⑦ 成名竖子：语出《晋书·阮籍传》："(阮籍）尝登广武，观楚汉战处，叹曰：'时无英雄，遂使竖子成名！'"竖子：小子，对人的蔑称。谁谓：宾语前置，即谓谁（说的是谁）。

⑧ 狂生：这里指阮籍。阮籍胸怀济世之志，但慑于司马氏父子的淫威，怕遭迫害，于是纵酒谈玄，佯狂放荡。论：论辩，分析。

题 解

这是一首七言律诗，是金代诗人元好问所作，写于金宣宗元光元年（1222）前后。当时诗人和好友李钦叔登览荥阳古城，作诗相互赠答。诗题"楚汉战处"正是指荥阳、成皋一带。在这一带的大战中，刘邦以十万兵力歼灭了项羽四十万大军，为汉家帝业的成就奠定了基础。这首诗既回顾了当年楚汉激战的盛况，高度评价了历史英雄的杰出才干，又巧用借古讽今之法，表现了诗人面对蒙古强敌来袭的现实，亦表达了渴望金朝出现刘邦一类的英雄人物力挽狂澜的急切心情。

这首诗语言清新明快，融叙事、抒情和议论于一体，以苍凉悲慨之意境，感人至深。

赏 析

首联"虎掷龙拿不两存，当年曾此赌乾坤"直接入题，叙写楚汉争战之激烈局面：如那龙争虎斗，楚汉相争，鏖战不已，势不并存；当年，此地曾燃起漫天大火，只因为那楚与汉争抢乾坤。"虎掷龙拿"，用比喻形象地再现了楚汉争战之激烈。"不两存"三字，点示出战争的尖锐激烈和残酷——你死我活，关乎存亡。"赌乾坤"三字，写出此次战争关乎生死存亡，对交战双方来讲，都非常重要，着一"赌"字，更加说明战争的严酷性和残酷性，透露出此次战争实为争权天下（楚汉争霸），把诗人对此争战的批判之意蕴于诗中。

颔联“一时豪杰皆行阵，万古河山自壁门”，紧“承”上联，再叙楚汉争战的阵势：一世的英雄豪杰尽卷入战争的行列，万古永存的荥阳山河犹在眼前，似那坚固的营门，阻挡着对方的来袭。“一时豪杰”，点明了参战双方皆为英雄豪杰，绝非平庸之辈，“龙虎相斗，必有一伤”之意蕴含其中。着一“皆”字，写出了参战人数之多、规模之大。着一“自”字，把楚、汉双方各凭险要地形、争战对峙的严峻局面突显出来。

颈联“原野犹应厌膏血，风云长遣动心魂”，由上联的叙事“转”到下面的议论：那辽阔的原野，想必已吸足了战士的膏血；那战争的风云，长久地震撼着后人的心魂。这一联，抒写了诗人对这种“争地以战，杀人盈野”“大兵如市，人死如林”（汉·无名氏《江淮童谣》）的残酷战争的极度厌恶之情。“膏血”二字，更是饮泣之词：原野之上流淌的尽是拼死士卒的鲜血，战争消耗的都是民脂民膏！诗人着一“厌”字，表达了诗人无比的怨恨和愤怒。“动心魂”三字，运用形象的夸张手法，表达出诗人的愤懑之情。

尾联“成名竖子知谁谓，拟唤狂生与细论”，诗人巧用典故，直抒胸臆：就是在这里，曾有人感慨“竖子成名”，不知他可知道说的是何人？我真想唤起那狂诞的书生，把这事和他细细地辩论一番。这一联，诗人引用晋代阮籍的话，表达了对以图个人成名而残害生民的行径强烈的憎恨和讥讽。“知谁谓”三字，诗人故作疑问，对不顾生灵涂炭而使“竖子成名”之徒以表达鄙夷和无情的批判。“拟唤狂生”以看似戏谑之语来表达诗人心中强烈的怨愤。

这首诗意旨深远，手法精妙。诗人将叙事、议论和抒情相结合，巧用比喻、夸张和用典等手法，情景交融，描写了楚、汉战争的血腥和残酷，借古讽今，表达了诗人深沉的忧国之情。

耶律楚材

耶律楚材（1190—1244），字晋卿，号“玉泉老人”，又号“湛然居士”。契丹族。元代诗人。学识广博，对天文地理、医卜数术都有研究。工诗，以自然为本色，不求雕琢。亦能词。在金仕至左右司员外郎，元太祖铁木真（成吉思汗）克燕后，被召用，颇受信任。太宗朝，官至中书令。卒后追封“广宁王”，谥“文正”。有《湛然居士集》传世。

过沁园有感①

昔年曾赏沁园春②，今日重来迹已陈③。
水外无心修竹古④，雪中含恨瘦梅新⑤。
垣颓月榭经兵火⑥，草没诗碑覆劫尘⑦。
羞对覃怀昔时月⑧，多情依旧照行人。

注　释

① 沁园：指沁水公主的花园，在沁水北岸（在今河南济源）。沁水公主是东汉明帝第五个女儿，其封地在沁水（今济源东北）。
② 春：这里指春色。
③ 迹已陈：意谓已成旧迹。
④ 水外：这里指沁园在沁水北岸。修竹：高高的竹子。古：这里是说竹子生长时间长。
⑤ 新：新生的。
⑥ 垣（yuán）颓：指墙已倒。月榭（xiè）：月光下高台上的木屋。
⑦ 没：埋没，掩没。劫尘：灾难之后的灰尘。
⑧ 覃（qín）怀：地名，今河南沁阳。

题 解

这是一首七言律诗，是元代诗人耶律楚材所作。诗人作为金朝旧臣，在元为官后重来沁园，面对沧海桑田，不禁引发了他的故国之思。故国沦亡，故园荒废，诗人面对此景，难免引发出在元为官的一丝羞愧。

这首诗语言清新自然，蕴含真情，做到了景中寓情，情中有景，情景交融，至情感人。

赏 析

首联“昔年曾赏沁园春，今日重来迹已陈”，直接点题：前几年我曾欣赏过沁园的春色，今天再次来到这里，沁园已成陈迹。“昔年”二字，由回忆入笔，诗人运用“曾赏”和“重来”，“沁园春”与“迹已陈”相互比对，将昔盛今衰、沧海桑田的慨叹寓于其中。这一联，对仗工整，对比鲜明，感慨深沉。

颔联“水外无心修竹古，雪中含恨瘦梅新”，紧“承”上句，描写了眼前之景：沁水北岸，那高高的竹子还是昔日的老竹，还有那雪中瘦骨嶙峋的含恨的新生之梅。这一联，诗人运用拟人手法，以“无心”和“含恨”来寄托国破家亡之遗恨。通过“古”与“新”的鲜明对比，表达了诗人“物盛而衰”（汉·刘安《淮南子·道应训》）和“世异则事变”（汉·刘安《淮南子·齐俗训》）之喟叹。

颈联“垣颓月榭经兵火，草没诗碑覆劫尘”，诗人再写眼前所见之物：那倒塌的古墙和月光下的亭榭，都曾经历过战火；那古老的诗碑，早已被野草所掩没，那上面似乎还有灾后的灰尘。这一联，诗人通过战火之后的残垣断壁、荒草埋没的诗碑，来控诉战争所带来的罪恶。

尾联“羞对覃怀昔时月，多情依旧照行人”，诗人借景抒情，表达了内心的羞愧之意；我面对着覃怀肥美的土地，心里却感到十分羞愧；只见那月光依旧是那么的多情，照着路上来来往往的行人。这里诗人表达了自己为官元朝的羞愧之情。“多情”二字，采用拟人的手法，暗含着诗人作为参与战争的一员而无颜面对“昔时月”的愧疚。

这首诗情感深沉。诗人用清新而含蓄的语言，运用对比、拟人等手法，叙事写景，景中融情，情景交融，把厌恶战争、怀念故国的深挚情感融于诗中，有一种感人至深的艺术力量。

赵孟頫

赵孟頫（fǔ）（1254—1322），字子昂，号“松雪”“松雪道人”，又号“水晶宫道人”“鸥波”。湖州（今浙江吴兴）人。元代诗人，著名画家，楷书四大家之一。卒后封魏国公，谥“文敏”。博学多才，能诗善文，懂经济，工书法，精绘艺，擅金石，通律吕，解鉴赏，特别是书法和绘画成就最高，开创元代新画风，被称为“元人冠冕”。书法称雄一世为“赵体”，画堪称神品，诗清逸和婉。

题岳鄂王墓①

鄂王坟上草离离②，秋日荒凉石兽危③。
南渡君臣轻社稷④，中原父老望旌旗⑤。
英雄已死嗟何及⑥，天下中分遂不支⑦。
莫向西湖歌此曲，水光山色不胜悲。

注 释

① 岳鄂王墓：即南宋抗金名将岳飞之墓。岳飞坚持抗金，反对议和，于宋高宗绍兴十一年（1141）被奸臣秦桧等以“莫须有”的罪名杀害。宋宁宗嘉泰四年（1204），他被追封为鄂王，故称岳鄂王，其墓在今浙江杭州西北栖霞岭岳王庙。

② 离离：纷繁的样子。

③ 石兽危：石兽高高屹立。

④ 南渡君臣：指以宋高宗赵构为帝的南宋统治集团。北宋灭亡，宋高宗渡过长江，迁都临安（今浙江杭州），历史上称南渡。社稷（jì）：

土神和谷神，古代君主都祭社稷，后用“社稷”代表国家。

⑤ 旌（jīng）旗：旗帜。这里代指南宋军人。望旌旗：就是盼望南宋大军到来。

⑥ 嗟何及：后悔叹息怎么能来得及。

⑦ 天下中分：指北宋灭亡后，南宋仅有半壁江山，与金、元南北对峙。遂不支：于是就灭亡了。

题 解

这是一首七言律诗，是元代诗人赵孟頫所作。诗人本是赵宋皇室的子孙，宋亡后入元朝为官。当他来到岳飞墓前，不由得悲恨交加、百感杂陈，于是作此诗以表凭吊。在这首诗中，诗人对南宋君臣的苟且偷安予以无情的揭露和批判，对岳飞的死表达了无限的惋惜和遗憾，同时把无尽的家国之思和亡国之恨蕴含诗中。

这首诗语言通俗自然，不事雕琢，平易畅达；以景写情，咏史抒怀，情感深挚，感人至深，是岳王墓诗中脍炙人口的名作之一。

赏 析

首联“鄂王坟上草离离，秋日荒凉石兽危”，诗人紧扣诗题，直接描写所见墓地之景：岳飞墓上荒草繁茂，一片荒凉，只有秋草和那高高孤立的石兽。诗人开篇便以荒凉的景象起兴，给全诗笼罩上一层悲凉的气氛，把诗人对英雄岳飞的深切同情寓于其中。“石兽危”三字，运用衬托手法，以高高兀立的“石兽”衬托出墓地的孤寂和荒凉。目睹此景，使人油然而生悲凉、凄楚之情。

颔联“南渡君臣轻社稷，中原父老望旌旗”，诗人叙写往事不堪回首的历史：南渡的君臣轻视社稷，可那处于水深火热之中的中原父老，还在盼望着王师的旌旗。这一联，诗人回顾惨痛的史实：南渡之初，岳家军大举北上，连挫敌军的先锋，眼看着直捣黄龙指日可待。谁料，高宗、秦桧“君臣”一心求和，强令岳飞退兵，复国大计顷刻化为泡影。“中原父老”望眼欲穿，顿时陷于绝望之中。诗人用对比的手法，强烈控诉了南宋昏君和奸臣倒行逆施以及由此产生的恶果。诗人在这里着一“轻”字，对南宋统治者苟安享乐、不思进取表示了极大的谴责和愤恨；着一“望”字，把中原父老深受煎熬、希望恢复中原的热切渴盼寓于其中。一“轻”一“望”，一冷一热，一贬一褒，对比鲜明，词婉意严，对宋高宗、秦桧误国的批判冷峻无情，而“中原父老”“忍泪失声询使者，几时真有六军来”（宋·范成大《州桥》）的热切渴盼则令人读后不禁为之动容。

颈联“英雄已死嗟何及，天下中分遂不支”，描写的是诗人无尽的伤痛和无限的怨愤：岳飞被害，后悔晚矣！天下灭亡，已成定局。“英雄已死”四字，蕴含着诗人无法忍受、无法言说的哀伤：赵宋二百余年的基业毁于一旦，祸根皆源于“风波亭”的特大冤案！诗人欲哭无泪，心中的悲愤和痛苦不知向谁倾诉，这就自然地引入下联。

尾联“莫向西湖歌此曲，水光山色不胜悲”，是诗人深沉而悲痛的慨叹：不要向西湖吟唱此诗了，因为面对水光山色的景致，我难以忍受心头的悲愤，可是却又不知从何处吟起。诗人妙用拟人手法，明明是诗人自己悲不自胜，偏偏说成“西湖”的“水光山色”经受不起如此的悲哀，赋情于景，把诗人的悲愤之情推向了极致。

这首诗情感真挚，意旨深厚。诗人巧用白描、反衬和拟人等手法写景，用直接叙写的手法咏史，用深挚、婉曲的手法议论、抒情，痛定思痛，憎爱分明，由衷地吟唱出一首哀痛伤惋的悼词，确有“感天地、泣鬼神”的艺术魅力。

杨 维 桢

杨维桢（1296—1370），字廉夫，号“铁崖”，别号“东维子”“铁笛道人”“梅花道人”等。诸暨（今浙江绍兴）人。元末明初诗人、文学家、书画家。泰定年间进士。官至建德路总管府推官、江西等地儒学提举。其诗风格奇诡，在元末诗坛独树一帜，时称“铁崖体”，颇有盛名。有《东维子文集》《铁崖文集》和《铁崖古乐府》传世。

鸿 门 会①

天迷关，地迷户②，东龙白日西龙雨③。
撞钟饮酒愁海翻，碧火吹巢双猰貐④。
照天万古无二乌⑤，残星破月开天余。
座中有客天子气⑥，左股七十二子连明珠⑦。
军声十万振屋瓦，拔剑当人面如赭⑧。
将军下马力排山⑨，气卷黄河酒中泻。
剑光上天寒彗残⑩，明朝画地分河山。
将军呼龙将客走⑪，石破青天撞玉斗⑫。

注 释

① 鸿门会：即鸿门宴。公元前206年，刘邦入咸阳，废秦苛法。项羽率军至鸿门，邀刘赴宴，欲杀之。后因项伯告密和张良、樊哙谋勇，刘邦成功脱逃。鸿门：在今陕西西安。

② 天迷关，地迷户：古老传说，天有门，地有户。迷：形容天、

地混沌莫辨的状态，这里喻指天下无主之状。

③ “东龙”句：这一句化用《周易》“龙战于野”之意，用来比喻刘邦、项羽两军对峙。东龙：指刘邦。传说他为赤帝子。西龙：指项羽。

④ 碧火吹巢：这里化用李贺《神弦曲》的诗句“笑声碧火巢中起”。碧火：“人之兵死也，世言其血为磷。磷火色碧，故言碧火。”（东汉·王充《论衡·论死》）吹巢：烧鸟巢。双猰貐（yàyǔ）：这里喻指欲害刘邦的范增、项庄。猰貐：一种似狸而善走的食人怪兽。

⑤ 二乌：二日。据《淮南子·精神训》记载：“日中有踆乌。”故而以乌代日。

⑥ 座中有客：这里指刘邦。天子气：这是说刘邦有做帝王的征兆。

⑦ 左股七十二子：据《史记·高祖本纪》载：“高祖为人，隆准而龙颜，美须髯，左股有七十二黑子。”

⑧ 拔剑：指樊哙。赭（zhě）：赤红色。

⑨ 将军：指项羽。

⑩ 彗：彗星，即所谓的扫帚星。古人认为此星是不祥之妖星。

⑪ 呼龙：指鸿门宴后，项羽自立为“西楚霸王”。客：这里指刘邦。

⑫ 撞玉斗：指项羽的谋士范增挥剑击碎刘邦送他的玉斗。

题解

这是一首乐府诗，是元代诗人杨维桢所作。这首诗以鸿门宴这一著名的历史事件为吟咏对象，诗人通过大胆的想象，以诡谲的意象和奇崛的语言再现了当年鸿门宴上的重要情节，给人以新颖、奇谲之感。

这首诗语言精练，事至繁而用笔极简，结构紧凑而清晰，句法超常而比喻奇特，是诗人学唐人李贺而形成的“铁崖体”的代表作品。

赏析

这首诗共十六句，可分为三个部分。

第一部分（前六句）：着重描写“鸿门宴”前的气氛。

“天迷”二句，诗人以奇崛的文笔展开丰富的想象：乌云迷漫了秦时的雄关，大地淹没了山河的门户。只见两只苍龙正在相斗，一会儿白日高照，霎时间又满天大雨。这里，诗人用两个“迷”字和“东龙”“西龙”的意象，描绘出天地混沌、两龙相斗的景象，来暗喻秦后期天下无主，项羽和刘邦争霸的残酷形势。用“白日”和“雨”的意象，来喻示这场楚、汉战争的白热化和瞬息万变，也预示了“鸿门宴”这个历史事件，在项羽和刘邦争霸中的重要性。

“撞钟”二句，以形象的比喻来描写楚、汉双方：且举起那玉钟饮酒，愁云恨海似乎在他们的心中翻腾；那边却有一对巢居窥伺的凶恶的猰貐。上句写双方，用“饮酒”代指“鸿门宴”，用“愁”喻指双方剑拔弩张、一触即发的紧张态势。下句运用形象的比喻，来喻指“鸿门宴”上两个关键人物：项羽的谋士范增和部将项庄。

“照天”二句揭示了楚、汉战争爆发的原因：万古千秋的天上，岂能有两轮金色的太阳？！天的那一个角落，只有残星和月亮的光芒。这里，诗人运用生动而形象的比喻，说明楚汉之战必定是一场你死我活、生死存亡的搏斗。

第二部分（中六句）：着重描写“鸿门宴”中的斗争。

“座中”二句，重点描写刘邦的志向和特有的形象：座中的来客有天子的气象，七十二颗黑痣像明珠一样，排布在他的左腿之上。上句抓住“天子气”三字，极写刘邦的气宇轩昂、志节不凡。下句抓住神异的身体特征，再次对刘邦加以烘托、渲染，突出了他非同一般的形象和卓尔不凡的气质。

“军声”二句，描写刘邦的军威和樊哙的勇武：刘邦的十万大军齐声呼喊，呼喊声震地摇天。勇士樊哙拔剑闯帐，剑光照红了他那英武的容颜。上句诗人艺术地再现了“沛公兵十万，在霸上”（汉·司马迁《史记·项羽本纪》）的历史事实，表明了刘邦在楚汉争霸中的实力。下句又形象地描写了樊哙闯帐的豪壮威严，从侧面写出了刘邦的知人善任——将士的见危授命，正因为如此，刘邦才能取得最后的胜利。

“将军”二句，着力描写项羽的勇猛：将军下马，力能拔山；豪气冲云天，能使黄河翻巨浪，杯酒之中显神威。这里，诗人运用夸张的手法，描写出了“力拔山兮气盖世”（汉·司马迁《史记·项羽本纪》）的项羽的英雄形象，艺术地再现了他“兵四十万，在新丰鸿门”（汉·司马迁《史记·项羽本纪》）的雄厚实力，大有一跺足便可撼天动地、不把刘邦放在眼中的雄霸之气。他的这种恃勇骄横、刚愎自用的性格，恰与刘邦的忍辱负重、善纳忠言形成鲜明的对照，最后的失败也在情理当中。

第三部分（末四句）：着重叙写“鸿门宴”的结局。

“剑光”两句，诗人描写项庄舞剑之情形：那剑光上天，星月凋残；明天早上就要划地分山河。这里，诗人再现了“项庄舞剑，意在沛公”（汉·司马迁《史记·项羽本纪》）的紧张场面，并用“寒”“残”和“画地”等字眼加以衬托，更加突出了“鸿门宴”上的险情环生以及刘邦的沉着、项羽的优柔寡断。

“将军”二句，概括了“鸿门宴”的结局：项羽把客人刘邦送走，亚父范增的玉斗撞破了耿耿青天。最后这两句，诗人运用夸张的手法，再现了“亚父受玉斗，置之地，拔剑撞而破之”（汉·司马迁《史记·项羽本纪》）的情节，以“石破青天”的举动，突出了范增非同寻常的识见，反衬出项羽的刚愎自用。

这首诗语言奇崛，手法奇妙。诗人既尊重历史事实，又敢于打破时空、情节等的限制，大胆地运用夸张、想象、烘托、比喻等多种手法，塑造出性格鲜明的人物形象，艺术地再现了“鸿门宴”这出历史大剧。那奔放的气势，读之让人不由得荡气回肠。

萨 都 剌

萨都剌（约1272—1355），字天锡，号“直斋”，回族（一说蒙古族）人。元代诗人、词人。酷爱文学，善绘画，精书法，有“虎卧龙跳之才”，但因难入仕途，为生计尝尽人间辛苦。五十六岁方进士及第，官至翰林国史院应奉文字。为诗为词俊逸洒脱，清新自然。文章雄健。有诗700余首，词14首。

木兰花慢·彭城怀古

古徐州形胜[①]，消磨尽，几英雄。想铁甲重瞳[②]，乌骓汗血[③]，玉帐连空[④]。楚歌八千兵散[⑤]，料梦魂，应不到江东。空有黄河如带，乱山起伏云龙[⑥]。

汉家陵阙动秋风[⑦]，禾黍满关中[⑧]。更戏马台荒[⑨]，画眉人远[⑩]，燕子楼空[⑪]。人生百年如寄[⑫]，且开怀，一饮尽千钟。回首荒城斜日，倚栏目送飞鸿[⑬]。

注 释

① 形胜：地理位置优越，地势险要。

② 重瞳：这里指项羽。据《史记·项羽本纪》：“舜目盖重瞳子，又闻项羽亦重瞳子，羽岂其苗裔邪？”

③ 乌骓（zhuī）：项羽所乘的战马。汗血：这里指项羽所骑名马。汗血马原是汉朝时所得的西域大宛的千里马，也称天马。

乱山起伏云龙

④ 玉帐：主帅所居之营帐，这里泛指军营。
⑤ 楚歌：这里指四面楚歌。
⑥ 乱山：指徐州周围有许多山。云龙：指云龙山，又名石佛山。传说宋武微时憩息于此，有云龙旋绕之（见《江南通志》）。
⑦ 汉家陵阙：化用唐代诗人李白《忆秦娥》："西风残照，汉家陵阙。"
⑧ 禾黍（shǔ）：意同"黍离"，取自《诗经·王风·黍离》，用来表达感慨亡国、触景伤情之意。
⑨ 戏马台：在徐州城南，原为项羽所建。依山为台，以观戏马。
⑩ 画眉人远：汉时京兆尹张敞擅长为妇人画眉。（据《汉书·张敞传》）
⑪ 燕子楼：徐州城北的一座楼。
⑫ 人生百年如寄：化用《古诗十九首·驱车上东门》："人生忽如寄。"
⑬ 目送飞鸿：化用嵇康《赠秀才入军》："目送归鸿，手挥五弦。"

题 解

这是一首长调慢词，是元代词人萨都剌所作，写于元文宗至顺三年（1332）春三月。当时，词人从翰林国史院应奉翰林文字，出为江南诸道御史掾史时，路过徐州所作。徐州自古是兵家必争之地，词人至此游览，不禁追想起当年楚汉战争的历史场景。词中并未对刘邦、项羽的胜负进行过多的评议，而是从眼前所见彭城景物下笔，生发慨叹，把词人志不得伸的郁闷之情寓于对历史人物的评价之中。

这首词境界阔大，悲壮苍凉。"吊古伤今，感慨人生，大有英雄一去不复返、此地空余乱山川的情调。初一略看，好似低沉颓唐，实际上他的感情很激烈深沉。"（毛泽东语）

赏 析

这首词可分为上、下两片。

词的上片，着重是对项羽的凭吊和缅怀。

"古徐州形胜，消磨尽，几英雄"是词人见景而生发出的对历史的慨叹：古老的徐州啊，地理形势极为险要，这里曾经消磨了多少英雄豪杰。词人一开头就紧扣词题，首句切住“彭城”两字，用“形胜”突出了其位置的重要战略意义：自古乃兵家必争之地，故而就有了“消磨尽，几英雄”，“英雄”两字紧切题目中的“怀古”两字，着一“尽”字，把词人对“英雄”的凭吊、感慨之意尽含其中，自然引起人们对昔日英雄的怀念。

“想铁甲重瞳，乌骓汗血，玉帐连空”是对“西楚霸王”项羽的英雄形象的正面刻画：遥想那身披铁甲、有着双瞳仁的项羽，他身跨着乌骓汗血马驰骋千里，率众将士浴血奋战，捷报频传军营如云飘动。词人用三个特写镜头塑造出项羽的英雄形象和卓绝的英雄伟业：“铁甲重瞳”描写出项羽的形象，他身着铁甲，特有的双瞳仁的眼睛里闪射着炯炯、凛然的目光；“乌骓汗血”是项羽跨名马，指挥千军万马征战的场景；“玉帐连空”是他摧枯拉朽、百战百胜、营垒如云而动的镜头。通过这样几个画面，词人就生动形象地写出了项羽的气势如虹、百战不殆。

“楚歌八千兵散，料梦魂，应不到江东”描写项羽凄怆的败绩场面：最终四面楚歌、八千子弟风云四散，他被迫自刎乌江，料想他那冤魂啊，怎肯撇下八千江东子弟的阴魂而自过江东呢？！这三句，词人运用大胆的想象，再现了“四面楚歌”“乌江兵败”和“乌江自刎”等历史镜头，并用“料”字来进行合理的设想，暗扣项羽“无颜见江东父老”之典故，表达出词人对英雄项羽深沉的喟叹。

“空有黄河如带，乱山起伏云龙”融情入景：而今，我的眼前只有那如带的黄河蜿蜒流淌于远方，纷乱参差的山峰高低逶迤起伏如龙。这两句，词人借景蕴情：黄河依然东去，乱山仍然如故，可项羽的败亡已成历史！这里着一“空”字，把无尽的感慨皆蕴其中，有一种“莺花不管兴亡事，妆点春光似昔年”（宋·无名氏《题关中驿壁》）的意味。

词的下片，是词人对人生的认识及态度。

“汉家陵阙动秋风，禾黍满关中”引出项羽的对手刘邦：取得胜利的刘邦的陵阙而今也在秋风萧瑟之中，禾黍繁茂地长满关中。这里，与上片的“消磨尽”相互对应，蕴含着词人深重的慨叹：虽然在徐州刘邦曾经战胜了项羽，但他同样没能逃过历史长河的“消磨”！这两句典融景中，感慨颇深。

“更戏马台荒，画眉人远，燕子楼空”是词人抚今追昔、见景而生的情愫：

当年项羽操演兵马的戏马台愈加残破不堪，燕子楼上空留的那些风流韵事的传说，如今却早已人去楼空。词人感慨历史沧桑：煊赫一时的英雄人物皆已逝去，而古迹犹存，只有它是历史的见证。

“人生百年如寄，且开怀，一饮尽千钟”是词人面对此景，生发出对人生的感悟：人生百年，就如那秋风中的匆匆过客；暂且开怀畅饮，一饮就饮它千盅！词人回顾历史之后，表达出一种达观的人生态度，从中也可看出词人的仕途并不遂顺，有一种“借酒浇愁”的味道。

“回首荒城斜日，倚栏目送飞鸿”是词人借景蕴情：回望夕阳照射中的凄凉荒城，我独自倚立栏杆前，目送着那远去的飞鸿。这里，词人巧妙化用嵇康的诗句，似乎一下子参透了人生：历史也如过眼云烟，个人得失又算得了什么！在历史的长河中，一个人简直可以渺小到可以忽略不计，那些如项羽、刘邦一样的英雄人物亦不过如此。词人在这里用“飞鸿”的形象，表达了一种“尽管如此，亦要积极进取”的人生态度。

这首词手法巧妙，表达了一种积极向上的人生态度。词人回顾历史，描写英雄，绘景览胜，巧用想象、用典、化用和情景交融等手法，将叙事、描写、议论和抒情融为一体，在看似低沉情调中，融入了达观、进取的人生态度，给人一种“过好每一天”的精神力量。

刘　基

刘基（1311—1375），字伯温，处州青田（今浙江青田）人，故人称“刘青田”。明初文学家。明朝开国元勋。官至御史中丞兼太史令，封诚意伯。故又称“刘诚意”。工诗文，精晓天文、兵法，时人比之为诸葛亮。其诗古朴雄放，独成一家。散文形象风趣，豪纵雄迈。但因参与制定八股文取仕的科举制度，深受束缚，所以诗文均有拟古的倾向。讽刺杂文《卖柑者言》、记叙文《松风阁序》及寓言体散文《郁离子》等较有名。有些作品能够关心民生疾苦，对元末的社会现实有所抨击。

长　门　怨①

白露下玉除②，风清月如练③。
坐看池上萤④，飞入昭阳殿⑤。

注　释

① 长门怨：乐府相和歌辞名，《乐府诗集》解题曰：“《长门怨》者，为陈皇后作也。”其内容是描写汉武帝皇后陈阿娇被冷落后的凄凉情景。据说陈皇后失宠退居长门宫，司马相如为她作《长门赋》，武帝读后备受感动，陈皇后复得宠。

② 玉除：指玉石铺砌成的台阶。

③ 练：白绢。

④ 萤：指萤火虫。

⑤ 昭阳殿：这里指汉武帝新宠卫子夫的住处。

题解

这是一首古体诗，是明代文学家、诗人刘基所作。诗人助朱元璋开创帝业，元末曾做官，但仕途坎坷，诗人便想起陈皇后的故事，于是有感而作此诗。明写陈皇后之幽怨寂寞，实则寄托了诗人自己于元末仕途失意的抑郁苦闷、幽忧悲愤。

这首诗语言平易质朴，恬淡自然。写景有“清水出芙蓉，天然去雕饰”（唐·李白《经乱离后天恩流夜郎忆旧游书怀赠江夏韦太守良宰》）的特点，把深深的哀愁寓于淡淡的笔墨之中。

赏析

前两句“白露下玉除，风清月如练”，是诗人对陈阿娇所居的长门宫周遭环境的描写：夜深人静，宫前的玉石台阶上，已被白露覆盖；月朗风清，月光如白绢般流泻到宫院之内。诗人乍一下笔，就运用想象描摹了一幅长门宫清静祥和的秋夜图。在这样宁和安详、清明淡雅的环境中，主人公陈阿娇就生活于此。根据汉代班固所著的《汉武故事》所载：汉武帝刘彻幼年时，看上了姑母长公主刘嫖的女儿陈阿娇，即“金屋藏娇”的故事。刘彻称帝后，阿娇——陈皇后确实一时风光无比，“咳唾落九天，随风生珠玉”（唐·李白《妾薄命》）。但好景不长，因十余年无子，便被贬入长门冷宫。诗的前两句写的就是陈阿娇被贬之所冷宫的环境。这样看来，诗人是采用反衬的手法，通过清明祥和之景，来表现陈皇后内心无比的酸楚和苦悲的。这正是古人所谓“以乐景写哀”“倍增其哀”（清·王夫之《姜斋诗话》）的写作手法。

后两句“坐看池上萤，飞入昭阳殿”，转而写坐在宫院中的陈皇后的眼前所见：她坐在台阶上看那飞来飞去的萤火虫，它们也都飞到卫子夫的宫殿里去了。这里，诗人用一个“特写镜头”描写出一个让女主人公更加伤悲的画面：连那池上的飞“萤”，也都爱慕华贵显赫的昭阳殿，不愿在这冷宫里停留片刻。真的是“萤”亦如此，人何以堪！女主人公只能在这苍白、冰冷的夜色中，眼看着那些追慕权势的流“萤”飞往昭阳殿，内心的那种孤寂、凄苦更是无法向人去言说，心里充满了凄冷、凄苦和凄伤。联想到此诗写作的背景，诗人虽是明朝的开国勋臣，但由于性烈嫉恶，为奸臣所构陷，加之在元末有仕途失意的经历，所以他写此诗以寄托自己仕途不顺的苦闷和幽愤之情。

这首诗构思精妙。诗人借宫怨以表达仕途失意之怨愤，全诗无一字写“怨”写“愤”，而是不动声色地写清静的“露下玉除”和明丽的“风清月如练”，更有心情写“坐看”中的“池上萤”和流萤“飞入昭阳殿”，实则是用想象、象征和反衬等手法，把诗人内心深沉的怨愤寓于诗中，正是“不作怨语，怨已自深”（明·宗子相《明诗别裁集》）。

高　启

高启（1336—1374），字季迪，号“槎轩”，因曾隐居吴淞青丘，又自号“青丘子”。明代诗人。他的诗兼采众家之长，工多种诗体，尤以歌行最为出色。其诗才气豪健而不露扬，词句秀逸而少雕绘。擅长以诗末语句激动人怀。他的反映人民生活的诗质朴真切，富有生活气息，吊古或抒写怀抱之作寄托了较深的感慨，风格雄劲奔放。他聪敏有才华，少时就负有盛名，与杨基、张羽、徐贲齐名，称“吴中四杰”。明洪武初召修《元史》，任翰林院编修。书成，授户部右侍郎，固辞不受，后被朱元璋借故腰斩于南京，时年三十九岁。

登金陵雨花台望大江①

大江来从万山中，山势尽与江流东②。
钟山如龙独西上③，欲破巨浪乘长风④。
江山相雄不相让，形胜争夸天下壮。
秦皇空此瘗黄金⑤，佳气葱葱至今王⑥。
我怀郁塞何由开⑦，酒酣走上城南台⑧。
坐觉苍茫万古意⑨，远自荒烟落日之中来。
石头城下涛声怒⑩，武骑千群谁敢渡？
黄旗入洛竟何祥⑪，铁锁横江未为固⑫。
前三国，后六朝⑬，草生宫阙何萧萧⑭！
英雄来时务割据⑮，几度战血流寒潮。
我生幸逢圣人起南国⑯，祸乱初平事休息⑰。
从今四海永为家⑱，不用长江限南北。

注　释

① 金陵：今江苏南京。雨花台：在南京城南聚宝山上。相传梁武帝时，云光法师在此讲经，落花如雨，故名。这里地势高，俯瞰长江，远眺钟山。

② “山势”句：山的走势和江的流向都是由西向东的。

③ 钟山如龙：形容山势如龙盘虎踞。钟山：即紫金山。

④ “欲破”句：此句化用《南史·宗悫传》“愿乘长风破万里”语。这两句形容只有钟山的走向是由东向西，好像欲与江流抗衡。

⑤ “秦皇”句：据《丹阳记》载：“秦始皇埋金玉杂宝以压天子气，故名金陵。”瘗（yì）：埋藏。

⑥ 佳气：山川灵秀的美好气象。葱葱：茂盛的样子，此处指气象旺盛。王：通“旺”。

⑦ 郁塞：忧郁窒塞。

⑧ 城南台：即雨花台。

⑨ 坐觉：自然而觉。

⑩ 石头城：古城名，故址在今南京清凉山，以形势险要著称。

⑪ 黄旗入洛：三国时吴主孙皓听术士说自己有天子气象，于是就率家人宫女西上洛阳以顺天命。途中遇大雪，士兵怨怒，才不得不返回。此处说“黄旗入洛”其实是吴被晋灭的先兆，所以说“竟何祥”。

⑫ 铁锁横江：三国时吴军为阻止晋兵进攻，曾在长江上设置铁锥铁锁，均被晋兵攻破。

⑬ 三国：即魏、蜀、吴，这里仅指吴。六朝：东吴、东晋、宋、齐、梁、陈均建都金陵，史称六朝。这里指南朝。

⑭ 萧萧：冷落，凄清。

⑮ 英雄：指六朝的开国君主。务割据：致力于割据称雄。

⑯ 圣人：指明太祖朱元璋。

⑰ 事休息：指明初实行减轻赋税，恢复生产，使人民休养生息的政策。

⑱ 四海永为家：化用刘禹锡《西塞山怀古》“从今四海为家日”，指全国统一。

题　解

这是一首古体诗，是明代诗人高启所作，写于明太祖洪武二年（1369），明代开国未久之际。当时诗人正应征参与《元史》的修撰，胸怀报国之志。当他登上金陵雨花台眺望长江之时，心潮澎湃，吊古思今，写下此诗，以表达对国家一统、天下太平的向往。

这首诗气势豪放，雄健有力，读来如行云流水，颇有李白遗风。

赏析

这首古体诗可分为三部分。

第一部分（前四句）：写景。诗人以如椽之笔，描写了登上雨花台所见之景：长江滚滚由万山中奔来，巍巍的山势和江水一道由西而东。唯独那钟山像一条巨龙由东而西，似与江流相对抗，想要乘着长风直破万里巨浪。这四句，诗人赋情于景，眼前之景有一种人格力量，正气浩然：一个要归向大海，一个要砥柱般巍然屹立；一个要惊涛拍岸，一个不随波而流。所有这些都是诗人的追求。

第二部分（中间十六句）：怀古。又可分为四层：

"江山相雄"四句，由金陵形胜引发的感慨：长江和钟山争雄互不相让，山川壮美构成了险要的地势。秦始皇在这里白白地埋藏了黄金，而金陵虎踞龙盘，至今仍是一派郁郁葱葱，气象旺盛。诗人列举了秦始皇镇"金陵之气"的故事，用嘲讽的口气、以"葱葱"的事实来证明：金陵形胜，固若金汤；金陵王气，至今不衰。可见守天下不能据险而治，而要以德而安，只有德治才能安民。

"我怀郁塞"四句，写诗人的忧虑：我心怀郁闷如何才能释怀，只好尽情饮酒后走上那雨花台。在雨花台上只觉得怀古之意从心头升起，从荒烟落日中远远地走来。这四句是诗人对历史和现实的思考：江山依旧，如何才能国泰民安？据险不能治国，只有居安思危、励精图治方能长治久安。诗人把这些思考都融入"郁塞"之中。

"石头城下"四句，诗人进一步列举历史事实，以便警示后人：你看金陵城下滚滚的怒涛，即使有无数的勇猛铁骑在，又有谁人敢渡？孙皓去洛阳顺应天命究竟是何征兆，即使在长江天险设置铁链也绝非坚不可摧。诗人先用"石头城下涛声怒"形象地概括了一幕幕历史的悲剧，然后用"武骑千群谁敢渡"来指代南朝陈后主被俘亡国之事，用"黄旗入洛"和"铁锁横江未为固"来指代三国吴孙皓亡国的悲惨结局。这两位亡国之君有个共同特点，都因坐拥长江天险而失去江山。诗人举此，目的就是要开国之初的大明朝廷汲取历史的教训。

“前三国，后六朝”四句是诗人对六朝历史教训的反思：建都金陵的吴国和南朝的宋齐梁陈，宫殿里野草丛生，一片荒凉景象。多少英雄夺取金陵，割据称雄，酿成了多少次的血流成河。“战血流寒潮”形象地说明：一个王朝的建立，是无数老百姓的白骨堆垒起来的！这正如元代散曲家张养浩所写的那样：“兴，百姓苦；亡，百姓苦。”（《中吕·山坡羊·潼关怀古》）

第三部分（最后四句）：赞颂新政。诗人这样写道：我此生幸运地遇到圣人在南国兴起，战乱刚刚平息，国家正在致力休养生息。从今以后全国统一，再也不用以长江来隔断祖国南北。这既是对新政的赞颂，也是对新政抱有的希望。可是不幸的是，时过五年，诗人由于违逆君命而惨遭腰斩。由此可见，政治是多么的残酷，多么的无情！

这首诗意旨深远，手法巧妙。诗人借历史教训来警示新政，一颗爱国的拳拳之心昭然可见；且把自己的赞颂之词置于诗末，既表明了自己的态度，又暗示了自己的期望，也把读者从血淋淋的悲惨历史中唤醒，构思可谓精妙独到。

文徵明

文徵明（1470—1559），原名壁，字徵明，更字徵仲，号“衡山居士”。长洲（今江苏苏州）人。明代文学家、书法家、画家。诗文书画皆工。诗宗白居易、苏轼，文受业于吴宽，学书于李应祯，学画于沈周。在诗文上，与祝允明、唐寅、徐祯卿并称“吴中四才子”。在画史上，与沈周、唐寅、仇英合称“吴门四家”。明武宗正德末年以岁贡生诣都，授翰林院待诏。世宗时，预修武宗实录。年九十而卒，私谥“贞献先生”。有《甫田集》三十五卷传世。

满江红[①]

拂拭残碑，敕飞字[②]、依稀堪读。慨当初、倚飞何重，后来何酷。

果是功成身合死，可怜事去言难赎[③]。最无辜、堪恨更堪悲，风波狱[④]！

岂不念，疆圻蹙[⑤]；岂不念，徽钦辱[⑥]，念徽钦既返，此身何属！千载休谈南渡错[⑦]，当时自怕中原复，笑区区一桧亦何能[⑧]，逢其欲[⑨]。

注　释

① 满江红：词牌名。

② 敕（chì）：帝王的命令或诏书。飞：这里抗金名将岳飞。

③ 难赎：损失难以挽回。

④ 风波狱：指岳飞以“莫须有”之罪，被冤杀于大理寺监狱的风波亭。

⑤ 疆圻（qí）蹙（cù）：指疆域缩小。因为金人南侵，南宋的疆土已大大缩小。

⑥ 徽钦辱：指宋徽宗宣和七年（1125），金兵南侵，直逼宋都汴京，宋徽宗（赵佶）急传位于宋钦宗（赵桓）。宋钦宗靖康二年（1127）金攻破汴京，掳徽宗、钦宗北还，北宋于是灭亡。

⑦ 南渡：指徽、钦二帝被掳后，赵构以康王入继大统，即宋高宗。他恬不知耻，不念父兄，自汴梁（开封）迁都于临安（杭州）以图偏安，史称南渡。

⑧ 桧：指秦桧（1090—1155）。宋高宗绍兴年间为相，深受高宗宠信，力主议和，杀害岳飞，并镇压大批主战派。为相十九年，恶贯满盈。

⑨ 逢其欲：逢迎宋高宗的个人欲望。

题 解

这是一首中调词，是明代词人文徵明所作。当时，有人掘地时，发现了宋高宗赐给岳飞的诏书刻石，上有宋高宗赵构手书的“精忠报国”四字。词人由此发端，回顾了当年岳飞精忠报国、平定南宋内忧外患、深为朝廷倚重的事实，揭露和批判了宋高宗翻手为云、覆手为雨、不念功绩、凶残杀害岳飞的卑劣行径，尖锐地讽刺了宋高宗不顾社稷只求皇位的极端自私的心理。

这首词纯以议论着笔，语言犀利，一针见血，矛头直指最高统治者，情感沉稳而慷慨，言辞淋漓而痛快，观点独具只眼，是怀古咏史词的杰作。

赏 析

这首词可分为上、下两片。

词的上片，叙写历史事实，表达词人对岳飞蒙冤受屈而产生的强烈愤慨。

“拂拭残碑，敕飞字、依稀堪读”三句，词人开门见山，直接叙事：拂拭去残碑上的尘土，当年石刻的宋高宗赐给岳飞的诏书赫然在目，上面的字迹还依稀可辨。这里，词人直接摆出事实——“残碑”“敕飞字”。据史料记载，此残碑之上，有宋高宗赵构亲笔书写的“精忠报国”四字。词人想到岳飞率军抗金，大战金兀术，屡立战功而后又惨遭杀害的遭遇，不由得义愤填膺：“依稀堪读”四字，不就是铁的事实吗？！岳飞竟有如此遭际，又何必当初呢？词人不由得怒火中烧，悲愤之情难以抑制。

“慨当初、倚飞何重，后来何酷”紧承上句，表达了词人的不平和慨叹：令人感慨万分的是，宋高宗当初对岳飞是何等的器重，后来又为什么是那样的残酷！这里，词人运用对比的手法，表达了词人内心无比的愤懑：当初，岳飞“驾长车，踏破贺兰山缺”（岳飞《满江红》）、“长驱渡河洛，直捣向燕幽”（岳飞《送紫岩张先生北伐》），是何等的“壮怀激烈”，是何等的无人能敌！可后来却惨遭杀害，成为千古奇冤！词人心中的怒涛汹涌，愤然难平！

“果是功成身合死，可怜事去言难赎。最无辜、堪恨更堪悲，风波狱”是词人对封建统治者的愤怒控诉：难道岳飞功高震主就身当该死？！可惜事过境迁，宋高宗杀害岳飞的罪恶难以挽回！最令人感到可恨可悲而又极为无理的是，秦桧等人一手制造的杀害岳飞的风波亭千古冤狱。词人言之凿凿，言必有中，慷慨激昂，表达了心中难以抑制的义愤。“难赎”二字，词人直截了当地表达了宋高宗就是历史的罪人，将会永远地被钉在历史的耻辱柱上。“最无辜”“堪恨更堪悲”，这些词语不仅表达了词人的极大悲愤，也是对宋高宗、秦桧之流无情地揭露和批判。

词的下片，着重剖析岳飞被害的原因。

“岂不念，疆圻蹙；岂不念，徽钦辱”是词人义正词严地质问：宋朝的皇帝啊，难道你就不想那逐日丧失的疆土？！难道你就不思徽、钦二帝被俘虏去的奇耻大辱？！词人用疆土被侵占、二帝被掳的铁的事实，痛斥宋高宗的无情无义，义愤填膺，以无可辩驳的事实和毋庸置疑的语气对宋高宗予以迎头痛击和无情揭露。

“念徽钦既返，此身何属”是词人辛辣地诛伐：然而徽宗、钦宗如果真的返回之后，你赵构的帝位又怎能再属于你呢？这里，词人抓住宋高宗贪图皇位、求和辱国的软肋，一针见血地进行无情的鞭笞，揭露其丑恶的内心世界，直击要害，令人击节。

“千载休谈南渡错，当时自怕中原复”最终揭示了高宗杀害岳飞的真正原因：千年万代的人们啊，再不要说不该南渡偏安一隅，当时的赵构啊，自己就怕把中原收复。词人一语中的；高宗杀害岳飞，目的就是为了保住自己的帝位！如果岳飞收复中原，徽、钦二帝回朝，那么高宗皇位就必然难保。词人至此无情地揭露高宗的险恶用心，把其丑恶灵魂暴露于光天化日之下。

“笑区区一桧亦何能，逢其欲”最后二句，是词人得出的非同一般的结论：可笑的是区区一个秦桧又有多少能耐，只是那奸臣秦桧迎合了赵构的心意而已。词人独具只眼，把杀害岳飞的罪魁祸首锁定在最高统治者宋高宗身上！因为区区的一个秦桧是没有能力置岳飞于死地的。

这首词最突出的特点是议论入词，语言犀利，观点新颖而深刻，简直就是一篇有理有据、义正词严、鞭辟入里的战斗檄文。

杨　慎

杨慎（1488—1559），字用修，号“升庵”。后因流放滇南，故自称“博南山人”“金马碧鸡老兵”。四川新都（今四川成都）人。明代文学家。长于诗文、词曲，虽不专宗盛唐，且不满李梦阳等人“剽窃雷同”，但仍有拟古倾向。性放纵，但天才高逸，学识渊博。正德六年状元，授翰林院编修。因议大礼，被杖责谪戍云南永昌，终含愤卒于戍所，追谥“文宪”。谪戍期间，奋力览书著述，著作达百余种，当推明代之首。有《升庵集》、散曲《陶情乐府》等传于世。

临　江　仙①

滚滚长江东逝水②，浪花淘尽英雄③。是非成败转头空④。青山依旧在⑤，几度夕阳红⑥。

白发渔樵江渚上⑦，惯看秋月春风⑧。一壶浊酒喜相逢⑨。古今多少事⑩，都付笑谈中。

注　释

① 临江仙：词牌名，原为唐教坊曲名。又名“谢新恩”“庭院深深”等。

② 东逝水：是指江水向东流逝而去。这里喻指光阴如江水般流逝。

③ 淘尽：冲刷、冲洗去杂质。如唐代刘禹锡《浪淘沙》九首之八：“千淘万漉虽辛苦，吹尽狂沙始到金。”

④ 成败：即成功与失败。《战国策·秦策三》有语：“良医知病人之死生，圣主明于成败之事。”

⑤ 青山：青葱的山岭。《管子·地员》有言："青山十六施，百一十二尺而至于泉。"

⑥ 几度：几次。

⑦ 渔樵：渔翁、樵夫。这里指隐居或隐居之人。渚（zhǔ）：水中小块陆地。这里引申为江岸边。

⑧ 秋月春风：指良辰美景或美好的岁月。

⑨ 浊酒：未过滤的水酒。

⑩ 古今：从古到今。苏轼《乞相度开石门河状》："古今之事，非知之难，言之亦难。"

题 解

这是一首中调词，是明代文学家杨慎所作，写于明世宗嘉靖三年（1524）之后。这年，作者因罪被谪戍，终老于云南永昌。三十多年来，他的足迹几乎遍布云南，且每到一地便与读书人谈诗论道，写下了大量描写云南的诗词。这首词即是其中一篇。这首词是作者所作长篇弹词《廿一史弹词》中第三段《说秦汉》的开场白，后被清初毛宗岗置于《三国演义》卷首。

这首词评说历史兴亡，却不涉及具体的人、事，只是喟叹人生之短暂，不如看淡成败得失、随遇而安，在富含寓意的景物描写中表达了词人鄙夷世俗、淡泊名利的开阔、达观的胸襟，读来慷慨悲壮、荡气回肠。

赏 析

这首词分为上、下两片。

词的上片，着重透视历史，咏叹宇宙万物及人事。

"滚滚长江东逝水，浪花淘尽英雄"二句，气象壮观，感慨深沉：滚滚长江向东流去，不再回头，多少英雄就如那奔腾、翻飞的浪花一般消逝了。词人站立于长江之滨，仿佛眼前展开了一幅历史长河的画卷，生发出一种深沉而广阔的喟叹：历史就如江水一般，那些如汹涌的浪花一样叱咤风云、建树丰功伟绩的英雄人物，也被历史的水流所带走。词人用极形象、极有气势的景象来作比喻，恰切而生动，让人在感受壮观之景中悟出对历史的思考和对人生价值的探求。这里，词人显然化用了宋代大词人苏轼的“大江东去，浪淘尽，千古风流人物”（《念奴娇·赤壁怀古》）的词意。

“是非成败转头空。青山依旧在，几度夕阳红”紧承上两句，是词人对时空和人事的深刻而达观的感悟：不要去争什么是与非、成与败，那些都是昙花一现，短暂而不长久的；只有那青山不老，依然长存，只有那太阳永在、依然朝升夕落。这里，词人融合了古往今来的人世万象而得出的人生哲理，既精辟而又透彻，把人生的酸甜苦辣、荣辱得失和人世的悲欢离合、功名利禄，盛衰兴亡皆蕴含其中，言少而意丰。“是非成败”皆如过眼云烟，“转头”即“空”，斤斤计较、耿耿于怀大可不必。这不仅体现出词人的豪迈与达观，也有一种淡泊名利、不刻意追求之意。词人在“青山依旧在”的“不变”与“几度夕阳红”的“变”的对立统一中，悟出了人生的真谛：人生当然要有所作为，但绝不要被名缰利锁所束缚、所羁绊，要拿得起、放得下。词人也正是这样做的，在遭受杖责被贬远戍云南之后，便潜心于学问、著述，著作多达百余种，给后世留下了丰富的精神财富。

词的下片，着重抒写词人旷达的胸怀和高洁的情操。

“白发渔樵江渚上，惯看秋月春风”二句，词人给读者塑造了一位“白发渔樵”的形象：江上的那位白发渔翁，早已习惯于春夏秋冬四时的变化。词人笔下的“白发渔樵”，不说是词人自己形象的化身，至少是词人在他身上寄托了自己的人生追求和人生理想。词人被贬戍云南云昌，三十多年访民会友，足迹遍及云南的山山水水，角角落落，这首词正是借古讽今、抒写词人情志的长篇弹词中的一个开场白。词人着一“惯”字，正与上片的窥透历史、洞察人生相互照应，表现出词人在“江渚”之上、在“秋月春风”之中，有一种“白发未除豪气在”（宋·陆游《度浮桥至南台》）的恬然和坦然。

“一壶浊酒喜相逢，古今多少事，都付笑谈中”是词人在享受人生中的大彻大悟：痛快地畅饮一杯酒，古往今来的多少事啊，都付予那畅畅快快的笑谈之中。这里词人由于有自己明确的人生追求和理想，且胸怀高洁志趣，要有所作为，故而在与志同道合的朋友“喜相逢”之时，即使是“一壶浊酒”，亦是喜不自胜，把古今快与不快之事，都融化于饮酒的欢声笑语之中，全然没有“潦倒新停浊酒杯”（唐·杜甫《登高》）的忧伤和“浊酒一杯家万里”（宋·范仲淹《渔家傲》）的悲凄，有的只是超然脱俗、淡然处之的进取和达观。这在词人所处的封建时代，能够做到这一点，确实是难能可贵。

这首词意旨深刻，容量极大。词人包罗万象，贯通古今，感慨“英雄”，羡慕“渔樵”，极大极小，有虚有实，把自己对宇宙历史、社会人生的思考皆融入寥寥六十字中，确实有“百锻成字，千炼成句”（唐·皮日休《刘枣强碑》）的超强功力。

吴 伟 业

吴伟业（1609—1672），字骏公，号“梅村”。江苏太仓人。清初诗人。诗学唐人。早年才情艳发，诗风清丽；中年历经丧乱，诗风一变为凄楚苍凉。七言歌行自成一体。其诗从多方面反映了明末的黑暗现实和下层人民的苦痛，艺术水平较高。描写陈圆圆与吴三桂事的七言歌行《圆圆曲》为其名篇。又善词曲书画。明崇祯四年进士。曾为东宫侍读，官至左庶子。明亡，被迫仕清，为国子祭酒。晚年，终以出仕清朝为耻，认为“误尽一生是一官，弃家容易变名难”，更加痛苦寂寥。著述甚多，有《梅村家藏稿》《梅村集》等。

过淮阴有感（二首选一）

其二

登高怅望八公山①，琪树丹崖未可攀②。
莫想阴符遇黄石③，好将鸿宝驻朱颜④。
浮生所欠只一死，尘世无由识九还⑤。
我本淮王旧鸡犬⑥，不随仙去落人间。

注 释

① 八公山：在今安徽凤台东南。传说西汉淮南王刘安门客中有八公，炼丹服食，后随淮南王登山，白日升天，其山后称八公山。

② 琪树丹崖：即玉树红崖，用来形容仙境景物。

③ 阴符：即《阴符经》，古代的兵书。黄石：传给张良《太公兵法》的老人。张良学此《太公兵法》，辅佐刘邦定天下。

④ 鸿宝：淮南王刘安及门客所作修道之书。驻朱颜：使朱颜永驻，即保持青春永远不老。

⑤ 九还：古代的炼丹之法，是说经过九次锻炼方可炼成，故称“九还”。

⑥ 淮王旧鸡犬：传说淮南王刘安好道，白日升天成仙，其鸡犬因舔吃仙药亦随之升天。即成语“一人得道，鸡犬升天”。

题解

这是一首七言律诗，是明末清初的诗人吴伟业所作，写于清顺治十年（1653）。当时，诗人被迫出仕清朝，应诏北上过淮阴（今江苏淮安）时有感作诗两首，此诗是第二首。诗人来到淮阴，联想起汉高祖刘邦之孙、淮南厉王刘长之子刘安曾在此为王。其人才思敏捷，博学善辞，曾招募门客方士数千人，编写成《淮南子》等道家著作。诗人借用淮南王刘安八公山鸡犬升天的历史典故，表达了自己未能追随明朝皇帝共殉国难而屈身改仕异族的叹恨与自责。

这首诗语工意新，用典贴切，寄托深远，有一种深挚感人的艺术魅力。

赏析

首联“登高怅望八公山，琪树丹崖未可攀”，诗人登高望远而生情：我登上高处怅然地望着那八公山，那里尽是玉树红崖，如仙境一般，我却未能登攀。“登高”二字，点题言事，简洁干脆。“八公山”点明地点。“怅望”二字，直写心情，把感伤、失意和怀想之意蕴含其中。尤其是“琪树丹崖”的“八公山”曾是淮南王刘安成仙飞行之地，让诗人想而“未可攀”，心中不免叹惋，加之又应诏北上，违心出仕，内心徒增了无限渺茫。

颔联“莫想阴符遇黄石，好将鸿宝驻朱颜”，诗人借典故、借故事蕴情：我不再希冀获得《阴符》兵书，遇上黄石，只是企望好好地钻研《鸿宝》，使我保持青春永远不老。上句用黄石公赠张良《太公兵法》的典故，下句用淮南王刘安珍爱神仙方术秘籍《枕中鸿宝苑秘书》而升天成仙的故事，来表达诗人的心志：自己既不愿像张良那样建立功勋、飞黄腾达，也不会像传说中的刘安那样飞升成仙、长生不老。实则表达了诗人自己“世事真成反招隐，吾徒何处续离骚”（《过淮阴有感》第一首。意谓：我本志只想隐居乡里，不想出仕，现在却与本志完全相反；我本志心恋故国，现在也不必如屈原一样眷恋故国了）的矛盾、彷徨的心理。

颈联“浮生所欠只一死，尘世无由识九还”，诗人直抒胸臆，表露内心的苦衷：我此生身仕两朝，今生所欠的只有一死；尘世之上，我也无缘识得那“九还”炼丹之法而飞升成仙。上句诉说诗人苦不堪言的痛苦：自己身仕两朝，蒙受不忠之耻辱。下句用典表达诗人的痛不欲生：自己没有飞升成仙之术，如今新朝诏书已经下达，违心而仕，自感是苟活于人间。因为诗人深深懂得：“昔人一饭犹思报，廿载恩深感二毛。”（《过淮阴有感》第一首。二毛：人到中年，头发花白，黑白相间。意谓：从前受人一饭尚且想着酬报，何况在明朝二十年的深恩怎不让我感慨两鬓花白。）由此可见，诗人在激烈的思想斗争中，深陷自责而难以自拔。

尾联“我本淮王旧鸡犬，不随仙去落人间”，是诗人深沉的忏悔：我本是淮南王旧日的鸡犬，深深地愧恨自己当年不随其升仙却落入人间。诗人借用“一人得道，仙及鸡犬”的典故，痛悔自己不能追随明思宗自缢而殉国，如今却要屈身改仕异族。这也成为诗人生命中大的负担。如此露骨的诗意，没有遭受清廷的“文字狱”，多亏了清廷的一项宽大政策：明朝遗臣之眷念故国，亦是人之常情，不能以此定罪。不过，诗人到底故国之思深重，出仕第二年便以母丧为由，告假归里，终老于故里。

这首诗最突出的特点：婉曲手法的妙用。诗人巧用典故、寓情于景及隐讳的语言表达了不愿身仕两朝的旨意，痛悔之情，感人至深。

余　怀

余怀（1617—1696），字澹心，一字无怀，号“广霞”“曼翁”等，晚年自号“鬘持老人”，福建莆田人，侨居江宁（今南京）。清代文学家。多才艺，诗词小说、琴棋书画、歌舞戏曲无不精娴。晚年退隐于吴门（今江苏苏州），喜漫游，以布衣终身。著述颇丰，有《味外轩文稿》《味外轩诗辑》《玉琴斋词》《东山谈苑》等多本。

桂枝香·和王介甫①

江山依旧，怪卷地西风，忽然吹透。只有上阳白发②，江南红豆③。繁华往事空流水，最飘零，酒狂诗瘦④。六朝花鸟⑤，五湖烟月⑥，几人消受？

问千古英雄谁又？况伯业销沉⑦，故园倾覆，四十余年，收拾舞衫歌袖。莫愁艇子桓伊笛⑧，正落叶乌啼时候。草堂人倦，画屏斜倚，盈盈清昼⑨。

注　释

① 桂枝香：词牌名。又名“疏帘淡月”。王介甫：王安石，北宋政治家、思想家、文学家。此词是和王安石《桂枝香·金陵怀古》一词的。

② 上阳：唐代上阳宫，旧址在今河南洛阳西南。白发：指白头宫女。

唐代著名诗人白居易写有《上阳白发人》一诗，叙写白头宫女之哀怨。这里用“上阳白发人”喻指前朝遗民的凄凉状况。

③ 江南红豆：化用唐代诗人王维《相思》诗中“红豆生南国”之意，用红豆作为思念故国的象征。

④ 酒狂：典出《汉书·盖宽饶传》：“宽饶曰：‘无多酌我，我乃酒狂。’丞相魏侯笑曰：‘次公（宽饶字）醒而狂，何必酒也。’”《酒狂》亦为古瑟曲名，相传为魏晋竹林七贤之一的阮籍所作。诗瘦：这里化用李白戏赠杜甫的诗句：“借问别来太瘦生，总为从前作诗苦。”

⑤ 六朝：南京曾是东吴、东晋、宋、齐、梁、陈六个朝代的都城。这里指代南京。

⑥ 五湖：这里指太湖。

⑦ 伯业：即霸业。

⑧ 莫愁：这里指南京水西门外的莫愁湖。古乐府有《莫愁乐》：“莫愁在何处？莫愁在城西。艇子打两桨，催送莫愁来。”桓伊笛：典出《晋书·桓伊传》：“善音乐，尽一时之妙，为江左第一。有蔡邕柯亭笛，常自吹之。”

⑨ 盈盈清昼：这里指消磨白天的漫长时光。

题 解

这是一首长调慢词，是清代词人余怀所作，是为和北宋词人王安石的《桂枝香·金陵怀古》而写的。王安石的原词着重于怀古，格高境远，将词人满腹忧国忧民之情付诸笔端，在三十几家同题词作中被推为“绝唱”。这首词着重于伤今，意在抒写亡国之哀思。尤其是下片以“伯业销沉”“故园倾覆”和“落叶”“乌啼”来暗寓明朝之灭亡、回天乏术，含蓄深沉，别有意旨。

这首词语言通俗、浅直，用典自如，做到了情景交融，有一种别具一格的凄艳词风。

赏 析

这首词可分为上、下两片。

词的上片，重在表达故国之思。

"江山依旧，怪卷地西风，忽然吹透"直写眼前情景：江山风景依然如故，奇怪的是忽然一阵卷地的西风，似乎一下子把万事万物都吹透了。乍一起笔，词人便着上"江山依旧"四字，有一种"江山不管兴亡事"（唐·包佶《再过金陵》）的哀叹在其中：天地未变，山水依然如旧，一切似乎还是原样。同时，与王安石词中的"千里澄江似练，翠峰如簇"相对应，其意也是相同，这就扣住了词题中的"和"字。"怪"字领起以下二句，词人极写故国衰亡之叹："西风""忽然吹透"！可见，词人这里的寓意是非常深沉的：虽然山水依旧，但"江山"易主，岂不悲哉！这"吹透"的不仅是万事万物，而且是词人的心啊！这就为全词奠定了凄冷的感情基调。

"只有上阳白发，江南红豆。繁华往事空流水，最飘零，酒狂诗瘦"五句，词人借典写景，表达了他对故国深沉的怀念：只有那白发苍苍的宫女，空唱着相思之曲寄情于红豆，古都的繁华往事就像那寂然而逝的流水，最令人伤感的是自己如浮萍般身世飘零，潦倒半生只能沦落为憔悴诗人和癫狂酒徒！这里，词人借典借景表达了国土沦丧、流光抛人的凄悲。"上阳白发"，借白居易之典，来喻指大明王朝的覆亡。"江南红豆"，化用了王维之诗句，以表词人对故国之怀念。"繁华往事空流水"，借景写情：故国繁华不再，往事如烟，"逝水悲兴废"（宋·吕惠卿《留题兴安王庙》），把对故国的深切怀念寓于其中。"酒狂诗瘦"，词人运用典故，表达了他摆脱故国之思的办法，就是沉醉于诗酒，超脱苦难沉重之现实。

"六朝花鸟，五湖烟月，几人消受"用丽景来反衬词人内心的苦悲：金陵的花艳鸟美，太湖的烟月美景，又有几人还能欣赏享受？！词人用反问和反衬的手法，"以乐景写哀""倍增其哀"（清·王夫之《姜斋诗话》），使得思念故国之情达到了高潮。

词的下片，重在抒写亡国之恨。

"问千古英雄谁又？况伯业销沉，故园倾覆，四十余年，收拾舞衫歌袖"紧承上片对故国深挚的怀恋，喟叹明朝的沦亡：千古英雄人物啊，如今又有谁存在？况千秋霸业沉沦，故国也被颠覆，回想自己年过四十，怎么会经历不再有那轻歌曼舞、歌舞升平景象的痛彻心扉的惨剧呢？这里，词人伤于明太祖朱元璋开创的近三百年的基业毁于一旦，"销沉""倾覆"和"收拾"等词，与"舞衫歌袖"形成了强烈对比，表达了词人深重的怨愤之情。

“莫愁艇子桓伊笛，正落叶乌啼时候”是词人用哀景来写哀情：莫愁湖上小艇依旧在湖上荡漾，桓伊那样美妙的笛声仍然回荡在山峦汀洲，而今又到了万木凋谢、乌啼花落的时节。这里，词人运用哀景来状写哀情的正衬手法，表达了他对明朝灭亡的无限的怨恨，有声有色，有动有静，万千怨恨融于景色之中。

“草堂人倦，画屏斜倚，盈盈清昼”是词人通过对自身的描写，表达内心深深的悲哀：草堂中，我乏困不堪地斜倚着画屏，消磨着漫长而又难熬的白天。词人通过自己“人倦”“斜倚”的动作、形象来表达故国覆亡之后自己内心的无限凄苦和悲恨。

这首词手法多样，构思精妙。上、下两片从故国之思和亡国两个方面来写，思路清晰。尤其是运用了用典、化用、衬托（正衬、反衬）、情景交融及心理描写和动作描写等多种手法，把深沉的思恋和深重的怨恨表达出来，思恨交加，痛彻心扉。

陈 维 崧

陈维崧（1625—1682），字其年，号“迦陵”，江苏宜兴人。清初文学家。其文学以词及骈文最著名，亦工诗。其诗风格典赡，纵横豪放，有激昂悲慨之情。康熙十八年（1679）举博学鸿儒科，授翰林院检讨，参与修《明史》。有《迦陵文集》《迦陵词》《湖海楼诗集》等留世。

满江红·秋日经信陵君祠①

席帽聊萧②，偶经过信陵祠下。正满目荒台败叶，东京客舍③。九月惊风将落帽④，半廊细雨时飘瓦⑤。柏初红⑥、偏向坏墙边，离披打⑦。

今古事，堪悲诧；身世恨，从牵惹⑧。倘君而尚在，定怜余也。我讵不如毛薛辈⑨，君宁甘与原尝亚⑩？叹侯嬴、老泪苦无多⑪，如铅泻⑫。

注 释

① 信陵君祠：在今河南开封。信陵君：战国时魏公子无忌。以养士好客与春申君、平原君、孟尝君并称为“战国四君子”。

② 席帽：古代的一种帽子。以藤席为骨架，形似毡笠，四边垂下。聊萧：形容士子不第的落寞情态。

③ 东京：指河南开封。

④ 惊风：指大风。落帽：语出《晋书·桓温传》附《孟嘉传》：“有风至，吹嘉帽堕落，嘉不之觉。温使左右勿言，欲观其举止。嘉良久如厕，温令取还之，命孙盛作文嘲嘉，著嘉坐处。嘉还见，即答

之，其文甚美，四坐嗟叹。”

⑤ 飘瓦：喻指外来的祸患或飘忽无定的事物。

⑥ 桕（jiù）：乌桕树，种子呈红色。

⑦ 离披：分散的样子。

⑧ 从：因此。

⑨ 讵（jù）：难道，岂。毛薛：这里指战国时期隐居贤士毛公、薛公。

⑩ 宁：难道。原尝：指战国时与信陵君齐名的平原君与孟尝君，皆以礼贤下士著称。亚：次一等。

⑪ 侯嬴：大梁夷门监门小吏，年已七十。战国时魏人。侯嬴献计窃符救赵。此处词人以侯嬴自况。

⑫ 如铅泻：指泪水尽情地流淌，化用唐代诗人李贺“忆君清泪如铅水”（《金铜仙人辞汉歌》）的诗意。

题 解

这是一首长调慢词，是清代词人陈维崧所作。词人在清秋时节，路经信陵君祠，目睹祠内荒凉之景，追怀以礼贤下士而名垂千古的信陵君，表达了词人怀才不遇的苦闷和悲愤。词人借追念信陵君，把自己在明朝灭亡后家族败落、半生漂泊和寂寞潦倒的遭际融于词中，传达出对现实社会的强烈不满和有力的控诉。

此词语言精练，极富感情色彩；意象纷呈，用典恰切，意旨深刻。

赏 析

这首词分为上、下两片。

词的上片，着重于写景。

“席帽聊萧，偶经过信陵祠下”紧扣词题，直叙其事：我戴着遮阳的帽子，心情落寞，偶然从信陵君的祠堂下面经过。乍一开篇，词人就用“席帽聊萧”四个字，自绘形象，自写心情，把失意、潦倒之意寓于其中。后两句，用语自然，明白晓畅，紧扣题目。尤其是“聊萧”两字，既写了心情，又表示了季节，直扣词题中的“秋日”两字。

“正满目荒台败叶，东京客舍”描写了信陵君祠堂的荒凉萧瑟之景：眼中含着泪水，荒凉的台阶上落满了枯败的叶子。这个时节，我正孤身一人留宿在河南开封。词人着一“客”字，与上句的“偶”字相照应，既点明了行踪，又表明了词人浪迹天涯的苦况：自己落魄荒野，目睹先贤祠堂，想起信陵君德高风远，于是倍感伤怀，自己生不逢时，难以遇到信陵君这样礼贤下士的恩主！尤其是看到如此德劭风高之人，他的祠堂也已满目疮痍，不禁悲从中来，深感世事之衰败。

“九月惊风将落帽，半廊细雨时飘瓦。”词人巧用典故，景中融情：九月的大风把帽子吹得随风飘落，走廊里大半的雨水飘洒于屋瓦之上。这里，词人上句巧用孟嘉的典故，来映衬自己“惊风乱飐芙蓉水”（唐·柳宗元《登柳州城楼寄漳汀封连四州》）的孤寂凄苦。下句妙用《庄子》中的典故，以便衬托自己“密雨斜侵薜荔墙”（同前。此二句写夏天暴雨的情景，惊风密雨摧残香花香草，托意于物）的伤悲和哀怨。这两句与首句相照应，为下片的抒情埋下伏笔。

“柏初红、偏向坏墙边，离披打”紧承上句，再写祠堂颓败之景：乌柏树的叶子经秋霜而染上红色，叶子散乱地朝着破烂的墙边挣挣扎扎地伸展。词人运用拟人的手法，以衰败零落之景来衬托自己孤寂、落寞的心境。同时，为下片的抒情作了很好的铺垫。

词的下片，着重于抒情。

“今古事，堪悲诧；身世恨，从牵惹”承上启下，转入直抒胸臆：过去的事情和现在的事情交织在一起，让人十分惊异和悲愤。我深深地怨恨自己的身世，因此而受到牵连。“堪悲诧”三字，将词人怀才不遇的苦闷和悲愤蕴含其中。尤其着一“堪”字，可见出那种幽愤已到了难以忍受的程度。“身世恨”三字，更是直接抒情，把自己生不逢时、无人帮扶的凄苦抒写出来。

“倘君而尚在，定怜余也”是词人的假想：假如信陵君仍然在世，一定会给我留下怜爱的余地。这里，词人用假设来释放内心的愤懑不平：如果自己生逢其时，遇上信陵君这样知人善任之人，一定会如侯嬴一样得到荐举和重用。词人用假设之法，来慨叹世无知己、世道昏暗，自己生不逢时，难以施展才能、实现志愿的无奈。一个“倘”字，包含了词人有志难伸、有才难展的悲凄。

“我讵不如毛薛辈，君宁甘与原尝亚”是词人满怀自信的反问：难道我还不如毛公、薛公那些人吗？信陵君难道甘愿比平原君、孟尝君低一等吗？这里，词人极有自信，敢于与隐士毛公、薛公相比肩，且若辅佐信陵君，定然不会落在平原君和孟尝君之后。但假设毕竟是假设，词人着一“讵”字，道出了知音难遇之苦愁。

“叹侯嬴、老泪苦无多，如铅泻”一句，词人用侯嬴的例子收束全篇：我多么地慨叹侯嬴有那样好的机遇，即使老泪纵横、尽情流淌也觉得不够悲苦。词人卒章显志，以侯嬴自比，渴盼像他一样遇到自己人生中的“信陵君”！着一“叹”字，把无尽的凄楚蕴含其中，是一种无望地挣扎、企求和哀叹，从而表达了词人对现实社会的控诉和强烈不满，真的是“怎一个‘叹’字了得”？

这首词情感深挚，手法精妙。词人运用以典写情、景中寓情及拟人、比况等手法，且与直抒胸臆相结合，把生不逢时的身世之悲、没有知己的际遇之苦和怀才不遇的现实之愤皆融于词中，深刻地揭露了“不肖用事而贤良伏，无功贵而劳苦贱”（《韩非子·亡征》，意为：少德无才之辈掌权而德才兼备的伏匿不出，没有功绩的人进身显贵而辛劳勤苦的人处于卑贱地位。词人认为这是国家败亡的征象之一）的社会现实。

朱彝尊

朱彝尊（1629—1709），字锡鬯（chàng），号“竹垞（chá）”，晚号“小长庵钓鱼师”，又号“金风亭长”，秀水（今浙江嘉兴）人。清代词人、学者、藏书家。少时贫而好学，年十七，弃举子业，专治古文。康熙十八年（1679）举博学鸿词科，以布衣授检讨。后革职，归家潜心著述。通经史，善诗词古文。词推崇姜夔，曾公开宣称：“词则宜于宴喜逸乐，以歌颂太平。”“浙西词派”的创始人，与陈维崧并称“朱陈”。所作词，风格清丽，多用力于字句声律，虽细致绵密，圆转浏亮，但流于空灵碎巧。诗与王士禛齐名，有“南朱北王”之称，诗风清新浑朴。有《曝书亭诗文集》《日下旧闻》等多部。

卖花声·雨花台①

衰柳白门湾②，潮打城还③。小长干接大长干④。歌板酒旗零落尽⑤，剩有渔竿。

秋草六朝寒⑥，花雨空坛。更无人处一凭阑。燕子斜阳来又去⑦，如此江山。

注 释

① 卖花声：词牌名，即“浪淘沙”，原为唐教坊曲名。雨花台：南京名胜，在南京中华门外聚宝山上。相传法师梁云光在这里讲经，感天而雨（降落）花，故而称雨花台。

② 白门湾：指南京长江口。

③ 城：这里指古石头城。

④ 小长干、大长干：皆为南京地名。左思《吴都赋》刘逵注曰：“江

东谓山冈间为干，建业（南京）之南有山，其间平地，吏民居之，故号为干。中有大长干、小长干，皆相属，疑是居称干也。”

⑤ 歌板：指唱歌时打节奏的拍板。

⑥ 寒：寒荒，荒凉。

⑦ 燕子斜阳：此句化用唐代诗人刘禹锡《乌衣巷》“朱雀桥边野草花，乌衣巷口夕阳斜。旧时王谢堂前燕，飞入寻常百姓家”诗意。

题 解

这是一首双调小令，是清代词人朱彝尊所作。词人早年曾参加过抗清复明活动，对明朝怀有深厚的情感，这首词便是他凭吊明朝故都、抒发家国之思的代表作品。全词通过对金陵荒凉、衰败之景的描绘，借对六朝的追思，来表达对明朝的哀怨。

这首词语言清丽，善绘意象，融情入景，情景交融，将深沉、绵远的感慨寄寓词作之中。

赏 析

这首词可分为上、下两片。

词的上片，着重写词人登雨花台所见。

“衰柳白门湾，潮打城还”开门见山，直写词人登上雨花台的所见景致：衰败的杨柳围绕着建康城，只见那潮水打着空城，又寂寞地退回。这里，词人用“衰柳”之静景和“潮打”之动景，从视觉和听觉两个方面给读者描绘了一幅背景宏大而情调冷落苍凉的图景，给人一种“衰杨古柳”（宋·柳永《少年游》）和“潮打空城”（唐·刘禹锡《金陵五题·石头城》）的凄冷的感受。

“小长干接大长干。歌板酒旗零落尽，剩有渔竿”是词人放眼远眺所看到的情景：只见城南那名叫小长干的古巷，连接着那叫大长干的古巷；而那唱歌、踏板的声音却零零落落，一会儿就听不到了；那酒旗帘子稀稀疏疏，一阵子又看不见了；只看见那孤寂的渔人重钓寒江的渔竿。词人览观全景，笔下有择选，从街巷着笔，用“歌板酒旗”“渔竿”来点染，描写出一种“零落”之景，再以寂然而“尽”的“无声胜有声”（唐·白居易《琵琶行》）的艺术效果来渲染，给人一种深沉的凄楚和伤感，亦透露出繁华不再、盛世已逝的悲凉。

词的下片，着重绘雨花台之景。

“秋草六朝寒，花雨空坛”词人由远而近，写眼前近景：想那六朝建都的南京，如今只剩下一片秋草萋萋的衰败和荒寒；从前的雨花台，而今只留下空荡荡的坛台。这里，词人用“六朝寒”三字，一笔带过六朝漫长的兴衰史。着一“寒”字，打通了视觉与触觉，点示了吊古伤今之词旨。“秋草”两字，使得这种感伤更加沉重了。着一“空”字，把雨花台昔盛今衰的凄伤寓含其中，如今胜景已逝，唯有寂寥，只有词人茕茕孑立、形影相吊，由此可见，昔日的繁盛之景已经败落到何种地步！

“更无人处一凭阑。燕子斜阳来又去，如此江山”描写词人孑然凭栏所见之景：我独自一人，站在空寂的雨花台上，凭栏远眺，只见那斜阳里翩翩飞舞的燕子，匆匆飞来又匆匆飞去，空城、空台还是如此的寂寥、落寞。这里，词人用“一凭阑”表达了“断肠”之痛：故国恢复无望，仕途遭遇坎坷，一腔悲怨无处可诉。“燕子”一句，巧妙化用刘禹锡《乌衣巷》的诗意，用拟人的手法写出了如今连燕子也不愿栖息的雨花台之荒凉，有一种人也不堪目睹之悲。词末的“如此江山”四字，把词人无尽的慨叹含于之中，把那种欲言又止，欲说还休的无奈、无徒、无助、无望、无着等种种悲苦和怨愤融汇其中，且与词首相呼应，深化了词旨。

这首词构思精妙，情景交融。此词以“雨花台”为中心，将所见之景择要而写，做到了远近相谐，动静结合，声色皆有，可说是句句有景，字字含情，真正达到了“一切景语皆情语”（清·王国维《人间词话》）的艺术佳境，把深沉的感慨和无尽的哀怨融入词中，确有“声可裂竹”（清·谭献《箧中词》）的艺术魅力。

屈 大 均

屈大均（1630—1696），原名绍隆，字介子，号“翁山”。广东番禺（今广东广州）人。清代诗人。明末秀才。清兵入广州前后，曾参加抗清活动。失败后曾削发为僧，不久还俗。其诗慷慨奇伟，有才气，感情愤激，多浪漫色彩，颇能反映民间疾苦和爱国热情。长于山林边塞内容，尤擅长五言近体诗，为“岭南三大家”之一。著有《翁山诗外》《道援堂集》。

鲁 连 台①

一笑无秦帝②，飘然向海东③。
谁能排大难④，不屑计奇功⑤。
古戍三秋雁⑥，高台万木风⑦。
从来天下士⑧，只在布衣中⑨。

注 释

① 鲁连台：在山东聊城东，高七丈，是后人为纪念战国侠士鲁仲连所建。
② 一笑：这里指鲁仲连的一笑。无秦帝：使秦王不敢称帝。
③ 海东：指东海。
④ 排大难：这里指鲁仲连豪侠仗义，常为人排忧解难。
⑤ 不屑（xiè）：认为不值得，轻视。
⑥ 戍（shù）：指古代驻军戍守的堡垒。三秋：秋季，也可指秋季的第三个月，即农历的九月。
⑦ 万木：指成千上万的树木。
⑧ 从来：这里指自古以来。天下士：指以天下为己任的志士。
⑨ 布衣：平民民姓。

题解

这是一首五言律诗，是明末清初的诗人屈大均所作。清顺治十四年（1657），诗人离广东北游，次年春到达北京，复转至山东，遂登鲁连台遗址，感慨鲁仲连之事迹，即写此诗。诗人以鲁仲连的事迹为咏史对象，表达了自己欲效法其人、为反清复明斗争贡献力量的决心和勇气。

这首诗语言朴素却不乏豪气，章法自然而有新意，能够把叙事、写景和抒情紧密结合，融为一体，“神完气足”（清·沈德潜《明诗别裁》）。

赏析

首联“一笑无秦帝，飘然向海东”，诗人直入正题，叙写了鲁仲连一生中最典型的两件事：鲁仲连在一笑之中使得强秦不敢称帝，他功成之后又飘然隐居于大海之东。上句叙写“义不帝秦”之事：秦围赵都邯郸，魏使劝赵国称秦王为帝，鲁仲连笑而陈词，使其称帝计划破产。下句叙说二十多年后鲁仲连“逃隐海上”之事：燕将攻克齐城自守，齐人一年多也没有能够收复。鲁仲连送书信于燕将，晓之以利弊，最后收回了齐城。齐王欲封鲁仲连官爵，他于是就“逃隐于海上”。诗人仅用十个字，言简意赅，就把两件历史事件交代得一清二楚。“一笑”二字，传神地刻画了鲁仲连危难时刻镇定自若、胸有成竹的形象和性格。“无秦帝”则极其精练地概括了鲁仲连的功绩。“飘然”二字，写得极有神韵，形象地描写出鲁仲连不居功自傲、功成不居、视名利如粪土的高士风度和节操。

颔联“谁能排大难，不屑计奇功”，紧“承”上联，表达诗人的赞颂之意：又有谁能像他那样排忧解难，功成之后却不屑于邀赏功名利禄呢？！“谁能”二字，诗人采用反问的句式表达了肯定的意思，即“谁也不能像他那样”“谁也无法与他相比”之意。诗人在对鲁仲连的称颂之中，隐含着尘世之上少有像他这样功成隐退之人的意思。“不屑”两字，表现了鲁仲连“视轩裳如草芥，屏嗜欲若泥沙”（唐·颜真卿《浪迹先生元真子张志和碑铭》）的高风亮节。

颈联“古戍三秋雁，高台万木风”，“转”而写景：古老的边塞飞过那秋天的大雁，高高的鲁连台上吹来万千树木中摇落的寒风。上句着“古戍”二字，从历史的纵向写出岁月流逝之沧桑。下句用“高台”点题，抚今追昔横向写出眼前之荒凉。诗人面对“鲁连台”的荒寂景象，不禁触发出自己万千的喟叹：如此功勋卓著、德劭风高之人，也让后人失敬如此，由此可见人心不古，令人悲哀！有一种“碧玉归无地，丹心痛入天”（屈大均《谒文丞相祠》，意为：碧玉之才，无处归宿；一片忠心，痛彻长空）的悲哀。

尾联“从来天下士，只在布衣中”，是诗人凭吊鲁仲连而得出的结论：自古以来，天下的高人奇士，只是存在于平民百姓之中。诗人以斩钉截铁、毋庸置疑的口吻，表达了一个千古以来颠扑不破的真理。这与伟大的开国领袖毛泽东的“人民，只有人民，才是创造世界历史的动力”的著名论断不谋而合。在这一联里，诗人把自己的胸襟和抱负融入其中，从而成为千古名句。

这首诗意旨深切，层次井然。诗人以“起承转合”的章法结构全篇，将自己的心志融入对鲁仲连赫赫功绩的叙写和对其高风亮节的颂扬之中，人物刻画大笔勾勒，形象鲜明，跃然纸上；融叙事、写景、议论和抒情于一体，确实达到了“诗之外有事，诗之中有人”（清·黄遵宪《人境庐诗草自序》）的艺术境界。

陈 恭 尹

陈恭尹（1631—1700），字元孝，号“半峰”“独漉子”，又号“罗浮布衣”。广东顺德（今佛山顺德）人。清代诗人。其诗慷慨激昂，多颂扬抗清志士。与屈大均、梁佩兰同称“岭南三大家”。他是著名的抗清志士陈邦彦之子，其父抗清殉难，他只身逃脱。他继承父志，曾奔走各地，力图复明。不成，乃弃家远游，隐居广州避祸。有《独漉堂集》。

虎丘题壁①

虎迹苍茫霸业沉②，古时山色尚阴阴③。
半楼月影千家笛，万里天涯一夜砧④。
南国干戈征士泪⑤，西风刀剪美人心⑥。
市中亦有吹箫客⑦，乞食吴门秋又深。

注 释

① 虎丘：又名海涌山，在今江苏苏州西北，为苏州名胜。据《吴越春秋》记载：“阖闾冢在阊门外，葬三日而有白虎踞其上，故曰虎丘。”
② 虎迹：白虎之迹。这里代指虎丘。
③ 阴阴：阴沉，昏暗。
④ 砧（zhēn）：古时捣衣所用的砧杵（chǔ），即捣衣石和棒槌。这里指捣衣的砧声。
⑤ 南国干戈：指南方的战事未停。
⑥ 西风刀剪：这里指妇女为征夫赶制寒衣。
⑦ 吹箫客：本指伍子胥，传说伍子胥由楚奔吴，曾吹箫乞食于吴市，后为吴臣，破楚，报父兄之仇。这里是诗人自况。

题 解

这是一首七言律诗，是清代诗人陈恭尹所作，写于清顺治十年。当时，诗人由杭州抵苏州，在游览苏州名胜古迹虎丘时，即在墙壁上书写了这首诗。诗中以隐匿市井的伍子胥自比，寄托了诗人反清复明的志向，把深沉的家国之思寓于其中。

这首诗用语精练，对仗工稳，典中蕴意，景中含情，含蓄婉转而别有深意，是清初不可多得的名篇佳作。

赏 析

首联"虎迹苍茫霸业沉，古时山色尚阴阴"，开篇紧切诗题，景中融情：葬埋吴王阖闾的虎丘到处是一片苍茫，而吴国的霸业也早已烟消云散；眼前的虎丘如初埋吴王时的景象，山色依然是一片阴沉、昏暗。"虎迹"二字，照应了诗题，点明了地点，点出诗人吊古的对象。"山色""苍茫"之景中蕴含了诗人的感慨——"霸业沉"而"尚阴阴"："霸业"早已消亡，但山色却依然阴暗。诗人在景色依旧而人事皆非的强烈对比中，抒发了深沉的吊古伤今之情。

颔联"半楼月影千家笛，万里天涯一夜砧"，紧"承"上联，由虎丘的眼前实景联想起自己的处境：在这月照半楼的秋夜，千家万户都能听到那幽怨的笛声；我远离了亲人和家乡，漂泊天涯之际，突然听到家家户户捣衣的声音，禁不住悲从中来。上句以"笛"声抒写千万个闺中之人，在月夜凭倚"半楼"，吐露心中对远出在外的丈夫的思念之情。下句运用夸张的手法，描写了苏州城内思妇赶制冬衣以寄丈夫的绵绵捣衣之声，将她们深深的关切和怀念蕴于诗中。这里，诗人用交错的"笛"声和"砧"音，写出了战乱给无数的家庭带来了离别之痛和相思之苦，更加衬托出自己思念亲人、思念家乡和眷念故国的深情。

颈联"南国干戈征士泪，西风刀剪美人心"，诗人由眷念故国而想到了仍坚持抗清的志士及其家属：南方的志士，手持武器反清复明，他们悲愤万分，流着眼泪；抗清志士的家属，她们在肃杀的秋风中，正忙着用剪刀为南方的亲人赶制寒衣。这一联，诗人为读者展现了两幅画面：上句是"志士抗清图"，下句是“闺妇制衣图”。虽然一幅悲壮、一幅凄苦，但两幅图中之人却心心相印、情意深挚。这一联蕴意极深，成为千古名句。

尾联“市中亦有吹箫客，乞食吴门秋又深”，诗人借典明志，表达心愿：只要能够完成抗清复明的大业，我愿意像当年的伍子胥一样在街市上吹箫乞食；但一想到自己艰难的处境，复明的希望就愈加渺茫，使得诗人在深秋之中顿觉心内一片凄凉。这里，诗人用伍子胥报父兄之仇吹箫乞食的典故，表明自己抗清复明的决心。春秋时的伍子胥，其父兄被楚平王杀害。他由楚奔吴，曾吹箫乞食于吴门。后与孙武共佐吴王阖闾伐楚，掘平王之墓，鞭其尸三百以雪心头之恨。这样，此联又暗含对比，有一种生不逢时、知己不遇之慨叹。家仇国恨，无以为报。

这首诗用典恰切、自如，含蓄蕴藉。身处大清的诗人，要表达反清复明、以报国恨家仇的主旨，就得运用委婉的用典手法。诗中首联直写吴王阖闾，尾联以与吴王阖闾密切相关的伍子胥来自比，这样前后呼应、首尾圆合的用典，点明且深化了主旨，又委婉而含蓄，做到了“含不尽之意见于言外”（宋·欧阳修《六一诗话》）的艺术境界。

王士祯

王士祯（1634—1711），字子真，一字贻上，号“阮亭”，别号“渔洋山人”，人称“王渔洋”。山东新城（今桓台）人。清代诗人、诗论家、文学家。顺治进士，官至刑部尚书。谥“文简”。自幼工诗，继钱谦益、吴伟业之后，为康熙时文坛盟主。其论诗宗旨，上承司空图“味外味”说和严羽“无迹可求”说，独标“神韵”，推崇王维、孟浩然，追求冲和淡远、情韵悠然的意趣。主张作诗要“兴会神到”，但片面强调灵感的萌发，导致诗人脱离现实，一味适应当时统治者粉饰现实的需要，此说影响前清诗坛达百年之久。所作诗词，虽于写景、怀人处，清秀有致，然多为粉饰颂扬之作。著有《带经堂全集》《渔洋山人精华录》《池北偶谈》《居易录》《渔洋诗话》等多部。

蟂矶灵泽夫人祠①

霸气江东久寂寥②，永安宫殿莽萧萧③。
都将家国无穷恨④，分付浔阳上下潮⑤。

注　释

① 蟂（xiāo）矶：地名，在今安徽芜湖江岸。灵泽夫人：即孙夫人，三国吴主之妹孙尚香，嫁与蜀汉主刘备，世称孙夫人。夫人殁后，世人建庙祭祀，尊称为孙夫人。孙夫人祠就在蟂矶之上。

② 霸气江东：这里指东吴昔日称雄称霸的气概。寂寥：寂静冷清。

③ 永安宫：蜀汉当年的行宫，位于重庆奉节白帝城，公元223年（章武三年）刘备征吴失败，病殁于此。莽萧萧：这里形容永安宫殿杂草丛生、风声萧萧的荒凉景象。

④ 家国无穷恨：指国破家亡而郁积的永难消释的深重悲哀。

⑤ 浔阳：古郡名，在今江西九江。

题 解

这是一首七言绝句，是清代诗人王士祯所作，写于康熙二十四年（1685）。诗人由广州北上途经芜湖，道经蟂矶，感慨而作《蟂矶灵泽夫人祠》二首，这是第二首。全诗借孙夫人的“无穷恨”来抒发诗人的历史兴亡之感慨，表达了对孙夫人作为政治联姻牺牲品的遭遇的深切同情。孙权为夺取荆州，假意嫁孙夫人与刘备，后因吴蜀交恶，又将孙夫人接回江东，致使夫妻分离，老死不得相见。故而诗人以“都将家国无穷恨，分付浔阳上下潮”来描写孙夫人之痛苦，“浔阳以上为刘，浔阳以下为孙。夫人之恨，真无穷矣。”（清·沈德潜《清诗别裁集》）

这首诗意蕴深婉，味中有味，确有“不著一字，尽得风流”之神韵。

赏 析

前两句“霸气江东久寂寥，永安宫殿莽萧萧”，总写孙吴和蜀汉两国的灭亡：称雄称霸的吴国灭亡已很久远了，蜀汉的永安宫也早已杂草丛生、风声萧萧，到处是一片荒凉之地。诗人乍一起笔，就由孙夫人祠联想到吴、蜀的国灭、败亡，既形象直观，又有一种深沉的历史感，把诗人深沉的感慨寓于其中。上句着一“久”字，与“霸气”相呼应，从时间的角度慨叹吴国亡国之“久”远，是以虚笔言之。下句用“永安宫殿”这一具体的意象来写，并以“莽萧萧”来象征蜀汉之灭亡，是从空间的角度来写。这样，一虚一实，时空相映，为后两句对孙夫人的吟咏作了很好的铺垫。

后两句“都将家国无穷恨，分付浔阳上下潮”，是诗人对孙夫人遭遇的同情：吴、蜀都把家破国亡的无穷的怨恨，分别托付给浔阳江涌来的上潮和下潮。“家国”两字，蕴意深厚：以“家”而论，孙夫人是吴主孙权之妹；以“国”而论，孙夫人又是蜀主刘备的妻室。故而，她在吴、蜀交战之中，感到十分为难，内心的矛盾、纠结和痛苦，常人是不难理解的。在“家”和“国”之间不能两全的两难情况下，她只能含“恨”沉江自殁，故而诗人说“分付浔阳上下潮”。因为，浔阳江以上，属刘备蜀汉之领土，浔阳江以下，属孙权吴国之领土。由此可见，孙夫人忠孝兼而得之的抉择，蕴含了多么难抑的悲愤和痛苦。

这首诗匠心独运，凝练有神。全诗以“家国无穷恨”为旨来构思，以此为灵魂上承对吴、蜀败亡之慨叹，下启孙夫人两难抉择之苦痛。尤其是“分付浔阳上下潮”一句，把孙夫人撕心裂肺般的伤悲蕴含其中，真可谓神来之笔。

洪　昇

洪昇（1645—1704），字昉思，号“稗畦”。浙江钱塘（今浙江杭州）人。清代戏曲家、诗人。用十余年作传奇代表作《长生殿》，于康熙二十七年（1688）脱稿，轰动一时，争相传抄。第二年，因在孝懿皇后丧期内演出此剧，触犯禁忌，被革去国子监生。康熙四十三年，曹寅在南京排演《长生殿》，他应邀观赏后，在浙江吴兴饮酒，醉后落水而死。工诗，多记游、赠送、感怀之作，感叹个人失意穷困，有的能同情农民疾苦、关切国家兴亡。他与孔尚任并称“南洪北孔”。有《稗畦集》《啸月楼集》等。

钓　台①

逃却高名远俗尘②，披裘泽畔独垂纶③。
千秋一个刘文叔④，记得微时有故人⑤。

注　释

① 钓台：指东汉严光（字子陵）垂钓之处。在今浙江桐庐富春江畔，有东西二台，东台传为严光隐居垂钓之处。

② 高名：据南朝宋·范晔《后汉书·逸民传》载：严光少有高名，曾同东汉光武帝刘秀一起游学。俗尘：尘世间的事情。

③ 裘（qiú）：毛皮衣服。这里指羊皮衣服。垂纶（chuílún）：垂丝钓鱼，也指隐居。此处二者兼而有之。

④ 刘文叔：东汉光武帝刘秀，字文叔。

⑤ 微时：微贱没有发迹之时。故人：老朋友。这里指刘秀微贱时的同窗严光。

题 解

这是一首七言绝句，是清代著名的戏曲家、诗人洪昇所作。这是他创作的《长生殿》誉满朝廷之后，因犯忌演出遭厄运后写的。他遭受不幸之际，竟无人施以援手，这使他对世态之炎凉有了清醒的认识，更加使他对历史上那些重情之人产生了由衷的敬佩，于是创作此诗，通过对刘秀贵而不忘贱、坚持要严光出仕的叙写，来寄托自己落难无人救助的感伤之情。

这首诗语言通俗畅达，形象鲜明，叙中有别意，景中寓深情，议中有形象，是一首精美的佳作。

赏 析

首句“逃却高名远俗尘”，紧切诗题，直叙严光之事：严光有高远的名声，当光武帝授他为谏议大夫时，他坚辞不受，对世人追求的名利之类的“俗尘”之事避而远之。这一句忠实于历史事实，叙写了严光与刘秀交好之事：两人少时同学，当刘秀即皇帝位后，便派人寻访德才兼备的严光，访到之后又派人去邀请。请了多次，严光才来到京都洛阳，两人共叙友情，甚至同睡一床。最后严光还是不肯出仕，仍旧回到了富春江畔垂钓终生。由此可见，这一句把严光甘于淡泊、不图名利的高尚品质表现了出来。

次句“披裘泽畔独垂纶”，紧承上句，精心描写了严光隐居垂钓的场景：富春江畔，他身披用羊皮制作的大衣，正孤寂地手把鱼竿，垂丝钓鱼于江上。诗人用一个“特写镜头”——“泽畔独钓图”刻画出严光的隐居形象，把他淡泊名利、甘愿清贫而“陶然自乐”（晋·陶渊明《时运》）的精神世界酣畅淋漓地表现出来，使得一位“清气澄余滓，杳然天界高”（晋·陶渊明《己酉岁九月九日》）的超尘脱俗的隐士形象跃然纸上：他衣着简陋，隐居垂钓，安贫守贱，自甘寂寞，保持了“心内无尘杂”的高洁品行。他不愿与官吏同流合污，摆脱了世俗的羁绊而获得了身体和精神的双重自由。诗人在这个特写的画面里，把他对严光蔑视名利、追求身心自由的品质的肯定和赞扬之意蕴含其中。

三、四句“千秋一个刘文叔，记得微时有故人”，由上句的赞美严光的淡泊名利“转”到了光武帝刘秀身上：千百年来，当了皇帝以后还能记得微贱时的老朋友，还能不忘旧时的交情的，只有刘秀一人！诗人以奇崛之笔，使全诗旨意顿然一新：刘秀贵而不忘贱，实实在在难能可贵！“千秋一个”，强调除了刘秀之外，再绝无他人，把诗人内心强烈的赞叹寓含其中。“微时”和“故人”，进一步肯定了刘秀所为千载难逢、实为罕见：现实中，贫贱时知己好友还可真诚相待、共患苦难，然而一旦升官发财、飞黄腾达之后，就会翻脸不认人了。古往今来，这类人比比皆是：口口声声“苟富贵，无相忘”的陈涉，竟斩了说他“贱时故情”的“故人”！还有剜股肉以救晋文公的介之推、助越王勾践灭吴的陶朱公范蠡都是极好的例子，正如古人所言的：“狡兔尽则良犬烹，敌国灭则谋臣亡。”（《韩非子·内储说下》）一同打江山的臣子也是如此的悲惨遭遇，更不要说“微时”的“故人”了！这就更见出光武帝刘秀的难能可贵，寄托了诗人在遭受不幸之时，却无人出手相助的伤感之情。

这首诗借咏怀古以寄托诗人之情，用形象来点明意旨。诗人热情地褒扬了刘秀贵不忘贱的高尚品质，用来反衬自己遭受不幸却无人救助的炎凉世态；诗人以“披裘泽畔独垂纶”的严子陵的形象，来衬托出“记得微时有故人”的光武帝刘秀，把肯定、歌颂、赞美之诗旨和盘托出，从而达到了内蕴深婉的效果。

纳兰性德

纳兰性德（1655—1685），原名成德，字容若，号“楞伽山人”。满洲正黄旗人，大学士明珠的长子。清代词人。康熙十五年（1676）进士，得帝恩宠，官一等侍卫。喜结交朝野文士，与徐乾学、姜宸英、严绳孙、陈维崧、秦松龄等交游契厚。因作皇帝侍卫，不得不谨慎处世，内心十分痛苦，三十一岁即卒。工诗，尤长于词。所作诗词，虽偶有苍茫朴浑之音，但多写离别相思以及无聊的闲愁和低沉的哀怨。艺术上继承李璟、李煜的风格，不求雕琢，清淡朴素，写景咏物，具有真情。清人况周颐《蕙风词话》推其为“国初第一词人”。有《纳兰词》。

秣陵怀古①

山色江声共寂寥②，十三陵树晚萧萧③。
中原事业如江左④，芳草何须怨六朝⑤。

注 释

① 秣（mò）陵：即金陵（现在江苏南京）。
② 山色：这里指南京钟山的景色。江声：这里指长江的水声。
③ 十三陵：指明代从明成祖至崇祯帝共十三个皇帝陵墓的总称，在今北京昌平。萧萧：这里形容风声。
④ 中原事业：这里指迁都之后的明王朝。江左：这里指建都南京的几个政权。
⑤ 芳草：香草。六朝：指以南京为都城的六个朝代——东吴、东晋、宋、齐、梁、陈。

题　解

这是一首七言绝句，是清代著名词人纳兰性德所作，写于康熙二十三年（1684）。当时，词人作为御前侍卫随康熙离京南巡，十月至江宁（即南京），康熙帝祭祀明孝陵。贵族出身的词人触景生情，写下此诗。

这首诗同前代诸多的以金陵怀古为题材的诗作不同，既没有表达对繁华不再的哀伤，也没有表达对历史兴亡更替的慨叹，而是从正面着笔，别出心裁，肯定了王朝更迭的积极意义。这很吻合作为清朝统治阶级一员的诗人的身份。诗歌语言明快、畅达，虚实结合，时空相兼，情感真挚，立意新异，别具一格，深得后人的推崇。

赏　析

首句“山色江声共寂寥”，开门见山，直写登临观赏时的所见所闻：钟山的景色同长江的水声都已冷落、寂静。南京自古是繁华之都、虎踞龙盘之地，但是不论钟山美景，还是长江那浩浩的水声，却都归于寂然，诗人眼前的“秣陵”呈现出一派凄凉、寂寥的景象。“山色江声”，点出了金陵的地势特点。“寂寥”两字，既写山、水，又暗含着诗人的心情，就像这山水一样的落寞、孤寂。

次句“十三陵树晚萧萧”，是诗人由眼前的“山色江声”引起的联想和想象：那千里之外的北京“十三陵”的树木，该是在晚风中萧萧作响。这一句，诗人心骛八极，展开了想象的翅膀，想象此时的“十三陵”也应该如“山色水声共寂寥”的金陵一样。明太祖朱元璋在金陵建都，他的陵墓就在钟山脚下，而明成祖朱棣登上皇位之后，把京都迁至北京。所以这一联想和想象，就把整个明代包含其中。这样一来，前句实而后句虚，两句虚实互补，诗人表现了对明朝灭亡的深沉慨叹。

三、四句“中原事业如江左，芳草何须怨六朝”，是诗人从前两句的历史陈迹中得到的感悟：中原的事业与江左的政权一样的腐败、腐朽，芳草为什么要为六朝的旧事而怨恨不已呢？这里，上句直接揭示诗歌的主旨：曾统治全国的所谓“中原事业”的明朝政权与偏安于长江中下游的“六朝”及南明小朝廷没有什么两样，同样的腐朽不堪、黑暗无比。这里着一“如”字，更加强调“中原”与“江左”如出一辙，灭亡的原因无二，同样是因腐败。下句运用拟人的手法，表达了诗人对“六朝”统治的憎恶之情：整个六朝时代，统治者昏庸不堪、荒淫逸乐，战乱频仍，民不聊生，最好的结果就是迅速灭亡。在这里，诗人用“芳草”的长绿，来反衬王朝兴亡更替之快，暗含着改朝换代乃是一种历史的必然，不必为此而怨恨伤怀之意味。

这首诗意旨新颖独到，手法高妙，寥寥二十八字，容量极大，上下千年，纵横万里，融写景、议论于一体，虚实结合，蕴意深厚，拟人反衬，别有新味，突破了前人怀古诗的感伤意旨，表达出王朝更替是具有历史必然性的。

袁　枚

袁枚（1716—1798），字子才，号“简斋”，又号“随园老人”，浙江钱塘（今杭州）人。清代诗人。乾隆四年进士，曾任知县。三十三岁辞官，于南京小仓山下修筑随园定居，自号“仓山居士”。其文学主张，提倡“性灵说”，反对格调派的拟古与雕琢，要求文学表现个人的性情和遭遇，抒写个人的灵感，认为诗人无处不可寓其情，题材应自由选择，风格亦可以多样。此论对冲击当时的拟古主义和形式主义的诗风，具有一定进步意义。其诗直抒“性灵”，清新自然，但多为“夕阳芳草寻常物”式的歌唱或对生活琐事的慨叹，缺乏深刻的社会内容。有《随园诗话》《小仓山房诗文集》。

马嵬①（四首选一）

其二

莫唱当年长恨歌②，人间亦自有银河③。
石壕村里夫妻别④，泪比长生殿上多⑤。

注　释

① 马嵬：指马嵬坡，在今陕西兴平西。安史之乱时，唐玄宗逃到此地，被随军将士胁迫，赐死杨贵妃。

② 长恨歌：为唐代白居易所作，描写唐玄宗和杨贵妃的爱情悲剧和政治悲剧。

③ 银河：即天河。中国神话传说中，牛郎和织女被银河相隔，不得相聚。

④ 石壕村：河南陕县东南七十里。唐代诗人杜甫作《石壕吏》，描写村民在安史之乱中被迫离别的惨状。

⑤ 长生殿：其旧址在陕西骊山华清宫内。唐玄宗和杨贵妃当年的居处。

题 解

这是一首七言绝句，是清代“性灵派”的代表诗人袁枚所作，写于乾隆十七年（1752），诗人赴陕西任职的途中。当时，诗人途经马嵬坡，想到“马嵬事变”，想到了唐明皇和杨贵妃的故事，于是创作了《马嵬》和《再题马嵬驿》共八首绝句。这首诗把唐玄宗和杨贵妃的爱情故事与普通百姓的生离死别进行了强烈的对比，强调广大民众的苦难比帝妃的爱情痛苦要强烈得多。正因为如此，千百年来，这首诗才能够得到人们的传诵。

这首诗语言通俗而精练，用典对比，十分精妙，富有情趣而意旨深刻，是一首难得的上乘佳作。

赏 析

首句“莫唱当年长恨歌”，诗人一开场就暗扣诗题，自出机杼，独抒己见：你们不要再去歌唱当年皇帝妃子的悲欢离合的爱情故事了。诗人乍一下笔，就用上了“莫唱”两字，态度非常鲜明，不容置疑，表明了自己的立场和观点。“当年长恨歌”，指的是唐代诗人白居易所作的长篇叙事诗《长恨歌》。诗人到那马嵬坡，想到发生在天宝十四年（755）的“马嵬事变”：安史之乱发生后，唐玄宗自京都长安逃往四川途经马嵬坡时，禁军哗变，杀死宰相杨国忠，并迫使唐玄宗命杨贵妃自缢；也自然而然想到白居易的《长恨歌》，而《长恨歌》在揭示唐玄宗宠幸杨贵妃而造成政治悲剧的同时，也表达了对李、杨爱情悲剧的同情。但诗人开篇便以决绝的口气，以“莫唱”两字表达出他们的故事不值得同情之意，自然地引入下句，有设置悬念之妙。

次句“人间亦自有银河”，紧承上句，对上句的“莫唱”作出了自己的回答：在人间也有银河，人间的银河使得千千万万的普通夫妻离散。诗人把犀利的笔锋聚焦于现实社会之中。唐玄宗统治时期，战争频仍，民不聊生，广大劳苦大众处于水深火热之中：开边之战无数，“边庭流血成海水，武皇开边意未已”（唐·杜甫《兵车行》），尤其是安史之乱，唐朝军民的伤亡更加惨重，那种夫妻亲人生离死别的场面，在前人诗句中比比皆是，如：“耶娘妻子走相送”“牵衣顿足拦道哭，哭声直上干云霄”（唐·杜甫《兵车行》）。于是词人不禁发出感慨：人间的“银河”要比牛郎、织女的离别痛苦千倍、万倍！

第三句“石壕村里夫妻别”，诗人列举具体的事例进一步说明“人间”之“银河”：像石壕村那样伤悲痛欲绝的夫妻离别数也数不清。诗人以石壕村的一对老夫妻为例来陈说人间之惨剧：“三男邺城戍”“一男附书至，二男新战死”“老妪力虽衰，请从吏夜归”（唐·杜甫《石壕吏》）。老夫妻的三个儿子都当兵打仗，两个已经牺牲。老翁见县吏“夜”捉人，越墙逃跑了；老妇生怕守寡的儿媳被抓而饿死孙子，便要求县吏抓她去做饭。一对老夫妻就这样生离死别了。当然，还有那“席不暖君床”的《新婚别》、“子孙阵亡尽”的《垂老别》和妻离子散、无处安身的《无家别》！这一桩桩、一件件血泪斑斑、惨无人道的“人间”悲剧，真的是让人忍不住垂泪。

末句“泪比长生殿上多”，诗人感慨而得出结论：老百姓的泪水比起长生殿上洒的那点泪水，要多得多。诗人从活生生的、骇人听闻的人间惨剧中得出了这一结论，揭露了当时社会的黑暗、统治者的罪恶，暗含了对大书特书帝妃爱情者的批评。这里，诗人把反映人民苦难的诗旨深刻地表达出来，可以说达到了前所未有的高度，是一首表达“民贵君轻”思想、极具“人民性”的好作品。

这首诗意旨深刻，手法精妙。全诗句句用典，层层对比，有《长恨歌》与牛郎织女故事的对比，也有“石壕村”与“长生殿”的对比，更有“人间”百姓的深重苦难与帝妃爱情的强烈对比，把揭露、批判统治者的罪恶和同情人民疾苦的主旨充分地表现出来，的确有振聋发聩的艺术魅力 。

蒋士铨

蒋士铨（1725—1785），字心余，又字苕生，号“藏园”。江西铅山人。清代文学家，诗人。乾隆二十二年（1757）进士，官至翰林编修。高宗称其为“江右名士”。其诗初学李义山，后学杜甫、韩愈、苏轼、黄庭坚，长于七言。与袁枚、赵翼并称为“江右三大家”。好戏曲，著有杂剧、传奇十六种。戏曲题材广泛，语言风格接近汤显祖，并有所创造，影响颇大。有《忠雅堂集》。

梅花岭吊史阁部①

号令难安四镇强②，甘同马革自沉湘③。
生无君相兴南国④，死有衣冠葬北邙⑤。
碧血自封心更赤⑥，梅花人拜土俱香⑦。
九原若逢左忠毅⑧，相向留都哭战场⑨。

注 释

① 梅花岭：位于江苏扬州广储门外，岭上有史可法衣冠冢。史阁部：即史可法，字宪之，号“道邻”，河南祥符（今开封）人。南明弘光朝时为南京兵部尚书、东阁大学士，因抗清被俘，不屈而死。

② 四镇：南明弘光时期，分江北为淮海、徐泗、凤寿、滁和四镇，分别由刘泽清、高杰、刘良佐、黄得功等四人领兵驻守。

③ 马革：语出《后汉书·马援传》：“男儿要当死于边野，以马革裹尸还葬耳，何能卧床上在儿女子手中邪？”即马革裹尸，用

马皮把尸体裹起来，指军人战死沙场。沉湘：指屈原自投汨罗江的故事。

④ 君相：这里指南明小朝廷的福王朱由崧和权臣马士英、阮大铖等，沉溺声色，苟安昏聩，以致南明覆亡。南国：指南明。

⑤ 衣冠：这里指史可法的衣帽。北邙（máng）：即北邙山，在今河南洛阳东北，东汉时王侯公卿大多葬于此，这里借指梅花岭。

⑥ 碧血：语出《庄子·外物》“苌弘死于蜀，藏其血，三年而化为碧。”后用“碧血”指为正义死难而流的血。自封：指自己凝结。

⑦ 梅花：这里指梅花岭。

⑧ 九原：因晋国卿大夫墓地在九原（今山西新绛北），所以后世称墓地为九原。左忠毅：即史可法的老师左光斗，字遗直，号浮丘，安庆桐城（今属安徽安庆）人。明天启四年（1624）与杨涟弹劾太监魏忠贤，反被诬陷，死于狱中。后平反，追赠太子少保，谥号“忠毅”。

⑨ 留都：这里指南京。明初建都于南京，后明成祖迁都北京，故称南京为“留都”。

题 解

这是一首七言律诗，是清代诗人蒋士铨所作，写于乾隆十三年（1748）。当时，诗人会试落第，南归途中，经过扬州史可法的衣冠冢，作此诗以凭吊先朝忠烈，热情地歌颂了史可法在明朝末年独撑危局、壮烈牺牲的英雄事迹，表达了对爱国志士杀身成仁、舍生取义的崇高气节的景仰之情。

这首诗语言精练、畅达，对仗工稳、巧妙，手法多样，引经据典，烘托反衬，寄意深远。

赏 析

首联“号令难安四镇强，甘同马革自沉湘”，诗人不拘俗套，直接从史可法受命于危难之时写起：尽管你甘愿像马援和屈原一样为国捐躯，但怎奈四镇拥兵者自重不听号令。诗人用倒装的句式，巧用典故，表达了史可法甘愿为国捐躯、誓死抗敌的坚强决心：哪怕“四镇”拥兵自重、号令难以畅达，史可法也毫无畏惧之心，为了国家的大计，即使马革裹尸、“自沉湘”也在所不辞。诗人用马援、屈原的典故，把史可法“投死为国，以义灭身”（三国魏·曹操《让县自明本志令》）的志节淋漓尽致地表现出来。

颔联“生无君相兴南国，死有衣冠葬北邙”，紧承上联，诗人对史可法之死表示了强烈的愤慨：你活着没有遇到贤德的君王与辅臣复兴大明，死后也只有一个衣冠冢葬在这光秃秃的梅花岭上。上句诗人对福王和奸臣马士英、阮大铖沉溺声色、昏聩亡国予以无情的斥责。下句诗人对史可法的遭际表示了极大的同情。史可法为国殉难，有多种说法，其中有一个说法是兵败之后投水自尽（故而上联有喻比的“沉湘”二字）。人们只好拿他的衣冠袍笏作为替身，安葬于梅花岭上。“衣冠葬北邙”，在对史可法的同情之中，也蕴含着诗人对他“捐躯赴国难，视死忽如归”（三国魏·曹植《白马篇》）的崇高志节的敬仰。

颈联“碧血自封心更赤，梅花人拜土俱香”，诗人转而对史可法舍生取义、杀身成仁的崇高气节予以热情地赞颂：你以身殉国像苌弘死后鲜血化作碧玉一样，连这梅花岭上的泥土也因为人们的膜拜仿佛也染上了馨香。上句运用“苌弘化碧”的典故，盛赞史可法宁为玉碎、不为瓦全的为国献身的精神。“心更赤”三字，更是对他忠于国家、气节长存的热情赞颂。下句表达了后人对史可法的崇拜，喻含了他的忠贞浩气万世长存、流芳百世。诗人巧用“梅花”“香”三字，暗用陆游的名句“零落成泥碾作尘，只有香如故”（《卜算子·咏梅》）的词意，表达出为国献身的史可法会千古流芳，为后人所纪念。

尾联“九原若逢左忠毅，相向留都哭战场”，诗人用联想和想象的手法，表达了对史可法深切的哀悼：九原之下如果你碰上了老师左忠毅公，怕是要面向着南京哀叹留都竟也做了战场吧！这里，诗人巧妙地联想到史可法与老师左光斗的轶事：左光斗被阉党陷害入狱，备受酷刑。史可法冒死探监，左光斗却严厉斥责，要他保存自己，以便为国效死。（见方苞《左忠毅公逸事》）史可法牢记老师的嘱托，孤军作战，以死殉国。诗人用联想、想象之法，想象师生二人黄泉相见之时，定然会面朝“留都”，痛哭不已。这样来写，寓诗人的沉痛之情于其中，同时表达了他对史可法深挚的崇敬、悼念之意。

这首诗情真意挚。诗人立足于“梅花岭”之上，凭吊“史阁部”，既有“四镇”“君相”的反面映衬，又有“左公忠毅”的侧面烘托，更有“碧血”“梅花”的用典和化用，还有师生相逢的联想和想象，通过以上种种，把诗人对史可法的深切悼念和敬仰之情融于其中。

赵　翼

赵翼（1727—1814），字云崧，又字云松、耘松，号“瓯北”，晚号“三半老人”，江苏阳湖（今常州）人。清代文学家、史学家。乾隆十六年（1751）进士。官至贵西兵备道。文学见解与袁枚接近，主独创，反模拟。诗作清新明畅，又喜以议论入诗，间有对时政的嘲讽。与袁枚、蒋士铨并称“江右三大家”。学术成就甚高。长于考据，有《廿二史札记》，与王鸣盛《十七史商榷》、钱大昕《二十二史考异》合称清代三大史学名著。有《瓯北诗钞》《瓯北诗话》《陔余丛考》等名于世。

题《元遗山集》①

身阅兴亡浩劫空②，两朝文献一衰翁③。
无官未害餐周粟④，有史深愁失楚弓⑤。
行殿幽兰悲夜火⑥，故都乔木泣秋风⑦。
国家不幸诗家幸，赋到沧桑句便工⑧。

注　释

① 《元遗山集》：指金末元初文学家元好问的诗文集。元好问，字裕之，号遗山。

② 身阅兴亡：这里指元好问曾身历金元兴亡之变。浩劫空：指经历了大灾难，国家被破坏严重，几乎荡然无存。

③ 两朝文献：指金、元两朝的档案资料。

④ 未害餐周粟：化用伯夷、叔齐不食周粟的典故，意谓不妨吃元朝的粮食。

⑤ 失楚弓：语出《孔子家语·好生》："楚王出游，亡弓，左右请求之。王曰：止，楚王失弓，楚人得之，又何求之！孔子闻之，惜乎其不大也，不曰人遗弓，人得之而已，何必楚也。"

⑥ 行殿：这里指金朝汴京行宫。幽兰：汴京行宫中有幽兰轩。

⑦ 故都：这里指金中都燕京，即今北京。

⑧ 赋：描写，吟咏。沧桑：沧海桑田，即大海变成农田，农田变成大海，比喻国家兴亡或世事变化极大。

题 解

这是一首七言律诗，是清代诗人赵翼所作。诗人对元好问极为敬佩，在其名作《瓯北诗话》中专辟一卷，论元好问诗作及人品，认为元好问是继苏轼、陆游之后的又一座丰碑。这首诗就是诗人读罢元好问诗集后有感而作。这首诗对元好问作了较为中肯的评价，认为他虽在金亡后曾为元朝服务，有失节之嫌，但他创作的《元遗山集》却真实生动地反映了金国灭亡的悲剧历史，表达了他思念故国的深沉情感，具有高度的思想性和艺术性，这些都是值得称道的。

赏 析

首联"身阅兴亡浩劫空，两朝文献一衰翁"，直扣诗题，概述了元好问所处时代背景以及他保存文献的功绩：他亲历了金亡元兴的空前大变故，这场浩劫使得金朝皇家的图籍档案毁于一炬，全靠他一个衰老之人的著述，才将此缺憾弥补。上句概括元好问所处的金元易代的时代背景。"浩劫"二字，含有哀宗自缢、金国破亡历史史实。着一"空"字，则含有"浩劫"中金朝典籍、图书等文献皆毁于一旦之意。下句写元好问的丰功伟绩：他作为史官，忍辱苟活于世皆为弥补历史之缺憾，他凭着自己的记忆和大量的采访，撰写了《壬辰杂编》等著作，为后人编写《金史》提供了极为珍贵的资料。"两朝文献"的繁复与"一衰翁"的衰孤形成了鲜明对比，突出了元好问的功绩及诗人对元好问极高的评价。

颔联“无官未害餐周粟，有史深愁失楚弓”，紧承上联，进一步叙写元好问的苦衷：他在金朝为官，入元不仕，虽未如伯夷、叔齐不食周粟之饿死，但却无损大节。因为他最忧愁、担心的是金代文献的遗失、焚毁而无人能够弥补。诗人上句用典，表达诗人对元好问的辩解：不做元朝的官，已是不玷名节，又何必非要如伯夷、叔齐效愚忠而饿死呢？下句也用典，以“楚弓”喻指金代文献，道出元好问之苦衷。正如诗人在他的《瓯北诗话》中所写：“（元好问）于是构野史于家，凡君臣事迹，采访不遗，至百余万言。所著《壬辰杂编》等书，为后来修《金史》者张本，其心可谓忠且勤矣！”“忠”“勤”二字，确为中肯之评价，与此联意旨颇为一致。

颈联“行殿幽兰悲夜火，故都乔木泣秋风”，诗人设想金亡后宫殿之凄凉，抒金亡之伤悲：汴梁行殿中的幽兰轩里鬼火闪动，让人心生悲哀；中都燕京宫阙里那高大的树木，似在秋风之中萧萧饮泣。这一联，诗人运用想象中的宫殿之景，照应首联中的“浩劫”二字，用“悲”“泣”二字，写尽了元好问内心的创巨痛深。上句着重描绘金亡之时元好问内心巨大的伤悲，下句则用金迁汴梁之前“古都”燕京社稷坛之景，想象元好问对故国之眷恋。这一句巧妙化用了元好问的“乔木他年怀故国”（《壬辰十二月车驾东狩后即事五首》）之诗意，寓情于景，抒写了元好问怀念故国之深情。

尾联“国家不幸诗家幸，赋到沧桑句便工”，是诗人对《元遗山集》的评价：国家沦丧这一大之不幸，使作为爱国诗人的元好问的心灵受到了激烈的撞击，他的诗篇便具有了史诗般的价值，成就了他的声名，岂不是大幸哉？他吟咏、描写，抒发国破家亡之悲慨，情真意切，自然而然就工巧了。这一联，是诗人联系元好问之遭际写下的动情之感想。正如诗人在《瓯北诗话》中所言：“此等感时触事（即指“身阅兴亡浩劫空”），声泪俱下，千载后犹使读者低徊不能置，盖事关家国，尤易感人。”这一联由于诗人感触深切，故而能成为千古名句。

这首诗意旨深厚，手法精妙。诗中运用事中含情、景中寓情和用典、化用及直接抒情等手法，把诗人对元好问的真挚情感赋予诗中，使此诗具有高度的思想性和艺术性，尤其是“国家不幸诗家幸，赋到沧桑句便工”一联，更是诗人之卓见。

龚自珍

龚自珍（1792—1841），又名巩祚，字璱人，号“定庵”，又号“羽琌山民”。浙江仁和（今浙江杭州）人。晚清杰出思想家、文学家、诗人。道光九年（1829）进士。官至礼部主事、主客司主事。少有才略，博学多闻，精通经史地理。所作诗文，能大胆揭露封建统治集团的黑暗与腐朽，热情歌颂理想与个性解放，并强烈抒发要求“更法”“改图”的愿望，洋溢着炽热的爱国主义热情。诗以瑰丽见长，《己亥杂诗》为其代表作。其文恣肆峭拔，读后使人“如受电然”，以《病梅馆记》最为著名。有《龚自珍全集》，其中《己亥杂诗》三百五十首，最为人称道。

咏史

金粉东南十五州①，万重恩怨属名流②。
牢盆狎客操全算③，团扇才人踞上游④。
避席畏闻文字狱⑤，著书都为稻粱谋⑥。
田横五百人安在，难道归来尽列侯⑦。

注释

① 金粉：指古代女子化妆所用水银铅粉。这里形容江南地区的繁华绮丽。十五州：泛指长江下游苏、浙、皖一带。

② 恩怨：指情侣、夫妻之间的恩爱与悲怨。属（zhǔ）：结交。名流：著名的人士。这里特指混迹于当时社会沽名钓誉的头面人物。

③ 牢盆：古代煮盐的工具，这里用来指代盐商。狎（xiá）客：陪伴达官贵人玩乐的客人。全算：全局计划。

④ 团扇才人：东晋王导之孙王珉，倚仗门第，二十余岁即为中书令。其人不务政事，常手持白团扇，清谈玄远。这里指轻薄文人。踞上游：这里是说占据高位。

⑤ 避席：古人席地而坐，离席起立，表示敬意，叫作“避席”。文字狱：指清朝统治者故意在文人诗文中摘取字句，断章取义，罗织罪名来迫害知识分子的一种冤狱，这在康熙、雍正、乾隆几代尤为严重。

⑥ 稻粱：两种谷类食物。为稻粱谋：喻指为了谋求衣食。

⑦ 列侯：汉代爵位名。王子封侯，称为诸侯。异姓功臣封侯，称列候。尽列侯：典出《史记·田儋列传》：田横于秦末自立为齐王，当刘邦统一中国后，田横带领五百多手下逃入海岛。刘邦招降，言田横降，则为王侯，否则尽诛五百多人。田横来到距洛阳三十里处，悟到称臣为耻，便自刎而死。岛上五百多人闻知亦自杀。

题 解

这是一首七言律诗，是清代著名的文学家龚自珍所作，写于清道光五年（1825）。诗人当时因母丧期满，寓居江苏昆山。题为“咏史”，实为讽今。诗人巧借典故，揭露了封建统治集团的黑暗腐败和文士阶层庸俗猥琐、胆小怕事、只求一饱的卑琐状态，并对东南地区一批流连声色、醉心功名利禄的所谓名流人物进行了讽劝，从一个侧面深刻揭示了清朝中后期腐朽萎靡的社会面貌。诗作结尾以田横五百壮士英勇牺牲的事迹反衬出清朝士人的苟且偷生，表达出诗人呼唤士风重振的强烈愿望，寓诗人对现实的深切忧虑于其中。

这首诗语言凝练，对仗工整寓理精辟，浩然之气充溢纸面，极有感染力。

赏 析

首联“金粉东南十五州，万重恩怨属名流”，从现实着眼，概述东南地区士林腐败、庸俗的状况：在那繁华绮丽的江南富庶之地，无限的恩宠和恣意的抱怨齐集于名流士林。诗人乍一开篇，就大笔勾勒出“东南十五州”（即长江下游江南一带富庶之地）争名逐利、互相倾轧、恩怨重重的状况。“金粉”二字，形象地描绘出“东南十五州”之士人追逐名利、纸醉金迷的场景，把诗人的厌恶、忧虑寓于其中。“万重恩怨”则可见出尔虞我诈、勾心斗角的污浊现实。这一联，形象地概括了当时社会的黑暗状态，笔力雄放，境界阔大。

颔联“牢盆狎客操全算，团扇才人踞上游”，紧“承”首联，对当时腐败的社会现实展开具体的描写：那些权贵、幕僚把持着盐业的全局决策大权，还有那些不学无术的纨绔子弟、内宫佞臣，凭借其特殊身份占据高位。“牢盆狎客”指代那些手握实权、铜臭熏天的达官贵人及其帮闲。“团扇才人”指代那些高谈阔论、百无一能的权贵子弟。一“操”一“踞”，形象地描写出“黄钟毁弃，瓦釜雷鸣；谗人高张，贤士无名”（战国楚·屈原《卜居》）的政治黑暗、吏治腐败的社会现实。

颈联“避席畏闻文字狱，著书都为稻粱谋”，诗人“转”而描写当时士林的状况：书生们害怕闻知文字狱，避之唯恐不及；他们潜心著述，都是为了谋生，求得安守。上句写出在残酷的“文字狱”面前，士大夫谈虎色变、心惊肉跳之情景。下句道出士人们埋头著书以求衣食，不敢触碰现实、笔涉时政的社会实情。这里，诗人既揭露了清朝统治的残酷、黑暗，又反映了一般士大夫苟且偷安、丧失志节的可鄙行径，还对为求衣食而潜心著书者的同情。

尾联“田横五百人安在，难道归来尽列侯”，诗人抒写郁积于胸、不吐不快的忧愤：当年田横及其手下五百人哪里去了呢，难道都一个个归来接受了列侯的爵位？！这里，诗人运用典故，以田横手下五百义士舍生取义、杀身成仁的感人气节，来告诫世人莫要轻信清政府所谓的怀柔政策。同时，也把对阿谀苟且之徒充斥、难有如“田横五百人”坚守节义者的社会现实的忧虑蕴含其中。

这首诗意旨深刻，手法高妙。诗人叙议结合，巧用典故，借古讽今，映射现实，将愤慨、不平之气尽蕴诗中，把直面现实、忧国忧民之情怀皆表现出来，正气荡胸，感人至深。

己亥杂诗（三百五十首选一）①

陶潜酷似卧龙豪②，万古浔阳松菊高③。
莫信诗人竟平淡④，二分梁甫一分骚⑤。

注 释

① 己亥杂诗：清道光十九年（1839），龚自珍辞官南归故乡，沿途以七言绝句的形式写下杂诗三百五十首，因为这一年是己亥年，故称“己亥杂诗”。

② 陶潜：即陶渊明。东晋著名诗人。卧龙：即诸葛亮。原诗第一句之后，附有作者的自注：“语意本辛弃疾。”辛弃疾《贺新郎》（把酒长亭说）一词中有“看渊明、风流酷似，卧龙诸葛”。

③ 万古：万世，永远。浔阳：郡名，晋时治所在柴桑，今江西九江西南。陶渊明是柴桑人，弃职归隐于家乡的田园。松菊：语出陶渊明《归去来兮辞》：“三径就荒，松菊犹存。”

④ 平淡：这里指古代诗评家对陶诗之评价。“莫信”是诗人表示不认同此说。正如宋代著名的文学家朱熹所言：“人皆说（陶渊明诗）是平淡，据某看，他自豪放，但豪放得来不觉耳。其露出本相者，是《咏荆轲》一篇。”（朱熹《朱子语类》）

⑤ 梁甫：指《梁甫吟》。据《三国志·蜀书·诸葛亮传》记载：“亮躬耕陇亩，好为《梁父吟》。”（父：通“甫”。）这里是说，陶渊明虽身居田园，仍然如同诸葛亮一般心怀天下。骚：这里指屈原的《离骚》，是屈原爱国主义诗篇的代表作。

题 解

这是一首七言绝句，是清代诗人龚自珍所作，是其《己亥杂诗》的第一百三十首。《己亥杂诗》写于诗人辞官南归又北上迎接家眷的途中，或直抒胸臆，或叙述见闻，或回忆往事，或友朋赠答，既有对朝廷政治的反映，也有对自己怀抱的抒写。这首诗以东晋诗人陶渊明为吟咏对象，标举其人热情豪放、胸怀天下的一面，反对前人单纯地将陶渊明归入隐逸诗人行列的观点，可谓知人论世，自有独见。

赏 析

首句“陶潜酷似卧龙豪”，诗人情满于胸，直抒胸臆：陶潜的诗，极有豪气，很像诸葛亮。诗人把对陶渊明的褒扬集中于一个“豪”字，且将他与诸葛亮相比肩，表达了对陶潜的赞颂和崇敬之情：他不仅具有豪放的性情，而且具有诸葛亮一样的雄才大略，是一位真豪杰。根据诗人所附的自注：“语本辛弃疾。”此句既为用典，又巧合己意，极为恰切。诗人着一“豪”字，可以说抓住了陶潜的真性情。在另外两首《舟中读陶潜诗》中，诗人也有所论及：“陶潜诗喜说荆轲，想见停云发浩歌。”（《己亥杂诗》之一百二十九首）“陶潜磊落性情温，冥报因他一饭恩。”（《己亥杂诗》之一百三十一首）其中的“浩歌”“磊落”可见出蕴含的豪气。

次句“万古浔阳松菊高”，是诗人对陶渊明品格的称颂：他就如那傲霜斗寒的松菊一样，忧国忧民，傲视权贵，品性是那样的高尚和纯洁，他将万古流芳。这一句，诗人用“松菊”来比喻陶潜的高尚品格，表达出对他的无限敬仰之情。同时，诗人也抓住陶渊明酷爱松菊之特点（如“采菊东篱下，悠然见南山”（《饮酒二十首》之五）、“芳菊开林耀，青松冠岩列。怀此贞秀姿，卓为霜下杰”（《和郭主簿二首》之二），对其高洁品质加以热情的赞颂。

第三句“莫信诗人竟平淡”，是诗人对前人评价陶渊明诗歌的否定：不要相信对陶渊明诗歌平和淡雅的评价。诗人以“莫信”二字，推倒了前人对陶渊明诗歌的认知和评价。在诗人之前，我国最早的诗话《诗品》（南朝梁文学批评家钟嵘著），把陶渊明誉为“隐逸诗人”之宗以来，历来以“平淡”来评论陶渊明的诗。诗人在此却独具只眼，一语惊人。

末句“二分梁甫一分骚”，诗人提出了自己对陶渊明诗歌的看法：其实陶渊明诗歌中蕴含着诸葛亮那样的豪情壮志和对世事的感慨，更具有屈原那样炽热的忧国忧民的爱国激情。诗的最后这一句，实则是诗人用陶渊明来自况，表明了自己的心志。正如诗人所写的那样："著书不为丹铅误，中有风雷老将心。"（《己亥杂诗》之六十一）

这首诗意旨深厚，手法精妙。诗人运用化用、用典和比喻等手法，以知人论世之法来评论陶渊明其人其诗，亦把自己的心志蕴涵其中，既有卓异之见解，又有爱国之情怀。

梁启超

梁启超（1873—1929），字卓如，一字任甫，号“任公”，别署“饮冰室主人”，广东新会人。近代政治家、文学家。光绪举人，康有为弟子，维新变法运动首创者之一，与康有为并称“康梁”。戊戌变法失败后，逃亡日本。曾力倡“诗界革命”“小说界革命”，创作了大量戏曲、小说、诗歌、散文。尤以散文成就最高，自成新体，与康有为的文章合称“康梁体”，其代表作为《少年中国说》。其诗早期学龚自珍，后期学宋人，学杜甫，以旧风格写新现实，被誉为“一代诗史”。绝大部分诗歌作于流亡国外期间，充满忧患意识，表现理想精神，热情奔放，直抒胸臆，语言明白晓畅。其著作编为《饮冰室合集》。

读《陆放翁集》①

诗界千年靡靡风②，兵魂销尽国魂空③。
集中什九从军乐④，亘古男儿一放翁⑤。

注　释

① 陆放翁：南宋爱国诗人陆游，字务观，号“放翁”。
② 靡靡（mǐmǐ）：萎靡不振、零落萧索。
③ 销：消退，消散，消灭。
④ 什九：即十分之九。
⑤ 亘（gèn）古：自古以来。

题 解

这是一首七言绝句，是近代诗人梁启超所作，写于清光绪二十五年（1899）。其时，他和康有为领导的戊戌变法失败后，旅居日本。这是他所写的《读陆放翁集》诗集中的一首。

这首诗语言明白畅达，诗由心生，热情地歌颂了陆游诗歌里渴望建功立业、为国驱驰的慷慨之志和老而弥坚的高昂格调，高度评价了陆游千古难遇的奇男子气概，表达了诗人对陆游的异代同心之感。

赏 析

前两句“诗界千年靡靡风，兵魂销尽国魂空”，是诗人抚今追昔，回顾历史，联系现实，而生发出的深沉的慨叹：千百年来，诗界频吹萎靡不振的颓废之风；而那汉唐以来的金戈铁马、吹角连营之雄风消失殆尽，那赤胆忠心、报国爱国之气也空有其名。首句诗人重在谈诗风。诗人由“千年”着笔，联系到诗界的萎靡、颓废之实际，比如“以文字为诗，以才学为诗，以议论为诗”（宋·严羽《沧浪诗话》）的江西诗派风靡一时，使得诗歌更加脱离现实，所以诗人才以“靡靡风”来指代不正的诗风。此外，诗人所处的清代，“文字狱”盛行，加之诗坛被“神韵说”“肌理说”和“温柔敦厚说”等脱离现实、脱离大众的学说所充斥，使得清代诗坛更无金鼓之声和激励之气，对此诗人痛心疾首，才写下此诗以抒发心中之块垒。故而次句用“兵魂销尽国魂空”以表怨愤。前两句，诗人用“抑”之手法，为后两句的“扬”张本。

后两句“集中什九从军乐，亘古男儿一放翁”，诗人抒写自己读《陆放翁集》最真切的感受:《陆放翁集》中，十分之九的内容，都是不忘恢复中原、抗敌救国的爱国主义内容；从古到今，唯有陆游这样一个血性男儿。“从军乐”三字，把陆游诗中“僵卧孤村不自哀，尚思为国戍轮台”（《十一月四日风雨大作》）和“楼船夜雪瓜洲渡，铁马秋风大散关”（《书愤》）的深厚的爱国精神和强烈的战斗激情蕴含其中。“亘古男儿一放翁”，表现了诗人对陆游的极力赞颂和无比崇敬之情。在诗人的崇敬和赞颂之中，我们说，也应有诗人的自况之意。

因为当帝国主义打开中国的大门之后，列强亡我中华之心不死，变本加厉地侵略我国领土，亡国之祸迫在眉睫，故而诗人提倡维新变法，提出“诗界革命”的口号，表现了强烈的爱国主义精神，正如诗人在另一首《读陆放翁集》诗中所写：“谁怜爱国千行泪，说到胡尘意不平。”

这首诗构思精妙，意旨深刻。诗人成功地运用了先“抑”后“扬”的手法，先对“诗界”充斥萎靡、颓废之风和空有爱国报国之心深表忧愤，可以说“抑”到了极点。然后由读陆游诗集而鼓荡人心，以赞扬陆游其人其诗来既自况又激励国人，要具有爱国精神和战斗豪情，可以说又“扬”到了极致。这样，就把诗人深厚而炽热的爱国之心淋漓尽致地表现了出来。